スティーヴン・ハンター／著
公手成幸／訳

狙撃手のゲーム（上）

Game of Snipers

扶桑社ミステリー
1520

GAME OF SNIPERS (Vol.1)
by Stephen Hunter

トレイシー・ミラーに、
そして、砂漠の戦争におけるすべての戦死者の母親に

自分はひとを不安にさせる人間だと気づいていた。

――〝狙撃の名手〟として知られた、
ナチス親衛隊《SS》機甲師団（〝トーテンコップ〟）
第三装甲師団、親衛隊中佐レップ

狙撃手のゲーム（上）

登場人物

ボブ・リー・スワガー ――――― 海兵隊退役一等軍曹。名スナイパー

ニック・メンフィス――――― 元ＦＢＩ特別捜査官

ジャネット・マクダウェル――― 息子を戦争で失った母親

ガーション・ゴールド ――――― モサドの情報分析官

コーエン ―――――――――― ゴールドの同僚

ウォード・テイラー ――――― ＦＢＩテロ対策部門副長官

チャンドラー―――――――― ＦＢＩ捜査官

ジェフ・ニール―――――――― ＦＢＩサイバー対策部門メンバー

ジューバ ―――――――――― シリア人のテロリスト。天才スナイパー

ジャレド・アキム ――――― ジューバの協力者

イミール・エルタリク ――――― イスラムの導師（イマム）

ラウル・メネンデス――――― メキシコ麻薬カルテルの首領

ラ・クレブラ ――――――― メネンデスの部下

ブライアン・ウォーターズ ――― ニューメキシコ州の射撃チャンピオン

第一部

1

現在
某所

大草原の花々のあいだにケイティがいるのを、彼は目にした。彼女は脚を組んですわっていて、髪が風になぶられ、日射しを浴びて輝いていた。にこやかにほほえんでいる。彼女はいつもにこにこしている。四歳の子はよくほほえむものだ。とてもしあわせそうに見え、小さな鼻をわずかにあおむかせて、周囲の草に顔を向けているのは、そよ風を受けてひらひらと揺れる草たちからよろこびを感じとっているからにちがいなかった。

「ケイティ!」彼は呼びかけた。「ケイティ、スウィーティ……ケイティ!」

その声を聞いて、彼女がふりかえる。青い目が、父への愛で輝いていた。「ダディ」彼女が声を返す。「ハイ、ダディ」

「スウィーティ、来たよ」とポールは叫び、彼女のそばへ駆け寄ろうとした。娘を固く抱きしめ、腕のなかにくるみこんで、ありとあらゆるものから娘を守ろうと。それが父親のなすべきことなのだ。

だが、彼にはそれができなかった。

彼は手錠を掛けられ、柱につながれていたのだ。手首に金属が鋭く食いこんでくる。

「ケイティ、おれは――」

「ダディ、わたしはもう行かなくちゃ」

「やめろ、ケイティ、やめろ。おれがすぐにそこへ行くから」

だが、手首は自由にならず、皮膚から出血するほど強くひっぱっても、手錠が外れることはなかった。

「バイ、ダディ」とケイティが言って、立ちあがり、走り去っていく。「愛してるわ」

そして、彼女が消え去ったとき、彼は自分が目を覚ましたことに気がついた。夢は終わった。目が覚めた。だが、奇妙なことに手首の縛《いまし》めは夢ではなく、手錠がそこに食いこんで、金属が鋭い痛みをもたらしていた。縛《しば》られた両腕の間に突き立つ、堅固な柱の感触が伝わってくる。火あぶりにされたときのジャンヌ・ダルクのように、まっすぐに立たされているのだ。

目をしばたたいても、その感触は消えてくれなかった。

ほかにもいろいろと奇妙なことがあるのが、だんだんとわかってくる。ひとつめはプレーリーの草のにおいを鼻孔へ吹きこんでくるそよ風、ふたつめは頭上に輝いて目を覚まさせ、自分を歓迎している――それとも呪詛《じゅそ》している――太陽。

自分が小便や嘔吐《おうと》をしたことを示すにおいはなかった。長いあいだ体を洗わなかったせいで皮膚が荒れて、がさがさになっているような感じはしない。脱糞《だっぷん》もしていない。あるいは、したのだが、だれかがそのよごれをきれいにしてくれたとか。

穿《は》いているズボンは、十五年前にどこかのゴミ缶から拝借したあのおんぼろチノパンではなく、靴も、二サイズ大きいあの古びたアディダスではなかった。患者衣を着せられ、白のソックスを穿かされている。

ポールはまた目をしばたたいて、さらに頭をすっきりさせ、目を大きく見開いて、焦点が定まってくるのを待ってから、いま自分が置かれている世界をまじまじと見た。

そこは、自分が前にいた世界ではなかった。自分はそれまで、レストラン街の裏手にある横丁にいたはずだ。マスカットワインとメタンフェタミンが効いていたために、記憶があやふやなのだが、あの横丁にあるメキシコ料理レストランから半ブロックほど行ったところにあるゴミ缶の陰で意識を失ってしまったのだ。あれは、まっとうなひとびとが毎夜、飲み食いと談笑のためにやってくるレストランで、自分はそこでときどき一ドル札を恵んでもらったり、たまには五ドル札をもらったりしていた。

あの世界はどこへ行った？　なにが起こったんだ？

おれは死んだのか？　天国にいるのか？

いや、ここは天国じゃない。だが、どこか別世界にはちがいない。

草が見える。たくさんの草が。この世界は明るく照らされている。細部が、光景が、景色が、徐々に明瞭《めいりよう》に見えてくる。広大な土地が、山々が、松の森が見えた。広大な天蓋《てんがい》が、そこに散らばる薄い巻き雲が、このうえなくまぶしく輝いているが、送りつけてくる熱はそれほどでもない太陽が、そしていたるところにある緑が見えた。森によって仕切られた谷間の地に閉じこめられたような感じで、その森の松の木々がほぼ果てしない彼方までつづいている。

見知らぬ状況ではなく、困惑感が、ただでさえ濁っている意識を支配していた。といっても、少なくともこれだけは言える。人声が静まっている。どこかにだれかひとはいないだろうかと探してみると、すぐに人影が見えてきた。たっぷり五十ヤード離れたあたりに、デッキチェアにすわって冷静にこちらを観察している三人の男たちの姿があった。ひとりが携帯電話を耳にあてがって、だれかと話をしている。

「ヘイ！」彼は叫んだ。「これはどういうことだ？　あんたらは何者だ？　ここはどこなんだ？」

彼らはその声に応えなかったが、携帯電話を持っている男がちらっと彼を見て、またすぐにてきぱきとした会話を再開した。

もっと細かく見よう。彼らは、その髪（長い）や、服装（カウボーイハットにジーンズにブーツ）からして、メキシコ人のように見える。サングラス、おもしろがってくつろいでいるような姿勢が示す、ある種マッチョでけだるげな感じ。おれはメキシコにいるのか？

なにより奇妙なのはあれだ。その一団から離れたところに立っている、黒ずくめの男。なにしろ、ブーツから頭にかぶっている帽子まで、それどころか、暗色の目がのぞいているスリット以外の顔全体を隠しているマスクまで、すべてが黒なのだ。彼らのなかで、そいつだけがポールを観察していた。

ポールは、自分がメキシコの地で柱に縛られているのはどうしてなのか、それなりに身ぎれいにされて、なにかの標本のようにこの世界に置かれているのはどうしてなのか、段階を追って考えをまとめようとした。だが、頭を働かせるための活力はとうに失われていて、なんの意味も見いだせなかった。いくらがんばっても、意志が折れてしまう。一杯やりたい。マスカットワインを飲んで、この激情を、とりあえず一時的にでもどこかへ押しやってくれる、意識がぼうっとかすんだ状態に入りこんでしまいたい。

めまいがし、彼は身を支えようと柱にもたれこんだ。このちょっとした努力だけで、体が疲れた。はやばやと酸素切れになり、息が荒くなる。

「助けてくれ」彼は叫んだ。

だが、このときにはメキシコ人たちからなる〝運営委員会〟は様相を変じていた。電話をしていた男が責任者であるらしく、ほかの面々の注意を喚起していた。こちらに冷ややかな注意を向けている黒ずくめの男のそばへ、彼らが近寄っていった。

時が尽きてしまうかと思えるほど、時間がゆっくりと流れていく。奇妙な物音が聞こえた。突風や爆風ではなく、激烈さはどこにもなかったが、それでもその音には、なにかが壊れた感覚があった。なにかが大地そのものへ静かにぶつかったかのような。直後、電話をしていた男がしゃべりだした。

ポールは目を転じた。二十五ヤードほど向こうで、一陣の砂埃《すなぼこり》があがり——なにかの爆発で生じた破片が、円錐形《えんすいけい》に舞いあがっている——プレーリーに生えている低木の茂みの上にふわふわと漂ったが、それはそよ風に吹かれてばらけていった。

彼にとっては、これもまた当惑させられるできごとであって、判断する枠組みの持ち合わせがなかった。それが起こっただけのことで、彼には識別や反応のしようがなかったのだ。

つぎの瞬間、別の爆発が生じた。大地そのものが身を震わせ、エネルギーを光速の噴出として解放したかのように、突如、ゆうに十フィート上方まで音速の土砂埃がうねりながら立ちのぼり、そよ風に吹かれてばらけていく。それはさっきより近いところで起こり、ポールは石粒や砂粒が身を刺してくるのを感じた。

彼はふたたび、できごとの脈絡を追って、判断をつけようとした。乱れた記憶のインデックスをたどっていくと、あれは銃弾が地面を打って、その暴力的なエネルギーと意志を解放したのだという結論にたどりついた。映画で――なにはともあれ映画を観に行っていたころには――一千回は目にした光景だ。

足もとの地面が炸裂《さくれつ》した。見えざるエネルギーによって、彼は柱へ痛烈にぶつけられ、手錠がねじれて、手首の皮膚を切り裂いた。唾《つば》のなかに鉄くさい血の味がまじりこんできて、一瞬の麻痺《まひ》という慈悲が過ぎ去ったあと、鋭い痛みが注目を惹起《じやつき》し始め、彼の身に破片や石つぶてや音速の砂粒を浴びせている存在はなんであるかを宣告する。

やっと彼は気づいた。だれかが遠い遠いところから自分を撃っているのだ。

獲物にされたというパニックが脳を襲う。彼は柱から身を引き離そうとしたが、その動きは手錠によって押しとどめられた。

「やめろ」彼は叫んだ。「やめてくれ。これはなにかのまちがいだ」

彼は絶叫したが、心ならずもすすり泣きし始めた。

彼らが笑う。おもしろくてしかたがないのか。

「ケイティ」彼は絶叫した。「おれを許してくれ！　ダディを許してくれ！　お願いだ」

彼は光に包まれた。

2

アイダホ州カスケード、牧場

　これのどこに不平を鳴らす？　ロッキングチェアから見る光景はすばらしい。プレーリーの牧草地が、白い雪をいただき（自分と同様）、人里離れた（自分と同様）、いつまでも変わらない（自分と同様）山々の彼方まで、延々とのびている。自分は、目に見えるすべてを、あの山々をのぞいて（あの持ち主は神だ）手に入れた。晩春とあって気温があがり、日射しはまだそう強くなく、風はそよそよと穏やかだ。子どもたちはみなうまくやっている。妻は、世の細君たちと同じほどには満足している。自分は、おのれの意志ではなく、なにかのメカニズムの作用で、絶えず金持ちになっていく。健康状態は良好、というより、とびきりいい。尻《しり》に入っている新しい（みっつめの）ジョイントは好調で、心臓はいまもちゃんと動いている。馬たちは——多すぎるほどいる、筋骨たくましい獣のような馬たちはすべて——活力にあふれている。銃は？　新しいのが数丁。どれも魅力的な口径の銃で、ひとつ、新しい狙撃弾《そげきだん》をテストすることになるだろう。6・5ミリ・クリードモアと呼ばれるやつで、純粋に技術的なおもしろさをいろいろと見いだせることが期待でき、自分はそれをおおいに楽しめるだろう。友人は——自分にはもったいないほど大勢の友人たちが、以前はつながりを持つことになるとはけっして考えなかったところ、全米ライフル協会《NRA》のセレブたちから、年配のスナイパーたち、二、三のジャーナリストたち、七つの州におよぶ大型動物専門の獣医たち、果ては、自分に想像できるかぎりではもっとも経験豊かな元海兵隊下士官《NCO》におよぶまで、随所にいる。ピックアップ・トラックは？　どのみち、一度に運転できるのは一台しかないのだから、それ以上持つことになんの意味がある？

　わたしはあらゆるものを持っている、と彼は思った。

　このごろは、余暇を使って独学を進めてきている。いま目を向けているのはクリミア半島だ。当事者たちにも限界が見えないほど広汎《こうはん》で残酷な硝煙《しょうえん》の雲の下でくりひろげられる戦闘を、緑色を帯びて壊疽《えそ》へと進行し、最終的には、麻酔薬ではなくウィスキーで麻痺させての切断術が施されることになるむごたらしい傷口を、想像しようとしてきた。人生のなかで何度となく、現代の救急医療によって命を救われてきた——そのことを証明する傷痕《きずあと》がいくつも残っている——男としては、この事実のみでも、老いた背すじに震えをもたらすにはじゅうぶんだった。いまは、すべてが順調だ。

それがいつまでもつづくはずがないことはわかっている。つづかなかった。

この世にこれ以上はないほど安っぽくて派手な塗装が施された、最低料金の部類に属するレンタカーが、アイダホ州道82につながっている私道に乗り入れてきた。これはなんらかのトラブルを意味する。友人なら先に電話をかけてくるものだし、彼らはだれひとり、あんな派手な色の車に乗ってくるわけがないからだ。ゲートにはなんの印もなく、郵便受けにスワガーの名が記されているわけでもなく、この家は大きくて美しいとはいっても、ハイウェイからは見てとれないのだから、私道の先にあるのは、くたびれたトレイラーハウスであったり、アイダホの自由な気風に根ざす狂信的な宗教団体の重武装された集団居住地のような奇怪な場所であったりしても、なんの不思議もないのだ。

彼はTシャツの裾《すそ》の内側に隠して装着しているホルスターの38スーパー・コマンダーに手を触れ、安全装置がかけられてはいるが、瞬時に発砲できるようになっているのを確認した。もっとも、これはたんなる習慣であり、核爆発みたいな真っ赤な模様のテンポだかプリズムだかが到着したからといって、それが銃撃戦の前触れであるとは到底言えない。じつのところ、彼としては銃撃戦になったほうがいいような気分なのだが。

その車が近づいてきて停止し、彼は立ちあがった。そして、車を降りてこちらに顔を向けたドライヴァーを見て、驚きはしなかったものの、いささかあっけにとられた。女。年齢は五十代か、もしかすると六十代の初め。パンツスーツ、化粧、そして、このごろはほとんどのアメリカの女性がほとんどどこへでも履いていく、ありふれた高級なスニーカー。手慣れたとか職業的なものとかは感じさせない、ためらいがちな微笑。その顔は、割れたのを不十分にくっつけなおしたようにいくぶん非対称だが、傷痕は見てとれない。複雑な背景がおかしなふうに顔に出ているだけなのか。とはいえ、ひっくるめて見れば、あれは喪失感の表れだと受けとめるほかはなかった。このだれとも知れない女性は、なにか心の傷をかかえているのだろう。

「奥さん《マーム》」彼は呼びかけた。「ひとこと申しあげておきますが、ここは私有地であり、わたしは有名人でもなんでもない。なにかを売りに来たのかもしれないが、わたしはなにも買わない。インタビューに来たのかもしれないが、わたしはなにもしゃべらない。選挙運動かもしれないが、わたしは投票しない。しかし、もし道に迷ったというのなら、よろこんで道案内をしてあげるし、水の一杯ぐらいはさしあげましょう」

「道に迷ったのではありません、ミスター・スワガー——サージェント・スワガー。お住まいを探しだすのに、何日もかかりました。じゃまされるのを嫌ってらして、それが当然なのは存じあげていますが、状況が状況だけに、わたしには話を聞いていただく権利があると申しあげてよろしいかと」

「ははあ――」と彼は言って、考えた。おっと、こんどはなんだ？

「わたしの息子のことで。トマス・マクダウェル伍長《ごちょう》。第八海兵連隊第三大隊、スナイパー。二〇〇三年にバグダッドへ行き、箱におさめられて帰ってきました」


ふたりは黙りこんだまま、しばらくポーチの椅子《いす》に腰かけていた。彼は、もちろん言うべきことばがなにもなかったので、なにも言わなかった。時のみが癒《い》やせ、場合によっては時にも癒やせず、最終的には死によってのみ解決される悲しみがあることは、いやというほどよくわかっていた。つまり、口を開くことになるのは彼女のほうであり、彼女には考えをまとめるための時間がいくらか必要であるように思えた。


ようやく彼女が語りだす。

「ここはとてもいいところですね」

「毎日、ここに二時間ほどすわっているのが好きでしてね。たんに、天気の移り変わりや草の色の変化をながめて。ときにエダツノレイヨウ《アンテロープ》の群れが、ときに数頭のラバが――一頭の雄とその連れ合いたちが――ぶらついていく。一度、雄のヘラジカ、それも巨大な角を持ったやつが通るのを見かけたが、このごろはあの動物を目撃した情報はあまりないようです」

「とてもやさしくしてくださるのね」

「これがわたしの流儀で」

「わたしが説明を求めてやってきたと考えてらっしゃるんでしょう。息子の死にまつわる状況、物語、人物、理由、本質、物理的問題を。その射撃の特徴を。あなたはその種のことをよく知ってらっしゃる」

「助けになるようなら、なんでも話しますよ」

「わたしは、軍の通知チームがドアをノックしたときから調べ始め、多少は知識を得ました。一六〇グレイン、七・六二×五四ミリ弾。古典的なドラグノフ。息子に着弾したときの弾速は、秒速約千六百フィート。鉄芯《てっしん》で、おそらくは歪《ゆが》みや破裂は生じなかった。きれいに貫通した。知らされたところでは、即死であったろうと」

「そのように聞こえますね」

「それが救いであったとありがたく感じるべきなのでしょうが、わたしにはありがたいとは思えなくて。母親としては、とてもありがたくは思えません。母親として、その引き金《トリガー》を引いた人間を死なせたい。母親はみな、それを望むでしょう」

彼は間を置いた。これは予期しなかった話だ。はてさて、いったいなにを言えばいいものか？

「ミセス・マクダウェル、それは健全な考えではないですね。いまおっしゃったことをするのは戦争ではなく、殺人であるうえ、いまあなたがいる場所が騒々しい幼稚園と化すような膨大なトラブルを引き起こしかねないし、それだけではなく、どのような結論に至ったにしても、あなたはありったけの財産を——文字どおりありったけの財産を——弁護士を始め、多種多様な強欲者どもに費やすことになり、それは可能性があるどころかおおいにありそうなことであり、さらに言えば、もしわたしにある種のリベンジ旅行をさせようとしてらっしゃるとすれば、わたしはもう七十二歳で、歳を食いすぎていて、ドアをぶち破ったり、階段を駆けのぼったり、狙撃のために忍び寄ったりする力は欠如していて、そのようなことをすれば、自分が殺されるか逮捕されるかの結果にしかならないというわけです」

彼女がうなずく。

「いちいちごもっともです」彼女が言った。「ボブ・ザ・ネイラーのことを語ったひとびとはみな、彼はたしなみのある男で、わたしを誤った方向へ導いたりはせず、きちんとしたアドヴァイスをしてくれるだろうとおっしゃいました。そして、念のために言っておきますが、海兵隊コミュニティや、射撃コミュニティや、情報コミュニティに属するひとびとのなかに——わたしはそういうひとびとのすべてに面会しましたが——わたしを激励してくれるひとはひとりもいませんでした。だれもが、そんなことはクレイジーだと思ってるんです」

「わたしなら、そういうむごいことばは使わないでしょう。〝悪いアイデア〟だと言うだけで」

「でも――」彼女が言った。

「〝でも〟はつねにあるものです」彼は言った。

「はい。これがわたしの〝でも〟です。あなたは、あれは戦争だった、それがすべてだとおっしゃるかもしれません。彼はみずからの意志で海兵隊に入隊し、サインをしてスナイパー・スクールに入り、自己の意志で戦地へ行き、みずからも何人かを殺害し、ある夜、彼の番がめぐってきました。番がめぐってきた。それが戦争というものです。でも、そんなことはなにもかも、わたしが言うまでもなくよくご存じですよね。そのトリガーを引いた若者は、断言はできませんが、息子のトムと同じくひとりの若者であり、なんの意味も生まない政治的目標を掲げる政治家のために踊り、やはりトムと同じく、戦場ではなくて、どこかのショッピングモールか映画館に行ったり、女の子たちとぶらついたりするほうがふさわしい男だった。そうではないですか?」

「断言はできませんが、まあそのとおりでしょう。あの戦争には、平和も正義もなかった。その若者自身、ぶじにバグダッドを離れた可能性も薄いでしょう。記憶によれば、二〇〇三年のあの地では、大勢が命を落としましたからね」

「そうです」

「わたしの記憶がたしかなら、あの当時、敵はじつに効果的なスナイパー・プログラムを組んでいて、わが国の若い兵士たちがかなりの高率で殺されていた。後日、何名かがあそこへ派遣され、データを分析して、チャートを作成し、それらの狙撃がどこで、いつ、どのようにおこなわれたかを解析して、新たな戦略を設計した。それによって、われわれの軍の戦死者は減少し、敵の戦死者は増加した。トムが戦死したのは、その道のエキスパートたちが解析をする前のことなんでしょう」

「まさにそのとおりです」

「あなたが怒りをぶつけるべき相手は、解析をそれほど遅らせてしまった海兵隊なのでは？　あるいは、大統領や、命を奪われる場所へ息子を送りこんだ背広組の命令系統に属する男たちなのでは？　戦争を支持する社説を書いた新聞社なのでは？　あなたが怒りをぶつけるべきなのは、そのような相手なのかもしれない。あるいは、あのときの戦死者たちは、たとえ対《カウンター》スナイパー・データベースの一部としかならなかったにせよ、なにかのために死んだのだと考えることもできる。最終的には、大勢の母親がトムの母親が感じているような感情をいだくはめになるのを防いだと思えるようになるかもしれない。これは意味のあることでしょう。無駄死にではなく、あとにつづいた兵士たちすべての状況を改善するための犠牲となったのだと」

「そのように感じられたらいいのでしょうね。でも、そうはなりません。そこにもまた、〝でも〟がありまして」

「なるほど。その部分の〝でも〟を話してください」

「でも、あれは戦争の一部ではなかった。でも、あれはモールに行きたがる別の若者ではなかった。でも、あれはイラク軍ですらなかった。でも、その男は死ななかった。でも、その男が何者で、いまどこにいるかを、わたしは知っている」

それは、どこまでもまっとうで、激烈な物語だった。その内容は、まだ確実ではない。ただひとつ、明らかなことがあった。それは、常軌を逸するほど勇敢な、あるいは常軌を逸するほど狂っている――たぶん、その両方だろう――ひとりの女性によって語られたものということ。

彼女はバグダッドに七度、赴いた。四度、レイプされ、三度、暴力をふるわれ、そのなかの一度は深刻なもので、そのため彼女の顔はなんとなく妙な感じになっていた。「折れた骨がちゃんとくっついてくれなくて」と彼女は言った。「ひどいことになっちゃって。でも、そんなことはどうでもいいでしょ？」

彼女は三度、抜け目のない悪党に依頼金を持ち逃げされた。現地での調査のために自宅を売って工面したカネを使い果たした。アラビア語の六ヶ月間の集中訓練コースを受けるのに必要なカネを、兄から借りた。

「最初はニュアンスがつかめないどころじゃなかったんです。なにしろ、アラビア語はとても早口で話され、しかもコンテクストや予備知識に依拠する部分がひどく多いので。それでも、じっくりと聞いて、交渉して、相手の言うことを確認して、話の意味を理解することはできます。あ、それと、イスラム教徒《ムスリム》にもなりました」

「ムスリムになった?」

「イスラムの神を理解する必要があったんです。外部にいたのでは、ほんとうに理解することはできません。それで、改宗のためにまた六ヶ月を費やして、真剣に努力しました。イスラム教徒になって、その歴史や文化、イデオロギーや宗教的熱情を理解できるようにしたんです。どんな気持ちになるかをたしかめるだけのために、異教徒を論破するということも実際に試してみましたが、こんなにクレイジーなわたしですら、それはひどくまちがっているということがわかりました」

　ここまでの話はこうだった。トムの大隊の情報将校が彼女に語ったところでは、バグダッドで第八海兵連隊第三大隊に対峙《たいじ》した男たちは、イラク共和国防衛隊第五バグダッド機械化師団第二機甲強襲旅団の脱走兵たちだった。大規模戦闘の終結後、降伏して社会にまぎれこんだイラク軍歩兵たちは、大半が首都の出身者だったので、その街のことを知悉《ちしつ》していた。彼らは、第八海兵連隊第三大隊が配備されたところ、つまり街の南東部にまさしくその場かぎりの拠点を置き、異教徒である侵略者たちへのゲリラ作戦を遂行し始めた。最初はたいしたものではなかった。できの悪い手製爆弾《IED》、へたな待ち伏せ、的を外すスナイパーといったところで、裏切りや挫折《ざせつ》や失敗が絶えず、無能そのものだった。だが、彼らは急速に熟達していった。

そんなわけで、彼女の最初と二度め、そして三度めの旅の半分は、その部隊にいて作戦に従事していた元兵士たちのなかから、しゃべってくれる人間を見つけだすことが目的となった。まちがった手がかりが多く、多額のカネが盗まれ、人目につかない裏道がたくさんあって、少なくとも最初のレイプはそういう場所で起こった。

ボブは、郊外に住む中産階級アメリカ人の母親がイスラム教徒のローブを身にまとい、バグダッドで現地人とまじわる光景を想像した。いつなんどき目をつけられて、レイプされたり暴力をふるわれたり、さらには殺されたりしてもおかしくはなかったし、それと同時に、彼女がそこにいることを知っているにちがいない多国籍軍の憲兵たちにも追われただろう。彼女はいろいろとへまをして、逮捕され、何度も罰金を支払うはめになったが、それでも調査を続行した。彼女にとってなにより恐ろしいのは、息子の死に報いが与えられずに終わることだったのだ。

そしてようやく、ひとりの男に巡り合った。例の第二旅団の元大尉で、そのときには攻撃ヘリコプター《ガンシップ》の機関砲攻撃を浴びたせいで片脚が不自由になって、妻と家族を養うためのカネに事欠き、それだけでなく、いまの惨めなその場しのぎの生活をさせることになった当時の指導者たちに怒りをいだいてもいた。

アシズは——その男の名だ——知っていた。あることを知っていた。じゅうぶんではなく、すべてではないにせよ、あることを知っていた。アシズは、あるよそ者のことを彼女に語った。

「そいつはどこかよそからやってきた」とアシズは彼女に告げ、それに対するカネは求めなかった。「旅団の指揮官がそいつを引きこんだんだ。そいつはライフルの腕が立つと言われていた。最高の射手《シューター》を引きぬくためにおれたちのところにやってきたんだ。おれのIEDチームの優秀な射手がふたり、いなくなった。彼らは姿を消した——どこへかは、おれは知らん。どこか安全で、ライフル射撃を、AKじゃなく、なにかほかのスナイパー・ライフルでの射撃を学べるところへだ」

彼女は説明をつづけた。その男たちは——ふたりともまだ二十二歳でしかなかった——戻ってくると、ロシアのスナイパー・ライフル、ドラグノフを装備していた。くだんのスナイパーはあるプログラムを組んでいて、彼らをスカウトし、彼らの脱出ルートをきちんと準備していた。まさにプロフェッショナルだった。そいつは、彼らのだれも知らなかった策略を用意していた。一発の爆弾で海兵隊を押しもどす。連中は目につかないところに隠れる——だが、スナイパーの目だけはごまかせない。そいつは、海兵隊員たちがどこへ行かなくてはならないかを知っていて、彼我の距離は測定ずみで、それに合わせて調整し、射撃の練習をしている。海兵隊は退避し、そうとは知らず殺戮《さつりく》ボックスに閉じこめられた。そのスナイパーは迅速に射撃をおこなって、できるかぎり多数の海兵隊員を仕留めたが、敵の組織的な応射が始まって、対応策が展開される前にそこを離脱した。スナイパーは殺戮をし、姿を消した。

「熟練した男だな」ボブは言った。「大事なことをよく知っている」

「トミーは周辺で友軍の支援にあたっていました。聞いたところでは、彼は予感を覚えていたとか。そのときは、第八海兵連隊第三大隊のパトロール本部が置かれていた、あるアパート地区の屋上にいたそうです。その役目は、スコープを通して敵スナイパーたちを探すこと。数分ごとに、数フィートずつ、位置を移動して。もし同じ場所に長くいたら、敵に発見されて、照準を合わされることになるかもしれない。でも――」

「その点はよくよくわかっていますよ」

「でも、ドラグノフを持つ男は、その先手を打ったんです。そいつはトミーがいるにちがいない場所を予測した。遅かれ早かれトミーが占めるにちがいない場所を予測し、ターゲットを狙《ねら》える狭い範囲に身を据えた。その射程にライフル・スコープの照準が事前に合わされ、スナイパー自身は卓越した自制を発揮した。潜伏場所で筋肉ひとつ動かさず、じっと身を横たえ、ライフルのスコープをのぞいて、その照準にだれかが入ってくるのを待って、待って、待ち、やがてトミーが姿を現すと、ほぼ即座に撃った。頭部への射撃でした。即死。射出口は大きく、けれど、顔の片方の目のすぐ下にできた穴はちっぽけな黒い硬貨程度にしか見えなかった。それでおしまい。海兵隊スナイパーには賞金がかけられていたので、その夜の射撃にはボーナスが出たでしょう。もしかすると、ボスの男がその射撃をして、自分がボーナスをもらい、自分の集団の資金に繰りこんだとか——わたしにはわかりません。それもまた、どうでもいいことです。その男は策略を組み立てて、それを実行した。イラク軍残党の戦争に身を投じて、彼ら自身では遂行が不可能だったことを彼らに教えこんだ。トミーを殺したのは、そいつの訓練、そいつのプログラム、そいつの計画、そいつの主導であったということです。ことの善悪はともあれ、あそこはそいつの国ではなかった。あれは自国のためではなく、別の行動だった。聖戦《ジハード》。報いを受けさせねばならないのはその男であり、公式の認定によれば、あの二ヶ月のあいだ、海兵隊戦死者の比率を〇・二四から〇・九六パーセントへ上昇させたのはそいつなんです。あの二ヶ月間における戦死者の合計は二百四十五人におよび、負傷者も五十人ほどにのぼります」

「負傷者《WIA》がそれほど少ないというのは意外だな。通常は、そうはならず、負傷者数が戦死者《KIA》数の十倍ほどになるものなんだが。そいつは体の中心部を狙うように彼らを訓練したにちがいなく、敵をたんに活動不能にさせることなどはどうでもよかったんだろう」

「あの元大尉、アシズによれば、そいつは活動不能にさせるだけのことには価値を認めなかったそうです。コーランには、異教徒を負傷させるのではなく殺害せよと記されていて、そいつはそれを完全に信奉していたとか」

彼女の話がつづく。海兵隊はカウンタースナイパー情報チームを招集し、そのチームが特殊な分析技術をその問題に適用して、敵のスナイパーたちがつねにパターンを踏襲した射撃をしていることを解析した。即興的なスキルが欠如していることも判明した。偶然性に委ねられる要素はなかった。すべてがプログラムに従っておこなわれていた。彼らは千六百から千八百フィートの射程で射撃を遂行し、街路には破壊されたり炎上したりした車輛《しゃりょう》が点在していたので、通常、それらの車を遮蔽《しゃへい》に用い、事後は、あらかじめシェルターとして設定されていたもっとも近い建物へまっすぐに撤退した。

「それがわかったときには、トミーはすでに死んでいました」母親がつづけた。「手遅れでした。しかし、ある日の早朝、敵のスナイパーたちは原則に従って、各所に身をひそませました。そして四時になるやいなや、海兵隊のＴＯＷミサイルによってバグダッドの戦場にあるすべての中隊および大隊の遺棄された車輛が破壊され、それらの残骸《ざんがい》が分隊支援火器《SAW》射撃とそれにつづく手榴弾《てりゅうだん》攻撃によって木っ端微塵《こっぱみじん》にされました。イラク・レジスタンスの二十二人中十七人がその日に死亡しました。その後、それらのスナイパーたちはなんの問題にもならなくなったというわけです」

「ボスの男はどうなった？」

「姿を消しました。局面が変わり、そいつのプログラムは通用しなくなったことを悟ったんです。そいつは可能なかぎり最善を尽くしたが、スナイパーのゲームは終わった、そろそろ楽しい休暇に出かけ、千四百年の歴史を持つ戦争におけるまた別の日の戦闘に備えるべく、立て直しに取りかかったんでしょう」

「しかし、わたしが考えちがいをしているのでなければ、そいつの有用性が完全に失われたわけじゃない」ボブは言った。「そいつが去ったあと、イラクの戦士たちはプロパガンダ・ビデオを作成した。やつは有名になった。だれもがやつを恐れるようになった。二十二人のスナイパーを育成した功績はすべて、やつのものとなった。やつは数百名のアメリカ兵を殺したと言われている。そいつに名が付けられ、その名が知れわたった。最高のマーケティングといったところか。アメリカの広告業界に匹敵するクオリティだ」

「では、その名をご存じなんですね」

「聞いたことがある。そいつは、ジューバ・ザ・スナイパーと呼ばれている」

宵闇《よいやみ》の訪れ。ジュリーが、スワガー帝国の育成厩舎《きゅうしゃ》を切り盛りしている町のオフィスから帰宅し、ジャネット・マクダウェルと会って、ふたりはすぐさま仲良くなった。ジャネットは〝マンハント・パーソナリティ〟をあっさりと脱ぎ捨てて、温かくジュリーに接し、ジュリーは彼女に、夕食までここに残るようにと言い張った。ジャネットはジュリーとともにキッチンに入り、ふたりはとても楽しげに夕食のしたくをいっしょにやった。

夕食が——楽しいひとときとなった——終わると、ボブとジャネットはふたたびポーチに出た。話の残りを聞きとるころあいだった。

「やつがバグダッドから遁走《とんそう》したあと、あなたはその行方を見失った。ふたたびやつを見つけだすために、どういうことをやったんですか？」

彼女はあらゆる手を尽くした。ブッシュ大統領が増派してようやく状況を落ち着かせたあと、さらに何度かイラクの首都へ旅しただけでなく、モスクワへ旅して、ロシアがジューバとコンタクトをとったり、訓練に協力していたりということはないかたしかめるために、賄賂《わいろ》を渡してKGBのファイルを調べ、チェチェンへ旅して、チェチェン紛争の際、ロシア軍に情け容赦のない攻撃を仕掛けた悪名高いチェチェン・スナイパーのひとりがやつではないかと調査してみた。アフガニスタンがいくつかの可能性を示していた。その地でアメリカ軍の最高位将校であったある大佐が、途方もない長射程射撃で敵スナイパーに仕留められ――それは通常よりはるかに高度なスキルの存在を示唆するものと思われた。同じことが、アフガニスタンのヘルマンド州において、上級CIA工作員の身に降りかかった。彼女は息子の死を突破口として、多数の海兵隊スナイパーや情報将校に面会し、たしかな手がかりを探し求めた。だが、漠然とした可能性を示唆するあいまいなものばかりで、確証はつかめなかった。

「諦《あきら》めそうになりましたが」彼女が言った。語られなかったことばはこうだろう。なんの目的もなく生きることに、なんの意味があるのか？

とにかく、その時点で、彼女はこう考えた。〝わたしが知らないことはなにか？　道具のことは知らない。たぶん、それが鍵《かぎ》だ。〟

ライフル。彼女はライフルの勉強に没頭した。銃器関係の雑誌類を読み始め、毎月、七種の雑誌を読んで、銃をよく知るようになった。スナイパーの自伝やスナイパーものの小説を読み、スナイパーものの映画を観た。おりしもポップ・カルチャーがクリス・カイル（映画『アメリカン・スナイパー』の主人公）など著名なスナイパーたちを題材にその足跡を追う風潮がにわかに高まっていて、彼女はその流れに乗った。弾道学を学び、ライフルを研究し、射撃のレッスンを受け……。

「わたしは息子の父親から――彼とはあの子が三歳のときに離婚したんですが――二

十万ドルの慰謝料をもらっていました。そのおカネがあったので、つづけることができたんです。それにすべてを注ぎこむために、親戚《しんせき》のひとたちとは縁が切れてしまいました」

ある時点で、彼女は特定の銃に集中する決断をした。彼女が話を聞いた海兵隊情報将校はみな、ジューバとそのチームはロシア製の古典的なドラグノフを用いていて、彼らの銃は五十年ほど前にソ連軍の制式銃に採用されたものだと言った。海兵隊員たちはそのことをよく知っていた。それは世界の至るところで彼らに牙《きば》を向けた銃であり、彼らは一九七三年に、ＣＩＡの助力を得てその一丁を取得することができたのだ。

「その話は聞いたことがある」ボブは言った。

「ただ、鍵になるのはライフルではなかった。弾薬だったんです」

「よき洞察だね」ボブは言った。

「ふつうなら、そこまで深く知るようにはならなかったでしょう。わたしは自分が銃と呼んでいるものに銃弾と呼んでいるものを入れて、トリガーを引くだけでいいんだと考えていました。でも、それは射撃の半分ですらない。十分の一ですらない。学ぶべきことが山ほどありました。わたしはそのほとんどを学んだのです」

この女性は固く決意していた。なにものも彼女を阻止しえなかった。銃の技術的細部という迷路ですら、また、射撃文化につきものの微妙なニュアンス、意見の不一致、偽情報の氾濫《はんらん》、気まぐれに付けられて、なんの意味もなく、憶えておくしかないさまざまな術語ですらだ。

「その弾薬は、一九五〇年代にブルガリアのAD工廠《こうしょう》で製造された、世界でもっとも高精度の七・六二×五四ミリR弾と判明しました。それはヘヴィーボールと呼ばれ、雷管が黄色の弾頭《イエローチップ》を持っています。一個の金属製の缶に三百発が収納されて運ばれ、腐食性であるため、それを用いるスナイパーはつねに銃身をきれいにしておかなくてはならない。ジューバはつねにそのヘヴィーボールを手近に確保しているのだろうと、わたしは推理しています」

「正しい推理だね」ボブは言った。彼も、海兵隊で作戦行動に従事していたころは、フランクフォード工廠で製造された三〇八マッチ・ターゲット弾を手元に確保するようにしていた。銃とその弾薬に自分の命を預けることになるのだから、命を預けられる銃と弾薬を使って射撃をしなくてはならないのだ。

「そこで、わたしはこう推理しました。ジューバはバグダッドを離れたあとも、その弾薬を継続的に確保する必要があった。なぜなら、以後の彼の活動にそれが必要になるからです。となれば、わたしはあることを突きとめなくてはいけない。ブルガリア製の七・六二×五四ミリ・ヘヴィーボールはどこで入手できるのか？」

「つぎの行き先はブルガリアに？」

「はい。その弾薬はもはや製造されておらず、製造されていた時代ですら、大量にではなかったことが判明しました。何千万という単位ではなく、数百万でした。充填《じゅうてん》される発射薬量の許容範囲が狭く、実包の検査が通常より厳格とあって、製造に時間がかかったのです」

　彼女はソフィアに飛んで、ある男を知るある男に出会い、その後、二万五千ドルの賄賂を渡して、ブルガリア政府の公文書館に入りこみ、ヘヴィーボールの船荷証券を調べていった。一九六二年に余剰物資となり、その後の二十年間、ある倉庫に置かれていたとなっていた。やがてソ連軍がアフガニスタンに侵攻したとき、スナイパーたちはその弾薬がすぐれていることを即座に見抜き、大量にソ連軍へ輸送されることになった。それはアフガニスタンで多数の、さらにまたチェチェンで多数のムジャヒディンを殺した。だが、資本主義という新たな政体が生まれると、残った弾薬は——一千万ほどだったようだ——七・六二×五四ミリ弾が使われているさまざまな国へ輸出されるようになり、そのほとんどは、二十世紀というソ連およびロシア帝国時代に製造された、同じ口径を持つボルトアクション・ライフル、モシン・ナガンを大量に輸入している国だった。そして最終的に、大量に売りに出されたブルガリア製ヘヴィーボールなる弾薬の最大輸入元は南アフリカのエリザベスタウンにある、サウススターと呼ばれる会社となった。

「あなたはそこにも行ったと」

「はい。好都合なことに、あそこはなんでも売りに出されている国のひとつでした。最初、二、三度つまずきがありましたが、そのあと、ひと晩のうちにサウススターの船荷および在庫記録を入手することができたんです」

彼女がブリーフケースに手を入れて、コンピュータのプリントアウトを取りだす。それは膨大《ぼうだい》なプリントアウトで、すべてを読みとるには数時間を要するにちがいなかった。しかし、彼女はすでにそれに目を通し、長年にわたるサウススターのくだんの金属ボックスに関する支出金額の部分に注釈を付け、その弾薬の数値が目立つように該当行の横に黄色い点を打っていた。

見たところ、三ヶ月に一度、五千発の弾薬が世界のさまざまな場所へ発送され、その大半は中東のようだった。何年間か、その仕向け地はエジプトになっていた。その後、二年ほどはイラク。そして最終的に、プリントアウトによれば、その受取人は南シリアと記されていた。

「支払金額はつねに同じ。代金はいつも同じスイス銀行から伝送。最後の発送先を見たところでは、彼はいまも、あの戦地から遠く離れた南シリアにいるようです」

「受取人はやつだと考えている？」

「そうです。その弾薬の面倒な点は、密度が高いせいでとても重いことです。つまり、彼は一度に百万発を注文して、それで終わりにするというわけにはいかない。数ヶ月ごとに、扱える程度の少量の弾薬を入手するしかない。もし彼が警戒を怠らずにいるのなら、もし彼が工作活動のピークを維持しようとするなら、絶えずその弾薬を確保しておかなくてはならない。支払い方法がつねに同じなのだから、仕向け地や受取人の名がどうであれ、受取人は同じであるのは明らかです。これがなにを示すか、おわかりになりません？　住所ではなく、ひとつの町。このケースでは、最後の荷物は、ほんのひと月前、南シリアにあるイリアという町へ送りだされました。彼はそこにいるはずです。その地域のどこかに、国外から運びこまれた荷物を処理するのに好都合で、政府の許可を得ているにちがいない、受取場かなにかがあるのでしょう」

「実際、そこには住所が記されていない。これでは動きがとれない」

「ええ。でも、有能な男なら、つぎの荷物が来ることになっているころに、そこへひそかに入りこむことができるでしょう。そうすれば、到着の場所を突きとめ、荷物の確認ができる。大元をたどるのが不可能なら、尋ねてまわればいい。きっとだれかが、遠い砂漠に住んで、射撃をよくやっている、とても裕福なひとり暮らしの男がいることに気づいているでしょう」

「わたしはそうは考えない」ボブは言った。「もしやつが、あなたが言うほど賢明な男であれば、町のいたるところに密告者を配置しているだろう。もしだれか、尋ねまわる人間が現れたら、それは新たな隠れ場所を見つけろというサインになる。やつは迅速に動き、そのニアミスに懲《こ》りて、警戒の度を倍増するだろう。そのヘヴィーボールを送らせるのはやめて、別の供給源を探すかもしれない。やつはおそらく、長年にわたってサウススターから輸入してきたとあって、不安を覚えているだろう。あなたはこの件に関して、CIA《エージェンシー》に相談に行ったことは？」

「ないです。行っても追いはらわれるという経験を、とてもたくさんの国でしてきましたから。だれもが、わたしをボルティモアの狂った女と思ったんでしょう。彼らにすれば、わたしは迷惑なだけの人間。航空機搭乗禁止リストに載せるということまでされましたから、こちらは身元を変えるエキスパートになるしかなかった。そんなわけで、わたしはEメールアドレスも電話番号もなく、訪問のための事前通知もできません。たんに姿を見せ、この悲惨な境遇を頼りに、聞き手を得るしかないんです。羞《しゅう》恥心《ちしん》は捨てました。そんなわけで、わたしはCIAのようなところへ行こうとは思いません。これからも、ほかのあらゆることに対処してきたのと同じやりかたで対処していきたいし、それがわたしの流儀なんです。まだあてになる親戚は残っていて、いまもそこそこの金額は支払うことができます。でも、この件は急いで対処しなくてはいけない。なぜなら、あの男は警戒心が強く、よく移動しているから。それが彼のパターンだと、わたしは認識するようになったんです」

「なるほど」考えながら、ボブは言った。「そして、あなたはこう思っている。その地へ入りこんで、やつを見つけだし、かたづけることができる人間は、わたしだと？」

「わたしはもう、すべてをさらけだし、あなたが立ち位置を変えてくださるのを期待しています。あなたに、とてもよくできた偽造パスポートをご用意できます。わたしが信頼できる人間を、あなたのガイド兼通訳としてお付けします。あの国に二、三日以上、滞在される必要すらないでしょう。あなたはイリアのあたりで彼を発見し、彼を消す。一発、一殺で。それは正義であるのみならず、有益でもあります。そして、あなたは世界に恩恵を与えることになるでしょう」

もちろん、ことが計画どおりに運ぶわけはないが、それでもなお、この目にジューバの姿をおさめ、そいつの顔が破壊されて忘却の彼方へ消え去るのを見るというのは、おおいに誘惑的ではあった。あらゆることが正しく、否定すべきものはないように感じられる。だが、それでもなお、これはまちがっているのだ。

「ノー」彼は言った。「それはやらない。戦争ではなく、殺人になる。正義ではなく、復讐《ふくしゅう》に。情報的価値もなければ、戦略的価値もない。何人かの外交官の命を救うことにはなるだろうが、それはどうでもいい」

「なにもしないと――」

「手を貸さないと言ったわけじゃない。あなたは途方もない人物だ、ミセス・マクダウェル。郊外に住むアメリカ人女性がみずからCIAになり、プロフェッショナルをしのぐ成果をあげる。度胸でも彼らをしのぐ。辱めや暴力を受けたり、もしかすると殺されることになるのを知りながらも、進みつづける。あなたはたいした気概の持ち主だ。わたしは気概のある人間を尊敬する。世間はそれをなんと言っているか？真の勇気《トゥルー・グリット》」

「わたしはヒーローじゃないです。なにかをしなければ、この苦しさに負けて死んでしまうと思っただけで。わたしにはトミーしかいなかったんです」

「わたしがなにをするつもりか、お話ししましょう。このことであなたが出費される必要はまったくない」

「そんなことを言われたのはこれが初めてです」彼女が言った。

「エージェンシーと距離を置くことについては賛成しよう。それが賢明というものです。あそこにいるのは、自分たちは目先ではなく長期戦の視点で動いていると思いこんでいる間抜けばかりでね。彼らは、自分たちはカオスの支配者だと勝手に確信している。このケースでは、彼らはその男に手は出さず、その動静を追って、やつが自分たちをどこへ導くかをたしかめようとするだろう。もしそいつが、だれか大物につながる手がかりをばらまけば、彼らはそれを鵜呑《うの》みにし、もしかすると、誘拐したり、情報を引きだしたりするかもしれないが、彼らがどれほど賢明なことをしようとしても、それはおろかな行動になってしまう。ジハードを食いとめることにはならず、彼らと同じような仕事を異なる側面からやろうとしている同盟国の男を出しぬくだけのことだ。混乱を招くだけ。たとえれば、やたらと大勢の賢い子どもらと切れやすい教師のいる八年生の教室のようになるのがおちだ」

彼女はなにも言わなかったが、その沈黙は、同じ結論に達していることをうかがわせるものではあった。

「わたしの提案はこうだ」彼は言った。「わたしはイスラエルの機関、モサドのかなり高位にある男とコネを持っている。会ったことはないが、彼は数年前、わたしが関与したできごとに関連する工作を仕切っている。そして、聞いたところでは、彼はわたしを詳しく調べ、その結果、わたしがその気もなく彼の役に立っていたことが判明した。わたしがそれを知ったのは、娘がＦＯＸの特派員としてテルアヴィヴにいて、彼が娘と接触し、友人兼情報源になったからでね。つまり、わたしは娘を通して、この件を彼に提示できると考えているというわけだ。くだんのジューバは彼らに対しても敵対工作をしているだろうし、わが国の同類たちとはちがい、イスラエル人はあらゆることに個人的に対処する。なので、わたしがテルアヴィヴへ行き、彼らの関心を喚起できるかどうか、たしかめてみるのがいいのではないかと」

「その費用はわたしが持つべきでしょう」

「それはどうだろう？　わたしは金持ちだ。どうしてこうなったかはよくわからないが、わたしは自分のカネを銃器に注ぎこんだり、ときどき妻と連れだってそこらの雑貨屋へ行き、世間話に花を咲かせたりしているだけの男でね。ジューバ・ザ・スナイパーを排除するために出費するのは名誉なことだ。あなたがすべきなのは、のんびり、くつろいで待っていることであって、もう二度と、暴力やレイプをされるはめになってはいけない」

3

南シリア、イリア近辺

また同じ夢。何年も見てきて、これからも永遠に見ることになる夢。アラーは仲裁してくださらない。アラーがそれを命じたのであり、それにはひとつの目的がある。自分を賢明にさせ、つねに恐れ、警戒させるという目的が。そして、それはまた、自分が身を置くことを選択した世界の過酷な現実と、それを支配するためには対価を支払わねばならないことを思い起こさせるものでもあった。

この夢のなかでは、彼は瓦礫《がれき》のなかにうずくまっていた。前方にアメリカ人たちがいるのが見えている。自分の肩にドラグノフが押しあてられているのが見える。自分が壁か倒れた柱か自動車のフェンダーに身を押しつけているのが、自分の目が照準《レティクル》をのぞきこみ、手が銃把《グリップ》を握り、肩に銃尾があてがわれているのが見える。

もう何度となく見た夢だ。アメリカ人たちがあわてふためいているのが見える。彼らのヘルメットは亀《かめ》のような形状と砂色をしていて、後頭部と首の後ろ側を守るためのでっぱりが付いている。装備がぎっしりで、あれでは動けることすら奇跡的だ。彼らは、テンプル騎士団の十字紋章がある白いチュニックが欠けているだけで、十字軍兵士のように見える。ボディアーマーに身を包み、リュックサックを背負い、おびただしい武器を携えている彼らは、新たな十字軍のように見え、夢のなかにいる彼にとっては、彼らがそこから火に包まれた各都市へ行くのはむずかしくないことのように思われた。それらの都市では、男たちが柱に縛られて火あぶりにされ、モスクが穢《けが》され、女たちがレイプされ、市街地で略奪がおこなわれて、ムハンマドの地のいたるところで絶望がひろがっている。そのすべては十世紀前に起こったことというのは、なんの意味もない。時は無意味だ。〝あのとき〟もなければ、〝いま〟もない。

慣れた手で扱うこのライフルは、じつにすばらしい。スコープ・イメージの広い視野の中央部を占める逆V字《シェブロン・レティクル》は小揺るぎもしない。シェブロンのポイントをしかるべきところに置き、距離を測定し、上下《エレベーション》をわずかに調整し、もしレンズの前を砂粒が横切るほど風が強ければわずかに左右を調整する。それから、この時点となってはほぼ自動的にトリガーが引かれる。トリガーを手前へ引いてやれば、それはかすかな抵抗を示しつつ引き絞られていく。ねじれも横ずれもなく、ロボットがトリガーを引くような正確さをもって、銃がブルガリア製へヴィーボールの形態を成す死を相手へ送りこむ。そして、ジューバは肩に小さな衝撃を感じ、銃が一瞬ぼやけて見える。ついで銃の機構が作動し、発砲の反動によって、もとの状態へと復帰する。

命中したときの反応は、そのつど異なる。相手には、なにが起こったのかはけっしてわからない。ある者は即座に動かなくなり、ある者は銃弾の貫通に——言い換えれば、死そのものの貫通に——抗しようとする。ある者は怒りをあらわにし、ある者は観念し、ある者は安堵《あんど》すらし、永遠の眠りへと落ちていく。

もちろん現実世界ではめったにないことだが、この夢のなかではターゲットがたっぷりとあった。いたるところに、恐怖で身をこわばらせた海兵隊員たちがうずくまり、遮蔽を求めて、瓦礫の割れ目や切れ目に身をよじ入れたり、建物の戸口や自動車のなかへもぐりこもうとしたりと、なんであれ敵スナイパーの怒りから遠ざかろうとしていた。だが、この世界は殺戮ボックスだ。彼の指が神の意思を代弁する。レティクルのシェブロン交点に重なった異教徒のイメージをまったく揺るがすことなく、その指がボルトの作動を促して、ドラグノフからへヴィーボールを発射する。自分は異教徒たちをアラーが送りこむ死の旅路に何度つかせたことか、もはやその数を追いきれないほどだ。

だが、夢はそのつど、途中で変容する。そのつど、自分はおのれの運命に遭遇する。ターゲットを探し求め、やっとそのひとつが影のなかに身をひそめているのを見つけだす。それほど明瞭ではない。生死を分かつほんの一瞬、煙が晴れるのを待ち、風に吹かれた煙が薄くなったとき、人生のいつの日にか見ることになるとわかっているものがはっきりと見えてくる。ひとりの男。自分自身のようなその男が、スコープが付いたライフルの銃床の背後に静かにうずくまり、その銃身は二脚《バイポッド》に据えられている。つまり、バイポッドの二点の支えによって静止しているのだ。その瞬間、銃口炎がひらめいて、乱れた輝きが視野をよごし、実包の焼け残った発射薬が燃えきってしまうまでのほんの一瞬、それがつづく。そして、自分は命運が尽きたことを悟る。

おう、アラー、お聞きください。わたしはわが存在と魂のすべてをあなたにささげてきました。どうか、わが罪を赦免し、天国へお迎えくださいますように。

自分がどのような死を迎えることになるかはよくわかっている。遅かれ早かれ、自分の全人生が、最初はイスラエルに、つぎはイランに、そのあとはクルドに、そしてロシアに、そしてまたイスラエルに、最後にはアメリカに追われ、自分はみずからと同じくらい熟練した男の賞金首となるだろう。

彼ははっと――いつものように――汗にまみれて目を覚まし、パニックと戦った。砂漠の夜は静まりかえっていた。彼は身を転がしてベッドから降り、窓辺へ歩いて、外にひろがる広大な無人の平野をながめた。遠方、この谷間の地の反対側に、警察署の灯りが輝いていた。階下の警備兵たちも静まりかえっているが、もちろんそのひとりは当直に就いているだろう。今夜はなにも起こらないはずだから、確認をするまでもない。

それでも、心が落ち着くことはなかった。たぶん、前途に待ち受けているものが気を落ち着かなくさせ——これほどの年月を重ねてもなお、そうなってしまう——肉体もそれに反応してしまうのだ。どんなに祈っても、それを鎮めることはできそうにない。パイプでハッシッシをやろうかとも思ったが、それをやると、朝になっても、頭がぼうっとして、まともにものが考えられなくなってしまうだろう。

そこで彼は、栄光の瞬間に気持ちを集中することにした。あれは神の贈りものだった。自分がすべてを奪いとられて、屈辱と恥辱を受け、苦痛がけっして消えずに絶えずよみがえってくることに対してアラーが与えてくれた補償なのだ。

彼はあのバスのことを思い浮かべた。

4

テルアヴィヴ

　ボブがその住所に行き着くと——ビーチから半マイル足らず、宿泊しているホテルから一マイル足らずの距離だった——そこにはカフェのようなものがあり、店外の日射しがあたるところにテーブルがいくつか置かれていた。そのひとつを選んで腰をおろすと、ウエイターがやってきたので、ボブは、アイスティーは好きでもないのにアイスティーを注文した。アイスティーを注文するようにと伝えられていたのだ。おそらくひとつのチームが双眼鏡を使って自分を観察し、もうひとつのチームが通行人のなかに危険人物の姿を探しているだろうと推測しながら、彼はしばらくそこにすわっていた。爆弾は炸裂《さくれつ》せず、機関銃の銃声はとどろかず、こちらに目をとめる者はおらず、なにかの動きを見せる者もいなかった。

　ようやく、カフェかレストランのような店のなかから、ひとりの男が出てきて、テーブルのところへやってきた。

「スワガー軍曹《サージエント》？　わたしはガーション・ゴールドだ」

「どうも」ボブは言った。「どうぞ、おすわりを」

　男が椅子に腰かけた。ボブと同じく、サングラスをかけている。ボブと同じく、オープンネックで、暑気がしのげるように細い糸が緩く織られた、白っぽい色の半袖シャツを着ている。ボブはレイザーバックス（アーカンソー大学のスポーツ・チームの愛称）の野球帽をかぶっていた。ゴールドがかぶっているのは、黒いバンドの付いたトロピカルな中折れ帽《フェドーラ》だ。それに暗色のパンツとぴかぴかのローファーを合わせ、グリーンのベルトを付けたブライトリングの腕時計をはめている。その顔はなんの表情も表さず、乳白色をした剝製《はくせい》のような顔のなかに、しかつめらしく引き結ばれて、なにも物語らない口があるだけだった。墓石に、〝もっとオフィスで長い時間をすごしたかった〟ということばが刻まれそうな、珍しい種類の男であるように見えた。

「雑談につきあってくれて、ありがとう」ボブは言った。「わたしの持ちあわせているものがあんたの役に立つとわかればいいんだが」

「ＦＢＩの、あなたに関するファイルを調べた」ゴールドが言った。「あなたは多大な貢献をなしてきた。わたし自身は、じつのところ、ただの事務員でね。わたしの仕事には、勇気は必要とされない。ではあっても、自分はそれなりに有用な人間だと考えているよ」

「娘に聞いたところでは、あんたは所属する機関におけるジョージ・スマイリー（ジョン・ル・カレ著のスパイ小説の主人公。英国情報部勤務の忠実で控えめで温厚な紳士）であるらしい。それは〝高名なスパイ〟を意味するんだろうね」

「まあ、そのようなところか。ただし、わたしには美人の妻もいなければ、百科事典的記憶力もない。それと、スマイリーとはちがって、わたしは皮肉屋じゃなく、いまも謙虚な巡礼者でね。それはさておき、あなたのお嬢さんはきわめつきに聡明《そうめい》だとわかったよ。あなたはきっと、おおいに誇らしく思ってるだろう」

「そうだね」

ゴールドがうなずく。

「どうぞ、話を始めて」

「この場所は安全か？　機密に属するかもしれない、ある名を口にしてもだいじょうぶなのか？」

「ここはじつのところ、わが機関の対テロ部門に属する若手メンバーたちに囲まれているんだ。これは言わば、彼らのお気に入りのお膳立《ぜんだ》てというわけでね」

ボブはひとつ息を吸ってから、切りだした。

「まずは、こちらから質問をさせてくれ。あんたはジューバという名に心当たりはあるか？　ジューバ・ザ・スナイパーの名で知られる人物に？」

ゴールドは平然と椅子にもたれこんだだけで、なんの驚きも示さなかった。それでも、その顔つきがごくごくわずかに――ほとんどだれも気づかないほどかすかに――なにかを物語って、ひとつの反応を伝えてきた。そして、それはすぐに消えた。

「非常に興味深い紳士だ」

「それだけではないんだろう？」

「警告しておかなければいけないが、何年ものあいだ、ジューバに関してわれわれにもたらされた情報は、わかってみれば役に立たないものばかりだった。彼は誤情報に包まれているんだ。あの男自身の警備体制も、その上司たちと同様、きわめて賢明に整えられている。それには偽装の足跡、不正確なリーク、偽造目撃談といったようなものが含まれている。われわれは多数の裏情報をたどってみたが、どれも袋小路だった。彼は、われわれがほしがっている情報をいろいろと知っていて――われわれは彼を説得できるにちがいないんだが――彼はいまだに、実在の男というより神話の人物であるように見える。まぼろしのようにだ」

「つまり、こう言いたいのかな。わたしはだまされていて、これはまちがった情報であり、この会話はエネルギーの浪費であって、つまるところ、みんなを失望させて終わるだけのことだと」

「陽動ですらあるかもしれない。あなたの情報が確実だとはけっして言えないんだ。ジューバの存在を示すささやきがあれば、われわれはその方向へ導かれ、彼はわれわれがその罠《わな》にかかったために残された隙間《すきま》で工作をおこなう。前にもそういうことが起こったのでね」

「言い換えれば、このゲームでは、わたしはただのアマチュアであって、その情報はまちがいだらけかもしれないということか」

「失礼な言いかたになるが、この段階ではなんでもありうるというわけだ」

「では、ひとまずひとつの物語を、その物語のヒーローである、きわだった女性のことをすべて、語らせてもらおうか」

「どうぞ」

ボブは、ジャネット・マクダウェルのことを、郊外に住むひとりの主婦が〝ワン・ウーマンCIA〟のように、その深く隠蔽された浸透工作員のようになっておこなった冒険譚《ぼうけんたん》を、できるかぎり簡潔に物語った。モサドのプロフェッショナルは、ときおりレモン・ウオーターをすするだけで、まったく口をさしはさまず、熱心に耳をかたむけた。

ようやくゴールドが言った。

「なにか、それを証明する書類はあるだろうか？　裏づけになるようなさまざまな書類のコピーとか、そこに語られた個々人の写真とか——たとえば、彼女が旅のなかで虐待にあったことの確証になるようなものなどは？　これは一次評価の対象になるほどの情報なのか？」

「そのすべてが、このブリーフケースにおさめられている。それだけでなく、わたしは私立探偵を雇って、裏を取らせた。もし彼女に会ったとしても、どうかそのことは伏せておいてもらいたい。わたしも同じ疑問をいだいたのでね。で、退職した元FBIエージェントで、この種のビジネスにきわめつきに習熟している、ひとりの友人にも依頼して、彼女の書類を調べてもらった。どちらの調査でも、彼女はもののみごとにテストにパスした。彼女の頬骨《きょうこつ》突起はまちがいなく二〇一〇年に四つに砕け、そのせいで彼女は七ヶ月間、病院に入院していた。それでも、その骨がきちんと元どおりに癒えることはなかった。彼女が捻出《ねんしゅつ》したさまざまな費用の資金源は、親戚のひとびとや、離婚した元の夫、自己の不動産の売却であったことが示されている。彼女にはもう、たいしたカネは残っておらず、楽しく思えるような未来もたいしてない。二百万ドルの負債があるのに、将来になんの展望もないんだ」

「では、彼女の物語は本物だと？　もちろん、われわれが再確認をやっても、あなたは気を悪くしないだろうね？」

「どうぞ、やってくれ」

「ただ、彼女の物語が本物であっても、彼女の情報が本物であるという証明にはならない。もしかすると、これもまた、イラン情報省の天才的人物が編みだして、ジューバが仕掛けたゲームなのかもしれない。あの省には何人か立案者として名指しできる人物がいるんだ。そういう天才のだれかが、その女性がおこなった何度かの旅のひとつで彼女を発見し、たくみに真実を装った偽情報を彼女に与えたとか。彼女には信念があり――そして、息子を亡くしたことに対する正義を成し遂げるには、彼女にはひとつの信念が必要だったろうから――それがまさに、われわれになんらかの影響をおよぼすために行使する道具として使われたのかもしれない」

「たしかに。それはありうるね」ボブは言った。「しかし、もし彼らが彼女のことをよく知っていたら、そんな手間をわざわざかけたりせず、彼女の頭に銃弾を一発ぶちこんでいたというほうが、もっとありそうに思える」

「それに、厄介をかけている以外には、彼女は現在、ＣＩＡの管理下に置かれているのでもなければ、彼らの注意を引いてもいないということなのか？」

「わたしは以前、ＣＩＡと関わりを持っていたが、いまはもうあの組織に知り合いはいない。だが、現在のあの機関の混乱ぶりからして、そうだとしてもおかしくはないな。天才的なやつがいれば、彼女のユニークさを利用してゲームを仕掛けることはありうるだろうが、いまのところ、あのエージェンシーの連中はだれもかれもが心底、仕事にうんざりしているように見える」

　ゴールドがうなずく。

　しばらくして、彼が口を開いた。

「ちょっとチェックをさせてくれないか。一両日中にこちらから電話を入れる。せいぜい、われわれの街を楽しんでくれ。勘定はすべて、モサド持ちということにしよう」

「それはとても親切な申し出だが、資金提供を受けるのはさしひかえたい。わたしは自腹を切るほうが好きなんだ。それぐらいの出費はまかなえるさ。カネはすべて、子どもらに残してやらなくてはいけないのかね？」

　ゴールドの目尻に、つかのま、しわが浮かぶ。

「まさか、それはないんじゃないか？」


　それから二日間、ボブはテルアヴィヴの名所と風情を楽しみ、景色や女性たち、この街を活気づけているように思える〝きょうこの日を生きよう〟という住民たちの気質に感銘を受けた。それは、銃弾の標的として生きる国のひとびととしての境遇を前向きに受けとめているもので、終末を迎えようとしていたころのサイゴンでよく感じたことだった。おそらく、トロイの住民たちも同じ感覚を持っていただろう。ホテルのヴェランダは一方は地中海の青い水に臨み、反対側は、何千とも見えるアパートが建ちならんで、そのすべてがすばらしい陽光に照らされている低木の山並みを臨んでいて、ここでザクロ・ジュースやソーダを飲むのが好きになってきた。ただ、ときおり、爆発とおぼしき騒音が鼓膜を打つということはあった。始終ではないが、ときどきサイレンの音が聞こえてくる。頭上から降りそそぐ日射しで顔が浅黒くなってきたような、そして自分の足取りが活発になってきたような感じがしていた。

三日目の夜、電話が鳴った。ゴールドではなかった。

「明朝九時に、車で迎えに行く」とその声が知らせ、すぐに電話が切れた。

そして、きっかり九時、若者の運転する黒のシトロエンがやってきた。

「ミスター・スワガー?」

「うん」

「どうぞ、お乗りを……」

車が街のなかをうねうねと通りすぎ、ようやく郊外に出て、しばらく行くと、黒いキューブのような建物のほうへ進路を向けたように思われた。陽光のなかにあるそれは、完全にSFの世界から抜け出てきたものであるかのように、まったく光を反射せず、なにものをも寄せつけず、冷酷非情なもののように見えた。それがモサドの本部であることは知っていた。六階建てのその建物はガラス・ブロックで覆われ、その黒いガラス面を見ていると、外から内部をのぞき見ることはできず、内側から観察されているのではないかという気がしてくる。

セキュリティは万全だった。ボブの書類が調べられ、身体検査がおこなわれ、衣服のラベルまでがチェックされた。あの若者が終始、同行し、最終的にボブを六階へ案内して、むさ苦しい会議室へ通した。そこに、委員会のように見える面々が彼を待ち受けていた。

ゴールドは彼を彼らに紹介したり、彼に彼らを紹介したりする手間は省いた。名前などはどうでもいいことだ。その男たちはゴールドと同じく地味で、顎《あご》ひげを生やしている者もいれば、そうでない者もいた。全員が、この何年かほほえんだことがないのではないかと感じさせるような顔つきだった。それぞれがフォルダーを手に持っている。この場の責任者はゴールドであるように思われた。

「サージェント・スワガー、わが同僚たちとわたしは、いまからあなたにいくつかの質問を提示する。それは効率的かつ率直にことを運ぶためのものでね。場合によっては、彼らが敵対的だとお感じになることがあるかもしれない。それは当たっているかもしれない。わたしは同僚たちに、肯定派と否定派の両方が参加するようにと要請した。礼を失する意図はないので、どうか私的な攻撃とは受けとらないようにしていただきたい。とりわけ、コーエンに関しては」

「コーエンというのは？」ボブは問いかけた。

「わたしがコーエンだ」血気盛んな目をして、もじゃもじゃの顎ひげを生やしている小柄な男が言った。

「どうしたわけか、わが長官はコーエンを、そしてそのユーモアを解しない人柄を許容していてね。たぶん、それは、そうなってはならないという教訓をわれわれに示すためであろうと。それはさておき――コーエン？」

「あなたはミセス・マクダウェルとファックをしている？」コーエンが問いかけた。

ボブは、これは面倒なことになりそうだと悟った。

「いいや」彼は言った。

「彼女の裸を夢想したことはあるか？」

「ふざけてるのかね？」

「彼女の胸は大きいか小さいか？」

「見当もつかない」

「彼女は好色な女性だと考えている？」

「きみは悲嘆を好色と見てとるのかね？」

「あなたはこれまで何人を殺してきた？」

「あー。多すぎて、勘定できない。わたしを殺すことができなかった人間や、殺そうとしなかった人間は、ひとりも含まれていない」

「あなたは殺しを楽しんでいる?」

「わたしは射撃の技術を楽しむ。それが、わたしがここでこういうことをする原因になっているというわけだ」

「あなたは銃マニア?」

「銃に敬意はいだいているし、銃はわたしの役に立ってくれる。わたしは社会のために銃を用いて戦う家系に属しているが、それだけでなく——そのことをじっくり考えてきて、最終的には——それは自分を満足させるものであることを認めるようになった。いま言ったように、銃を使うことがわたしのやるべきことであり、もしそれをしなければ、人生の大事な部分が失われる。しかし、わたしは銃とセックスするような人間ではない」

「それでもやはり、これはすべて、あなたがまた銃撃戦に身を置くための空想という可能性はあるのでは?」

「そのことはしょっちゅう考えるね。その可能性はある。しかし、海兵隊に入隊して以後、自分がやってきたすべてにおいて、わたしは誤りを正す道を歩んできたのだし、空想するのは自分のような忘れられた人間の犠牲を思い起こすのがふつうだね」

「あなたは病的な殺人者？」

「わたしはサイコではない。わたしはつねに銃に興味を持ち、その能力を高く評価しているし、その能力は、わたし自身がそうしてきたように、きわめつきの極限状況にあるときに、その頂点をきわめるということだ。わたしは殺す必要性は感じていない。それを夢見たことすらないね」

質問がつぎつぎにやってくる。パターンはなにもないように思われた。全方位から銃撃を浴びせられているようなものだ。言われていたように、もっともわずらわしいのはコーエンだった。

「あなたは、狙撃という行為は殺人なのか戦争なのか、どちらだと考えている？」

「戦争。わたしは武装した男たちだけを撃ち倒す。殺人によろこびは感じないし、それでカネをもらったこともない。カネは、馬を育成する仕事で得ている。わたしは馬が好きでね。妻は事業の運営が得意で、わたしには名声があるから、わたしたちは豊かになれた。もうカネは必要ない。将来に必要となるだけのカネはすでに持っているんだ」

「ミセス・マクダウェルのなにがあなたを動かすことになったのか？」

「彼女の苦しみだ。わたしの近しいひとびとの何人かも、暴力的行為によって命を落とした。彼らは、その全員が、そんなふうな死にかたをしてはいけない善良なひとびととだったが、ときに、気まぐれや凶運で、そうなってしまう。だから、わたしはその苦しみを感じるというわけだ」

「それがあなたの判断を狂わせたかもしれないと考えることは？」

「ない。彼女はまっすぐだ。その苦しみは本物だ。その勇気は本物だ。彼女にまつわる事実はすべて真実だ」

「なぜあなたはこの国に来た？」

「もし進展がなければ、彼女は自殺するのではないかと案じたから。われわれが――というか、彼女が――進めてきた調査がある地点に到達していることを認識した。そこからさらに進めるには、国家の関係者の支援が必要だと。われわれのおよばない資源が、われわれには入手しえない情報へのアクセスが必要になると。われわれには、さらに先へ進められるほどの力はないんだ。それと、彼女はこの中東地域に来るたびに、生命の危険を冒してきた。つぎの旅では、彼女はうつ伏せになって川に浮かんでいるはめになるかもしれない」

「いまの言いようは、われわれがあなたを雇うのではなく、あなたがわれわれを雇おうとしているように聞こえるんだが」

「わたしはジューバを捕らえたい。わたしにとっては、それがこの件にまつわるすべてということだ」

「われわれがあなたと共同して動く決断をするには」ゴールドが言った。「ある前提条件を受けいれてもらわなくてならない。つまり、あなたはわれわれに雇われた身として、ジューバはわれわれの資産であると見なすようにしていただかなくては。われわれの目標は、彼の頭に銃弾を撃ちこむことではない。それは偏狭な善行となり、旧約の観念においては、その行為が満たすのはたんなる――」

「旧約聖書など、ここのだれも信じてはいない」とコーエンが口をはさみ、今回は何人かが笑い声をあげた。

「われわれの目標は」ゴールドがつづける。「彼とさまざまな会話をする機会を持つことでね。彼の人生を解きほぐす必要がある。その潜伏場所は幾多の謎《なぞ》に包まれていて、われわれは多数の問題を解決しなくてはならない。もしこの企てが成功すれば、われわれは彼を裁判にかけ、刑務所に収容することになるだろう。彼は終生、イスラエルの刑務所ですごすことになる。もしあなたが正当な理由もなく彼を撃てば、われわれはあなたを殺人罪で裁判にかけるだろう。われわれは、これまでに膨大な血を流してきたとはいっても、わが民族の文化として、とりたてて殺生《せっしょう》を好むということはない。われわれが強く望むのは正義なんだ。理解してもらえたかね？」

「理解した」

「いま述べたルールに従うことはできるか？」

「イエス」

「われわれはプロフェッショナルであって、復讐者ではない。同じことをあなたにも期待する」

それでかたがついたように思えた。この会談は六時間もつづいたのだと、彼は気がついた。腹が減っていた。だが、テーブルについている男たちはうなずきや、なにとはよくわからないやりかたまで用いてコミュニケーションをおこない、その無言のコミュニケーションが終わると、ゴールドが、契約や支払い、生命保険や通知すべき近親者などなど、役所的な要件について、いかにもプロフェッショナルらしい事前準備をすませていった。

「なにか質問はあるかね?」

「ひとつ、知りたいことがあるね。あんたらは、いまの説明のなにをもって、これはガセネタやアマチュアが先導する与太話ではなく、追求するに値する話だと確信したのか?」

「二〇一四年の一月十五日、われわれの秘密エージェントであり、いまこの部屋にいる男たちの多数によく知られていた、あるイスラエル人ビジネスマンが、ドバイを離れようとしていた。ジェットに搭乗すべく待ち受けていた空港のエプロンで、彼はひとりのスナイパーに撃たれ、死んだ。とても長距離の、みごとな狙撃だった。だが、それは謎めいてもいた」

「なぜ?」

「彼は――そしてわれわれも――彼の表向きの身元は安全だと考えていたんだ。彼はいくつかの問題に対処するために二週間、ドバイに滞在していた。われわれの理解するところでは、彼に近寄る機会は何度もあった。もっと近距離で、より狙撃しやすく、もっと確実に命中させられる機会が。滞在の最終日になるまで彼の命が奪われることはなく、その狙撃はそれまでよりはるかに困難なものだったという事実に、われわれは困惑した。だが、ミセス・マクダウェルがサウススターのファイルのなかに発見した船荷証券が、その解答となった。ジューバは弾薬を切らしていたんだ。三ヶ月に一度のペースで届けられる弾薬を撃ちつくし、そのブルガリア製実包を弾倉におさめるまで、動こうとしなかった。それが十三日めに到着した。彼はただちにドバイへ急行した。ようやくお気に入りの実包を装弾したことで、彼は、それまでよりはるかに困難になったであろう狙撃をやってのけることができた。その弾丸は回収され、それはまちがいなく、くだんのヘヴィーボールだった。もっとも、そのときには、われわれはその重要性に気づいていなかったんだが、いまは、それが狙撃のタイミングを説明するものであったことがわかっている」

「では、やはり、あのレディの情報は正しかったのか。彼女は世界各地で発生する殺人のリストを手にしたということだ。あんたらの、われわれの、彼ら自身の国で起こる殺人の。被害者がどこのだれであるにせよ、それをやっているのがジューバというわけだ」

「ジューバは無差別に撃つ」ゴールドが言った。「われわれにとって不運なことに、彼がわが国のひとびとに相まみえる機会は数多い。そして、ご承知のごとく、彼はおのれがやっていることをきわめて得意としている」

「返してもらわなければならない貸しがあるということでもあるな」

「あなたはまだ、半分もわかっていない。このコーエンは、おそろしく有能でね。あのバスのことを、スワガーに話してあげてくれ」

5

二〇一五年六月十四日
イスラエル、バス

「おまえはわれわれのために、このむずかしい仕事をやってのけねばならない」指揮官が言った。「爆弾はもはや魔力を失ってしまった。市場で二百五十人の人間を爆死させても、だれも注意を向けはしない。西欧世界ではニュースにすらならない。なにか痛烈なこと、ばか者どもを起きあがらせ、耳を澄まさせるようなことを引き起こさなくてはならない。そして、やつらに、われわれのことをかたときも忘れてはいけないと思い知らせるんだ」

「おれはいつもどおり、忠実に従います」ジューバは言った。

指揮官は現在の政治的状況を彼に説明したのだった。といっても、ジューバは政治をよく知りも気にかけもしていないのだが。アメリカはイランとの交渉を試みていて、もしイランの宗教指導者《ムッラー》に条約を結ばせることができれば、西欧ではそれは重大なできごととしてたたえられるだろう。〝進展〟があったという見解が、それが錯覚であれどうであれ、根づくことになってしまう。だが、そんな協定は、イスラム国《IS》の代表が交渉のテーブルに就くことが容認されないかぎり、あってはならない。それは、そのような手法が問題の〝解決〟を導きうると示唆することになるからだ。だが、唯一の真の解決はシオニスト国家とその国民の撲滅だ。アラーが要求する解決はそれであり、それ以外にはない。

いま必要なのは、世界に衝撃を与え、そのような協定が結ばれてはならないという機運を盛りあげ、ひとつの重大な実例として受けとめられるような、残虐な事件を引き起こすことなのだ。指導者たちは別の選択肢をあれこれと考慮したが、そのいずれもがお膳立てがむずかしく、大規模な兵站《ロジスティクス》支援が必要で、事前の発覚や内通のおそれがあった。

ジューバは単独《ワンマン》工作者で、卓越したスキルを有している。最小限の助力で、しかるべき地点に移動して、打撃を与え、姿を消すことができる。組織網が危険にさらされたり、貴重な支援物資が浪費されたり、味方に多数の死者が出たりすることもない。それこそが、ジューバ・ザ・スナイパーの魔力なのだ。

「ひとりまたひとりと殺されていくという思い、それがやつらを心底、怯《おび》えあがらせることになる。爆弾は、とくにだれかを狙ったものではない。カリスマ的な力は持たない。無差別な攻撃で、言ってみれば天候のようなものだ。竜巻が来襲したような。だが、ライフルを用いる男は、それぞれの犠牲者に対し、だれがやったかをじかに知らせることになる。やつらはみんなナルシストであり、自分は天候といった状況の犠牲者になるのではなく、なにかの策略の直接的な標的にされるのだという思いが――それが、やつらの心に取りついて離れなくなるだろう」

「了解しました」ジューバは言った。

古びた貨物船に乗せられての旅が終わった。そしてまた、イスラエルの警備チームにいつなんどき発見されるかもしれない状態で、ガザ市の街路を車に揺られてがたごとと通りぬけていくことも、湿気《しけ》た地下トンネルを身をかがめて通りぬける長い道のりも終わった。とにかく、彼は〝約束の地〟に行き着いたのだ。

エレズ・クロッシング（ガザとイスラエルの境界にある検問所）からそう遠くない、ネゲブ砂漠の名もなき村に着くと、彼はおんぼろバスに乗りこみ、イスラエルの通貨、シェケルで料金を支払った。車は混みあっていたが、彼はなんとか最後尾まで進んで、シートにすわった。彼を二度見する者はいなかった。だれもそんなことをするわけがないのでは？

彼はここのひとびととどこも変わったところはないのだ。

彼は部族民のターバンをゆるく頭に巻き、ゆったりしたシャツにスカーフという身なりをしており、それらはどれも、中東地域の労働者たちの手から手へと渡り歩いてきたものだった。ゆったりしたズボンは、これまでに何日も何日も、別の何人もの持ち主が穿いたもので、ブーツもまた、何日もさまざまな持ち主が履いていたことをおのずから物語っていた。彼は、信仰に固く支えられてはいるが、それ以外の点では現実感の乏しい、ひとりの名もなきアラブ人でしかなかった。何百万といるアラブ人のひとりにすぎない。妻や家族がいるか、かつてはいたとしても、それはすべて、絶え間のない不安と苦役のなかで忘れ去られてしまっただろう。ワイヤのこちら側であれ、あちら側であれ、このワイヤであれ、あのワイヤであれ、なんのちがいもない。彼はつねに移動しており、求めうる安楽はイスラムの信仰、もしくは棄教しかない。彼には行くべき場所はなく、属すべきところもない。このような人間にとっては、アラーがすべてとなる。なぜなら、アラーとアラーの約束する来世が唯一の希望だからだ。

バスがネゲブ砂漠を走っていき、ときどき、道路沿いに点在するほかの名もなき村で停止する。砂漠は広大だったが、バスが走っているところは、荒れ果て、陰鬱《いんうつ》で、石ころが狂ったようにあちこちへ転げまわる、日射しにあぶられたほかの部分ほど酷烈な地帯ではなかった。そういうところへ、自分はどうすればいいかもわからずに行けば、あっさりと命を落としてしまうだろう。けれども、この一帯は耕作され、管理がされていた。まだ海にかなり近く、ユダヤ人たちが農業共同体《キブツ》を建設し、そこに住んで、歌ったり、農耕をしたり、ファックをしたりしているが、その一方、アラブ人たちはもっと狭い土地で、小麦やナツメヤシを、ほとんど人力のみを頼りに耕作している。沿岸地帯の気候はかなり温暖とあって、その小麦やナツメヤシは概ね予定どおりに収穫期を迎える。ユダヤ人たちが機関銃を装備したジープでパトロールしており、それに乗りこんでいるのは、街から召集されて、数年間だけ軍隊にいる若者たちだった。彼らはなにも知らず、その目はなにも見ていない。彼らにとって、それは、徴兵期間を終えて、もっといい職を見つけるまでにする、時間つぶしのゲームでしかないのだ。

　だが、ジューバはよく知っていた。二十年ものあいだ、このような零落《れいらく》した場所に住んでいたからだ。別の国の村長の、数多い子どものひとりとして生まれ、ろくに教育を受けず、ちょっとでも悪さをすると犬のようにぶたれ、母と父からの愛は、そのどちらもが貴重な一刻をむだにできないほどなすべきことが多かったせいで、感じられずに育った。食べものがじゅうぶんにあることは一度もなかった。そして、テレビ受像機は——どれほど貧しくても、どの家庭にもテレビはあった——手が届かず、想像もできない、どこか別世界のぼんやりした映像を見せてくれるだけだった。

彼の人生は小麦に縛られていた。八歳になると、小麦畑で働くことになった。農耕機のたぐいはなにもなく、アラブの農民がはるか昔からやってきたように手で、殻竿《からさお》と鍬《すき》を使って、茎《くき》にある硬い刺《とげ》に指をかきむしられながら、収穫をするしかなかった。収穫をするには腰を曲げなくてはならず、そのうち腰に痛みが溜《た》まってきて、地面についた膝《ひざ》に切り傷ができ、そのあいだずっと、頭上では非情な太陽が輝き、父が絶えず、どなりつけてきた。

「もっと速く、もっと速く。おまえは怠け者の虫けらか。腹を空かせて死にたいのか？　これは生きのびるためにやってることなんだぞ！」

真の信仰のみが現実であり、それだけがある種の逃避を与えてくれていた。コーランの命じるものに、そしてこの人生はそれによって形成され、規定されたものなのだという考えに、自分を埋没させることができた。そんなわけで、人間らしい気持ちになれたのはイスラム神学校《マドラッサ》にいるときだけで、そこではアラーの与えるよろこびが得られるのを願って、祈りに専念することができた。やがて、彼が鋭敏な心の持ち主であることがわかり、少なくとも指導者たちのひとりが、ここの全生徒のなかでさまざまな可能性を有しているのは彼であると言った。彼は、明日のないこの世界から脱出できるようになったのだ。

「おまえは利発だ」と彼は言われた。「おまえにできることはもっとほかにある。おまえの同胞たちからなる巨大な無の世界から脱出できるのだ」

「それが神のご意志であるならば、そのように」と彼は言い、そう信じた。

そして、十八歳になったある日、一通の手紙が届き、彼が徴兵されて、二年半の軍務に就くことが通知された。召集され、なにがしかの軍事技術の訓練を施されることになったのだ。これは、自分の未来となるかもしれない。自分の目を開き、前途に待ち受けている人生、苦役と無益からなる人生に、楔《くさび》を打ちこんでくれるかもしれない。

ところが、その軍隊もまた幻想でしかなかった。ひとりの田舎出のアラブ人召集兵は寄せ集め軍隊のなかの最下級兵にすぎず、そこでもまた笑われたり、罵《ののし》られたり、殴られたりし、おのれの未熟さと無知に苦しむことになった。軍曹たちは彼をあざけり、将校たちは彼を無視した。彼はいないも同然であり、その祈りは届かなかった。神は自分を見捨てたのか。

が、やがて、彼はライフルに出会った。

6

ブラック・キューブ

「彼はシリア人」コーエンが言った。「スンニ派の農民で、名前はアルアミール・アルアクア。スペルは好きにしてもらってよろしいし、ハイフンは入れても入れなくてもけっこうです。われわれとしてはどうでもいいことなので。生まれは一九七〇年。北部地方の、アレッポから東へ百マイルほどにあたる、シリアの耕作可能な地帯で育った。その一家は小麦農家。十八歳までの経歴はよく知られておらず、本人はその年齢までのことをだれにも語らないと言われている。こう想像することはできるでしょう。タルクという村の下層民地区に住む大人数家族の一員として、小麦畑で働き、日に五度、礼拝をし、しばしば暴力を受け、たぶん、ときには虐待されていた。その父親にとって、また世間のひとびとにとって、彼は荷役用の動物にすぎなかった。以上です」

「もしあなたが」ゴールドが言った。「その分野に博識な国際的暗殺人という理想的な姿を思い描いておられるとしたら、失望されるでしょう。そいつは冷酷非情、信念に身をささげ、卓越した才能を有している」

ボブはうなずいた。スナイパーにまつわる与太話はテレビや映画でいやというほど観てきたし、スナイパーのことをまともに理解している人間がほとんどいないことは知っている。心を閉ざし、殺人の技芸を磨くことに専心し、信念に身をささげている男。だが、ボブは実態をよく知っているし、そんな男をみくびったりはしない。

「彼が生来の非凡な才能を初めて示したのは、軍隊にいたときだった。六十年前にイランで製造されたモーゼルをじつにうまく撃ったということで、選抜されて、スナイパー・スクールに入った。彼は生まれて初めて、自分は特別だと感じた。アラーの意志を示すためにライフルを用いることによって、おのれの人格を形成した。

スナイパー・スクールでは、かつてアメリカ軍のグリーンベレーに訓練を受けたサウジの傭兵《ようへい》たちに、射撃を教えられ、ふたたび選抜されて、腕をあげ、迅速に昇進した。そして、またもや生まれて初めて、たっぷり食べられるようになった。しかも、年長者から敬意を示されるようにもなった。生まれて初めて、彼は男となった。

われわれの推定では、彼が最初に殺害をおこなったのは一九九〇年。しかしながら、彼のターゲットたちは異教徒ではなく、同じ宗教の信徒たちだった。初代アサドの現実政策に従い、シリアはクウェートに侵攻したイラクに対抗する多国籍軍に参加した。記録はなにも存在せず、その戦争に加わったシリア軍のなかに伝説的スナイパーがいたという逸話もない。ではあっても、彼が野心家であることはわかっているので、そこでみずからの腕を試したと想定するのは理に適っているだろう。彼の奮闘によって未亡人となったイラク女性が何人もいるのはたしかであり、皮肉なことだが、彼はその後、最初は敵対した連中に、じつにみごとに貢献することになったというわけだ」

しかし、狙撃手としての彼の真の経歴は、とコーエンはつづけた。シリア国防省が一九九〇年代に展開した、アサドとバアス党に敵対する勢力の根絶作戦にスナイパーとして起用されたことに由来する。国防大臣だった男、ムスタファ・トラスは、凡庸《ぼんよう》な将軍、凡庸な政治家、並外れたおべっか使いであり、秘密警察官としては第一級だった。彼はスナイパーを使い、〝おやじアサド〟の支配を強化するために、権力を求める非バアス党員を孤立させて抹殺していった。それは、摘発、尋問、収監、処刑というやりかたよりはるかに容易だった。ブルガリア製ヘヴィーボールを四百メートル離れたところから一発、撃ちこむだけで、ひとつの問題は完全に解決する。

「二〇〇〇年に」コーエンがつづけた。「おやじアサドが死ぬと、生き残っていたその次男、眼科医をしていた男が、批判も反論もなくその後釜《あとがま》に据えられた」

「長男はどうなったんだ?」ボブは尋ねた。

「質問は控えてください。われわれは嘘《うそ》はいっさい語りません」ゴールドが言った。

「それなら、そういうことで」ボブは言った。

「二代めアサドの最優先事項は、父親が一九九〇年のクウェート侵攻の際に多国籍軍に参加したことでだめにした関係を修復することだった。そこで、二〇〇三年、アメリカがイラクを占領し、イラク軍が解体されたあと、彼はイラクの反政府勢力に軍事アドヴァイザーを派遣することを許可した。その時点において、彼は中東では最大で、もっともよく訓練され、もっとも装備の整った軍隊をその手におさめていた。戦闘の専門家や戦術家のひとりとして、彼はくだんの死に神《グリム・リーパー》、アルアクア軍曹を派遣した。

最初から彼をレジェンドに祭りあげる計画があったようには思えない」ゴールドがつづけた。「しかし彼は、壊滅したバグダッドの街はおのれの技術を磨きあげるのに絶好の場所だと見抜き、不満を持つイラク共和国防衛隊の元兵士たちは意欲にあふれた生徒となりうることを見抜いた。彼らは血に飢え、好戦的で、死を恐れなかった。愛国者としてはもっとも質が悪いと言っていい。彼らは殺すか死ぬかのために生き、そのどちらになろうがろくに気にしなかった。われわれはその人数を示せるし、お望みなら、あなたの国の海兵隊の報告書をお見せしても――」

「それなら、知り合いの仲間たちからたっぷりと話を聞かされてるよ」ボブは言った。

そのことは考えたくなかった。海兵隊の若者たちは、陸軍の歩兵たちと同じく優秀で、そのときも無線で起爆する高性能爆薬をたっぷりと持っていた。それがアメリカ流の戦争なのだ。だが、街は破壊されて荒廃し、いたるところに混乱と行動の制約があり、それにひきかえ、敵の連中はその街路をはるかによく知っていたため、その若者たちは――少なくとも最初に遠征した部隊は――その大半が格好の標的となったのだ。

ボブは、その標的のひとりがトム・マクダウウェルであったことを、苦々しい気分で思いかえした。

「イオージマの戦いでは犠牲をはらうに値する見返りがあったが、バグダッドにはなかった」ゴールドがつづけた。「だが、もちろんアメリカは――そして西欧世界もイスラエルも――つねに一定数の戦死者が出る状況に耐えられなくなった。戦死者数が増え始めると、兵士の親たちはパニックに襲われ、メディアが注目するようになる。それは、この世界の真の現実政策は人口統計に依存することを示している」

「しかし、わが国はその状況を変えたのでは？」

「海兵隊の対情報将校たちがすばらしい分析の仕事をして、対抗策を編みだし、それがそう、あなたが言うようにある日の午後だけで、アルアクア軍曹のスナイパー部隊の大半を壊滅させた。彼自身はかろうじて死をまぬがれ、たくさんの人間を殺し、たくさんのことを学んで、逃走した。だが彼は、各地の過激グループのなかにその名を残した。熱心に勧誘され、いつでも彼の力が借りられるよう惜しみのない報酬が持ちかけられただけでなく、なにより彼には興味のあるターゲットがいくつもあった。祖国に帰ると、彼は軍隊を離脱し、イスラム過激派の主力戦士となった。われわれは彼の足跡を、アフガニスタン、アフリカ、インド、さらにはフィリピンでも発見している。仕事は主としてテヘランのためにやっているように見える。だが、祖国の同胞たちの助力もしている。二〇〇五年、レバノンの首相が――そのときはシリアに占領されていた――若いアサドと老いたトラスと衝突した。その年の二月十四日、彼は車でベイルートの街を通行している最中、爆破攻撃を受けて死んだ。それにまつわる謎はこうだ。暗殺者たちはどうやって無線で爆弾を破裂させたのか？　答えはこうだ。彼らはそんなことはしなかった。無線を用いての起爆は、さまざまな信号が飛び交っている混みあった市街地でおこなうのは、かなりむずかしい。彼らはそうではなく、街路の下に二十キロのセムテックス（チェコ製の強力な爆薬）を埋めこみ、目に見える着火性の高い起爆物質、おそらくはアジ化塩素もしくは硝酸銀を、その上に置いた。たぶん、それは犬の糞《ふん》に偽装されていた。車が爆弾の上にさしかかろうとしたとき、約三百ヤード離れた地点にいた、いまはジューバと呼ばれるようになった男が、ブルガリア製ヘヴィーボールでそれを撃ち、爆弾が破裂した。みごとな一撃、巨大な爆破となった。その爆弾で、ほかに二十二人が死んだんだ。

そして、そのあと、ついに」ゴールドが言った。「あのバスの事件が発生した」

7

二〇一三年六月十五日
テルアヴィヴ郊外

ヘルツリーヤの街路を、年老いたアラブ・ポニーに引かれて荷車が進んでいく。テルアヴィヴの近郊にあたるそこは、専門職に従事するイスラエル人たちのために開発された、海を臨むことができる豪壮な高層住宅と、美しく手入れされた設《しつら》えのいい民家が建ちならぶ住宅地だった。そこに住む、多数の弁護士、多数のエンジニア、多数の歯科医、多数の医師たちは、戦争にもイスラム諸国の貧困や怒りにも縁遠いひとびとだ。荷車は二度、警察のパトロール隊に制止され、荷車を進める年配の男は余分に取っておいたフルーツを警官たちに進呈した。警官たちは笑い、ひとりの若手警官が熟したバナナを受けとった。彼らは男の書類をチェックし、荷車をチェックし、あまり遅い時刻まで外にいないようにと警告してから、先へ行かせた。

イエフェト・ストリートとハーモニー入り江の中間にあたるある地点に達したとき、荷車が大きく横滑りして、歩道にぶつかる寸前で停止し、荷車の底部から黒っぽい人影がすばやく転がり出て、そばにある鬱蒼《うっそう》とした低木の茂みのなかへもぐりこんだ。荷車はまたのんびりと動きだして、ヘルツリーヤを出ていく幹線道路を進んでいき、まもなくこの街のアラブ人地区を形成する迷路めいた街路へと没していった。

荷車から転がり出た男は、かなりの時間、身動きせず、藪《やぶ》のなかに身を伏せていた。このような行動においては、忍耐がすべてだ。この地点にいることが、すでに発覚しているかもしれない。もしかすると、これはイスラエルの巧妙な計略で、もしかすると、捕らえられ、尋問され、最後には――だれも抵抗しきれないから――屈服する末路が待っているかもしれない。シオニストの祖国に潜入したいま、彼は、自分が優先度の高いターゲットであることはわかっていても、あらゆる危険を冒すつもりでいた。

けれども、なにも起こらなかった。逮捕するために特殊部隊が殺到することはなかった。一、二度、遅い時刻に帰宅する市民が、ひとりはBMW、もうひとりはメルセデスを運転して通りすぎた。車のドアが開いて、妻が夫をどなりつける声が聞こえた。だが、それだけのことだった。

ようやく、安全と感じられるようになったところで、彼は茂みの奥のほうへもぐりこんでいった。ここの地形については、写真と地図をもとにした知識しかない。例によって、計画の前提は現実とはかなりずれていた。夜の闇はさらに深く、木々はさらに鬱蒼とし、草むらはさらにふわふわしていて、低木の茂みに漂う夜のにおいと海のにおいはさらに濃かった。彼は手探りし、一瞬、かすかなパニックに襲われた。もし、あれがここになかったとしたら？　あれを見つけられなかったら？　自分が失敗したら？　もし——

が、そういう想定は、つぎの瞬間、不要となった。指を、柔らかく盛られた土の一インチかそこら下へもぐりこませたとき、ぶあついキャンヴァス地でできたガン・ケースを探り当てたのだ。ひっぱると、そのしろものが姿を現し、彼はそれをそばに引き寄せた。

目で見る必要はなく、手探りでキャンバス袋のジッパーを開き、それに包まれ、保護されていた物体を取りだす。指の感触で、ロシアの設計になるドラグノフ・スナイパー・ライフルの形状をたしかめていく。このセミオートマティック・ライフルから発射されるのは、古き帝政時代に開発され、百年以上前にあった日露戦争で使われたのと同じ、七・六二×五四ミリR弾だ。これについて知りうることはすべて知っている。彼は何年も前、AK‐47のような見かけ倒しのがらくたを参考にかくも優れた銃ができるのかと、ひと目見て以来このドラグノフを愛してきたのだ。

このドラグノフは、彼が所有するもののなかでは最高の一丁だが、その実態は、戦場に放置されていた部品を回収して組み立てた銃だった。機関部《レシーバー》はルーマニア製、銃床はポーランド製、そして銃身はロシア製だ。そんな銃でも一様にドラグノフと呼ばれるのは一種の皮肉だが、そんなことなど彼にとってはどうでもよく、いまでは神話的な存在となっているこの銃をどんな名で呼ぶかもどうでもいいことだった。そう呼ばれるのは、銃器にはその設計者の名を付けるのがロシアの無味乾燥な方針で、これの設計者がたまたまドラグノフであったというだけのことだ。この銃は、撃鉄のシアーのわずかな研磨、振動を最小限に抑えるためのスプリングのカット、極限までクリーニングされた銃身によって、精度が大幅に高められている。そして、ひとつひとつのねじが適切な力と最大限の正確さで組みつけられ、すべての部品が愛をこめて組み立てられた。これは完璧《かんぺき》な銃であり、出どころをたどることは不可能とあって、使い捨てにできる銃でもあるのだ。

ＰＳＯ‐１と呼ばれるスコープは、もちろんロシア製で、最高の精度を誇る光学装置だ。それが、機関部側面のクランプにねじ留めされ、伏射姿勢をとったときに利き目で完璧に的を狙えるように、堅固かつ完璧に固定されていた。彼はライフルを身に引き寄せ、右手で、なじみになったピストルグリップの輪郭をたどっていき、銃尾を手加減なく肩の窪《くぼ》みに強く押しつけ、支える左手をライフルの真下へ滑らせて、肘《ひじ》を支点にして銃口をあげつつ、木製の前床を握った。といっても、シューターが力を入れすぎると、前床に圧力がかかって、フリーフローティング銃身に触れ、発射システムの正確性を損ねるおそれがあるので、あまり強くは握らない。彼は、どのシューターもするように、身をひねったり、よじったり、くねらせたりして、ぐあいを試し、完璧な姿勢をかたちづくった。銃が筋肉ではなく骨で支えられ、後方の両脚が開き、大地と完璧に接して身を支えられるようにするためだ。自分の自然な照準点になっているかどうかを確認するためだけに、ライフルを地面から何度も持ちあげて、目の位置を合わせる。彼はスコープの電子システムの状態をテストした。スウィッチを入れて、夜の闇を背景にレティクルの赤い光と、着弾点を示すシェブロンが見えることをたしかめる。それは、スコープ右側の四分の一円のなかに逆V字状で示される粗雑なレンジファインダーで、倍率を八倍にすれば、身長六フィートの人間の姿がそこにおさまることになるのだが、いま倍率を合わせる必要はなかった。彼はすでにこの仕事に適切な、二百三十四メートルの射程にシェブロンを調整していたからだ。

つぎに、消音器《サプレッサー》を取りつける。これもまた戦場での回収品で、おそらくは、道路爆弾攻撃を受けて、その持ち主とともにその場に残された海兵隊のM40の銃口に装着されたままになっているのが発見され、それを製造した国の人間たちに対して用いるために回収されたのだろう。きっちりと機械工作されたそのチューブは、ノーチラス号の船体めいたかたちをしていて、全長八インチのそのチューブには一連のチェンバーが組みこまれて、それぞれのチェンバーにうがたれた小さな穴が隣接して並んでいる。発砲すると、ガスが超音速で銃口から噴射されるが、その際、銃口を取り巻いているチューブのなかで膨張しながらチェンバーからチェンバーへと進んでいくことになるので、最終的に外へ射出されるときには、そのエネルギーの大半が失われる。結果、精巧な電子機器を用いれば音量の計測は可能だろうが、そのデシベル数はたいしたものにはならない。肝心なのはライフルの銃声を減じることであり、映画でよく使われる〝パフッ〟にはならないが、ドアをきちっと閉じるときのようなありふれた小さな音となる。完全に消音されはしないが、ひどく拡散した音になるので、出どころを突きとめることはできない。イスラム国組織に属する小火器の天才が、ゲムテックの名が刻まれたこのサプレッサーをライフルに装着するための器具を製作していた。

その装着具が取りつけられて、しっかりとねじ留めされている。彼はガン・ケースのほうへ手を戻し、パウチが入っているポケットのジッパーを見つけ、それを開いた。そして、ブルガリア製のイエローチップ・ヘヴィーボールが十発装弾された弾倉を三個、取りだした。偶発性はすべて排除しておいた。この三十発の実包は膨大な在庫のなかから選びだしたものばかりで、すべてが重量も形状も完全に同じであり、いずれも表面の誤差量がテストされて、製造過程のなかで完全な円周が形成されたことがわかっていた。大量生産品の実包では、これほど高い精度にはならない。彼は二個の弾倉を、すぐに取りあげられるように、右手の下に置いた。三個めのを弾倉受けに挿入して、まわし、弾倉のなかにカチッと固定されたところで、ボルトを引いて、前へ戻してやると、実包が薬室へ送りこまれ、撃鉄があがってフルコックになった。これで、いつでも発砲ができる。

彼はリラックスしようとした。姿勢を安定させ、肺に酸素を取りこみ、脈拍をゆっくりにさせる。いまからやろうとしていることの倫理的側面は、完全に技術的側面に置き換えられていた。前はそれはどうでもいいことだったが、いまはそれがすべてだ。それは純粋な射撃行為であり、自分は異教徒を撃つためにアラーがこの惑星へ送りこんだ人間であり、自分の使命は祝福されることがわかっていた。

彼は、完全な弛緩《しかん》と集中がおのれを無の存在と化しますようにと祈った。自分の心をそのようにしたいと思った。たたえあれ、アラー――その知恵を、その愛を、その慈悲をもって。たたえあれ、アラー――それに帰依《きえ》する民を見守り、恩寵《おんちょう》を与え、それゆえ帰依する民はつねにいかなる試練からも守られることをもって。たたえあれ――ムッラーを通じてわたしに使命を与えてくださったことをもって。わたしに訓練、経験、意志を、アラーへの信仰を与えてくださったことをもって。それらのすべてをもって。そして、いまからこれが起ころうとしていることを、そしてその目的が成就することをもって。

習慣的な祈禱《きとう》のことばを唱えるうちに、呼吸が安定して、視野が鮮明になり、手の力が抜けて、気持ちが落ち着いてきた。時が過ぎていく。一時間が経ったのか、一日がなのか、一ヶ月かなのかもわからないままに。

やがて目を開き、祈りの世界から抜けだすと、あたりが明るくなっていた。さわやかな日。まだ早朝だ。ときおりセダンが道路を走ってきて、彼が身をひそめているところのそばを通りすぎていく。たいていはＢＭＷかメルセデスが通りかかるだけで、歩行者はいなかった。空は、昇りくる太陽の輝きでいまだに白っぽくはあったが、青く澄んでいる。朝陽はまだ、彼が潜伏している、道路から二百三十四メートルほど高い小さな丘の向こうから完全に顔をのぞかせてはいなかった。どこからともなくのように思えたが、実際には、並んでいる豪邸の一軒から、ひとりの女と子どもが姿を現した。母親はバスローブ姿で、男の子は小ぶりなブリーフケースを持ち、道路の縁石に立っている。それは、時が至ったことを意味していた。

ジューバはライフルを引き寄せ、ふたたび這《は》いずって、ことをなすのに必要な地点にたどり着いた。両腕と胸の成す角度を正確に定めて、全身にみなぎってくる緊張感をしっかりと制御しながら、ＰＳＯ‐１のスウィッチを入れ、利き目をアイピースのクッションになっているラバーカップにきちんと押しあてる。彼はスコープの四分割された世界に入りこみ、丘の頂にレティクルの光を合わせた。

かすかな震えすら表さず、彼は待った。シェブロンが、おのれの内なるリズムを生みだす胸の鼓動や筋肉の気まぐれな痙攣《けいれん》に応じて動いていた。スコープを通して見守るなか、目当てのスクールバスがゆっくり、着実に、重々しく、丘の頂へと走ってくる。最初は黄色いルーフが、ついで暗くなったフロントグラスが見えた。後部非常口の半透明ガラスからバスの内部へ光が射しこんでくるせいで、フロントグラスが暗くなって見えるのだ。

それは、世界のどこにでもある長い箱形のスクールバスで、運転席の前がトラックの鼻面のように突きでていて、平らなフロントグラスがあり、全体として、空気力学的には煉瓦《れんが》と変わるところはない。大切な子どもたちをゆっくり、のろのろと運ぶための乗りものだ。それが、停止しなくてはならない場所で停止した。女性ドライヴァーがちょっと身をのりだしてドアを開け、彼はその女を射殺した。

銃弾がフロントグラスを貫通して、女がぐったりとなり、尾筒《ブリーチ》の作動で巨大な空薬莢《からやっきょう》が排出され、数十年前に製造されたブルガリア製発射薬の刺激臭が鼻をつく。銃口をわずかに母親のほうへめぐらせると、女はショックで磔《はりつけ》になったようにその場に立ちつくしていた。本能的にわが子を守ろうとそちらへ身を投じようとしたようだが、ジューバはそれより一瞬速く、その頭部を撃ちぬいた。頭部がプラズマのようになって飛散し、澄みきった朝の光景にちょっとしたよごれをもたらす。異教徒の子もまた、呆然《ぼうぜん》とその場に立ちつくして、つぎの標的となった。銃弾が横から胸をつらぬいて、小さな体が痙攣し、高速で貫通したヘヴィーボールの衝撃で後方へ倒れこむ。

ジューバがふたたびフロントグラスへ銃口を向けると、数人の幼いヒーローたちがドライヴァーのもとへ駆け寄り、その体を引き起こそうとしていた。彼は一発だけ撃って、射撃を中断した。内部に取り残された子どもらがパニックに陥り、必死に逃げようとして通路へ群がっていき、東側にあたる後部ドアの窓から射しこむ光が、そのシルエットをくっきりと浮かびあがらせていた。彼はごそごそ動くシルエットにつぎつぎにシェブロンを合わせ、撃ち倒していった。やがて、何発もの銃弾が貫通したために、フロントグラスの透明度がひどく減じて、内部のようすがよく見えなくなった。それでも、動きはじゅうぶんにつかめたので、彼は動きがなくなるまで射撃をつづけた。十発撃ったところで、弾倉を交換すると――おっと、最初の実包が四分の一インチほど前に滑り出てるじゃないか――彼はすばやくそれを実包の列へ押しもどし――おっと、こんどは弾倉の口に手袋がひっかかった――彼はすばやく手袋を外して、親指でその実包を弾倉の口から内部へ押しこみ、落ち着いたたくみな動作で箱形弾倉を銃に装塡した。ふたたびスコープをのぞくと、意外にもひとりの子どもがバスから逃げだし、遮蔽を求めて木立のほうへ走っていた。だが、その女の子より彼のほうが速かった。

十七発を撃ったところで、ことは終わった。もうなんの動きもない。まったくなにも。

たたえあれ、アラー。わたしの企てを祝福してくださったことに、わたしの使命の成就を浄化してくださったことに、わたしの努力と善行に成功を授けてくださったことに、感謝します。

8

現在
ブラック・キューブ、六階

彼はその事件現場の写真を見た。より正確には、バスの中ではなくて外を撮った写真を見た。みっつの死体が歩道や縁石の上にあった。フロントグラスは、超新星が爆発したかのように割れて、くもっている。多数の破片がバスのボンネットと路上に散らばっていた。

バスの内部から撮った写真は見当たらなかった。こんな写真になんの意味があるというのか？

「で、あんたらはその男の取り調べをしたいと？」彼は言った。「いいか、もしわたしがその立場だったら――わたしはアーカンソーの田舎者にすぎないから、どうするかと言えば――そいつの顔を切り裂いて、豚どもの餌《えさ》にしてやるだろう」

「あいにく」とコーエン。「ここはユダヤ人の国でして。豚はいません」

「だったら、犬どもに」ボブは言った。

「その熱っぽさは賞賛するが」ゴールドが言った。「ジューバにまつわる秘密は、その生命より重要でね。彼はだれと関わりを持っているのか？　彼はなんのために働いているのか？　だれが彼に命令を与え、だれが兵站《へいたん》をおこない、その侵入と脱出を準備しているのか？　だれが計画を担当し、だれが実行し、だれが連絡を担当しているのか？　未知なる関係者のだれが彼に影響力を行使しているのか？　彼が耳にしたことのあるほかの工作はどのようなものか？　おそらく、もっとも重要なのは、彼らが持つかなり豊富な資金の源泉はどこなのか？」

「そいつの写真はあるのか？　そいつのＤＮＡサンプルは？　それらがなければ、そいつは、モハメッドみたいなありふれた名前のどんな別人にでも、成りすませるだろう」

「写真はない」コーエンが言った。「ＤＮＡサンプルも。しかしながら、われわれは右手親指のはっきりした指紋は入手している。それは、この虐殺現場で発見された空薬莢から得られたもので、われわれは彼のものだと信じている。彼が自分の銃の装弾をほかの人間にやらせるはずはないからだ。通常、指紋が銃器や弾薬に残されることはないが、その空薬莢にはわずかなオイルが付いていて、そこに指紋が刻まれていたというわけで。たぶん、火急の必要に迫られて、へまをやらかしたんだろう」

「それはそうと、その計画は成功したのか？　そいつは協定の締結を阻止したのか？」

「いや、そうはならなかった。あの日は、あなたの国のエージェンシーがじつに迅速に動いた。そして、現場に最初の事件担当者がまだだれも来ないうちに、あなたの国の大統領がわが国の首相に電話を入れ、この機会を取り逃がさないようにと説得した。そこで、われわれは幼児大虐殺事件をセンセーションにはせず、わが国の――あなたの国のよりも協力的な――報道機関に圧力をかけ、郊外で発生した銃撃戦として報じさせた。犠牲者数は公表されず、声明はなにもおこなわれず、葬儀がプレスやテレビに公開されることもなかった。死者は内々に弔《とむら》われた。もちろん、噂《うわさ》はあれこれと飛び交ったが、噂というのはつねにあるもので。そして、最終的には、あなたの国の国務省が決着をつけ、だれもがこの世界はちょっぴり安全になったようなふりをした。われわれは、ものごとはときにそのように処理されることを認識している。わたしがコーエンに同意したのは、この件が初めてでね。ここはささやかなユダヤ人の国だ。われわれになにができるというのか？」

「わたしとしては犬に食わせたいね」ボブは言った。「どうであれ、いま、なにがどうだと？　あんたらはもうたっぷり情報をつかんでいるのでは？　もしそうなら、いくらでも速く動けるのでは？　開始の合図を待つ必要があるのか？　この部屋にいる人間だけですむことであって、あんたらには管理できないさまざまな要素に関する決定を下す政治家たちのところへ行く必要などないのでは？」

「ほかの意見が求められることは疑いない」

「それはそうと、こういう男はじっとしてはいないはずだ。そいつは、ひどく大勢の人間が自分に関心を持っていることを知っている。永遠に安全な場所などはないことを知っている。オサマ・ビン・ラーディンがどうだったかを考えればいい。やつは安全に身をひそめたと考えていたが、やがて〝サンタ〟も〝そのトナカイたち〟の掃討作戦によって殺害された。それをやった男たちのなかに、わたしと親密な人間が何人かいるんだ。オサマはＳＥＡＬ《シール》の銃弾をたっぷりと食らっていて、彼らは機内にやつを放りこむ際、押さえつける必要すらなかった。ジューバはそのことをよく知っている。いつでも遁走できるようにしているだろう。非常持ち出し袋に必要品を詰めこんで」

「それはわれわれにもわかっている」ゴールドが言った。

「それなのに、ここにちんとすわってるだけ？」

「そうだ」

「電子諜報《エリント》の情報を待ってるとか？　すでに該当エリアを特定し、手がかりを探している？」

「うん。ただし、あなたが考えているほど明確に特定できてはいない」

「で、これからどうすると？　あるいは、これは尋ねるのは無作法な質問なのか？」

「コーエンに訊いてくれ」

「ミスター・コーエン？」

コーエンはなにも言わなかった。

「コーエンはゆっくり進めるのを楽しんでいるんだ。そのほうが自分に注目が集まるというわけで」

「頼むよ、ミスター・コーエン」ボブは言った。「わたしは七十二歳だ。あんたは急いでいないとしても、しゃべってくれる前にわたしは死んでしまうかもしれないんだよ」

「ごもっとも。南シリアの、イリアという町を含む一平方マイルの地域が、われわれではなく、われわれの偵察衛星によって監視されている。われわれの衛星はＴｅｃＳＡＲと呼ばれる。最新型の衛星だと言われている。その成果はこの建物へ送信され、専門家たちによって検証がおこなわれることになっている。彼らはうるさいラビ（ユダヤ教の律法学者）たちのように論争するだろう。そして、彼らにとって有望であるように思える結論にたどり着く。有望と思われる地域の追跡調査のために、数機のドローンが送りこまれることになる。それらのドローンは低空を、より長時間飛行し、より精度の高いカメラを備えている。それらが帰還すると、撮影された写真のプリントアウトが並べられ、同じ専門家たちがそれがなんであるかを検証することになる」

「それはいつなされるんだ？」ボブは訊いた。

「すでに昨日、なされた」コーエンが言った。


ボブの目が慣れるのに、ちょっと時間がかかった。その部屋は暗く、しんと静まりかえっていて、なんの特徴もなく、一九五〇年代スタイルの安売りオフィス家具がぎっしりと置かれ、エアコンが効きすぎているせいで室内は食肉貯蔵室のようになっていた。コーエンとゴールド、そしてもうひとり、なにもしゃべらない地味な男が、テーブルを囲む椅子にすわり、ボブが自分の前に置かれた、縦横各十二インチの写真の束を、ときどき宝石職人用のルーペを使いながら検証し終えるのを、辛抱強く待ち受けていた。ボブの前に置かれた写真は扱いにくいほど大きく、めくるのが面倒だった。

「画面に表示して見るということはできないのか？」彼は尋ねた。「そうすれば、もっと寄って見たいところがあったら、クリックして拡大できるだろう？　映画でよくやってるように？」

「われわれは映画に追いつけていないんだ。それは来年の予算しだいというところか。とはいうものの、予算しだいのケースはここ十年ずっとつづいている。いつも、なにか問題が発生してしまうのでね」

「オーケイ」ボブは言った。「最善を尽くすとしよう」

最初、それは光と影からなる写真にすぎないように見えた。何本もの筋が走っていて、ところどころに小さな塊があるような。また、なにかの織物を思わせる暗い染みのようなものがあり、ところどころに、大小の差はあるが、四角い点のようなものがある。抽象画のようだ。どの写真にも方位が重ねられて、北が正確に示され、赤の文字で、撮影された日付と時刻、高度、経度および緯度が、そしてまた、ボブには理解できないその他の情報も記されている。

「ドローンはきわめて有用だ」ゴールドが言った。「裸眼では――ジューバですら――見てとれないほどの高度を飛ぶが、それに搭載されているカメラはきわめて精度が高い。ターゲットの上空を飛行する時間は――六時間。ＴｅｃＳＡＲの写真が興味深いものを撮影して以後、つねにその地点の上空に二機のドローンが配されてきた。この写真は二、三時間前に撮影されたものでね。われらが友、サージェント・スワガーなら、われわれの解析官には読みとれなかったなにかを発見してくれるのではないかと」

ボブがもう一度、それらの写真を見ていくと、徐々に意味がつかめるようになってきた。筋は道路、小さな塊は草原、暗い染みは森に囲まれた丘、四角い点は農家の家で、小さいほうの点は農家の離れ屋、まっすぐな線は畑地を囲むフェンス。そのうち彼は、二枚の写真に注目した。その両方を慎重に吟味《ぎんみ》し、最終的にその一枚は放棄した。

「これだ」彼はテーブルを囲む面々にそう言って、最後に残った写真を示した。

コーエンがそれを見る。

「A‐4511、イリアの北東七マイル、南シリアを通るメイン・ハイウェイから二マイル離れている」

「なぜこれを、サージェント・スワガー？」

「わたしは射撃レンジを探していた。例の男は射撃を、毎日、たっぷりとしなくてはならない。そいつはよく訓練されていて、細部にとてもこだわる。少なくとも三百ヤードはある開けた場所を確保しているはずだ。それより狭いはずはないし、たぶんもっと広いだろう。太陽の方角も重要だ。そいつは、もし可能なら、北から南、もしくは南から北へ撃つようにするだろう。東西方向だと、日の入りや日の出のころに、日射しのまぶしさで時間をむだにすることになる。それと、風も重要だ。もしシェルターがあれば、非常に有用だ。嵐《あらし》の日や、風の舞う日は――一日が奪われてしまうし、そいつは一日もむだにはできない。ここにそのすべてを満たすものがあると、わたしは見てとった」

「つづけてくれ」

「まだある。レンジの基本的な備品だ。彼はベンチがほしくなるだろうし、そうはいかなくても、コンクリート台のような、バイポッドを置いて伏射ができるようにするためのものがほしくなるだろう。レンジのいちばん奥に、ターゲットを据えるための土塁のようなものが――地面の盛り上がりというか、ブルドーザーで土を固めたようなものが――ほしくなるだろう。そいつは撃ち損じを目で見て、分析し、射程の調整をしたいだろう。ターゲットからどれほど離れた場所に弾が当たったかを目で確認したいはずだ。となれば、ターゲットの上下左右に、パッと砂埃をあげるものがなくてはならないというわけだ。そして、ターゲット自体も据えなくてはならない。そいつはスティールのターゲットを撃っているにちがいない。そういうのを使えば、着弾するたびにカーンと音を立てるからだ。そいつは一連の射撃をやったあと、集中を解くのは好まず、すぐにスポッティング・スコープをのぞいて、着弾点のそれぞれをメモパッドに鉛筆で記すようにするだろう。もしかするとテレビ受像機とかコンピュータ制御の装置があるかもしれないが、わたしはこの場所にはそういうのはありそうにないと推測している。それで、スティールのターゲットだと考えた。このなんだかわからない場所の南側境界に目をやると、ひとつの構造物が見てとれる。明確に見極めるにはもっと高い解像度がなくてはいけないが、これは粗末なつくりの枠組み、まさしくスティール板を吊《つる》すのに最適なものかもしれない……もっと解像度の高い写真はあるか？」

「たぶん、後日には。つづけてくれ」

「反対側の端は、地面がならされたように、なめらかになっている。舗装したのではなく、地ならし機を使って、そこの雑草を一掃し、そのあと地面をなめらかにしたんだろう。ごく狭い場所だが、ちょうどターゲットがあるとおぼしき方角に向いている」

「そこはそれほど広くないが」ゴールドが言った。

「広い必要はない。射撃レンジと言えば、だれもが広大な草原を想像するが、そういうのは軍隊や警察やハンターたちが、ユニットやコミュニティ単位で射撃の練習をするためのものでしかない。そいつは単独だ。一本の線が必要なだけで、横のひろがりは必要ない。だから、草原を探しても、それを見つけることはできない。通路か小道のようなものに目を向けなくてはいけない。そこにはなんの射撃規制もないから、向こう側の道路や、ことによると民家のほうまで銃弾を飛ばすことになっても、なんの問題にもならない。そいつはひどく腕が立つので、ぶらついている小麦農家の人間を撃ってしまうようなことにはならない。もちろん、事故はよく起こるものだが、それはそいつにとってはどうでもいいことだ。くりかえすが、もっと解像度の高い写真を見せてもらえたら、伏射で撃った銃弾が刻んだ窪みや、荷車で運んでくるポータブル射撃ベンチなどがあれば、そうと示せるだろう。この高度からでは断言はできない。もし確認が取りたければ、もっと低高度でドローンを飛ばすか、もっと大型のカメラを搭載するかだ」

「ほかになにか？　気温、湿度、地球の自転、太陽の黒点とかは？」

「たいした問題じゃない。ベンチレスト射撃なら、五発を同じ点に撃ちこもうとするだろうがね。そいつが撃つのは人間であり、人間の胸腔《きようこう》を、そこにある心臓や肺や脊《せき》柱《ちゆう》や脾臓《ひぞう》を撃てばいい。つまり、そいつのキル・ゾーンは縦横各十八インチの範囲となる。そいつが必要とするのは戦闘射撃の精度でしかないんだ」

「夜間射撃は？　彼は暗視装置《ナイト・ヴイジヨン》を使うだろうか？」

「長い射程では使わない。あのしろものを使ってはっきりと見えるのは、せいぜい二百ヤードが限度だろう。スナイパーが市街地で仕事をするときは好都合だが、やつがしようとしているような距離の射撃には向いていない。そして、それが気にかかる。おおいにね」

「なぜそのことが？」

「やつは長距離射撃の練習をしている。警備当局の警戒ゾーンを超える距離の射撃練習を。じつのところ、歩兵戦のレンジを超える射程ではある。しかし、そいつは戦闘ではなく、暗殺の訓練を受けている。その最後の工作、ドバイでの狙撃では、そいつにとってかつてない遠距離から撃ったように見える。コールド・ボア（新品もしくはクリーニング後一度も使われていない銃身）でどれほど遠方から命中させられるか、自分で試したんだろう。これは言っておかなくてはいけないが、あれは傑出した狙撃だった。アフガニスタンにおける長射程狙撃の成功はどれも、シューターがだれにも気づかれずに何度も撃ってみることができたか、事前のいつかにその地点に照準を合わせることができていたかのどちらかによって、生みだされたものなんだ。ジューバは価値の高いターゲットを何度も撃ってみるわけにはいかなかった。そんなことをしたら、自分の居場所を暴露して、すぐさま応射を浴びることになってしまう。消音器を使っていようがいまいが、ヘリコプターだのＳＷＡＴだの、すべてのセキュリティ部隊が攻撃をかけてくる。となれば、そいつはコールド・ボア射撃を自己訓練するしかない。それが、土の後部壁がもたらすもうひとつの利点なんだ」

　そのことばに応じたのは、男たちの息づかいの音だった。

　しばらくしてやっと、コーエンが口を開く。

「くどいようだが、それでまちがいない？　思いなおしたり、迷ったり、ちょっとした疑いをいだいたりすることはない？」

ボブはA・4511の写真を指さした。

「ここにあんたらの獲物がいる。ここには、いま説明した必要な要素のすべてがある。いま言ったように、この南端部に目を向けると、だれかがバックホー（長いアームの先にバケットが付いている掘削機）を使って地面に畝《うね》を刻んだか、むきだしの土に銃弾を撃ちこむかしたような痕跡が見える。そこまでの距離がどれほどになるか、わかるか？　わたしは三千ヤードに近いと推測する」

「ほぼ当たってる」とコーエン。「正確には、二千七百」

「それほど早く答えが出せるというのは、あんたらはそこの上空へドローンを送って写真を撮らせたということだろう。そして、それらのドローンはこの写真を撮るために送りこまれたということでもある。それらはここに記されているすべての数字をあんたらに教えた」

「サージェント・スワガーは抜かりがない」コーエンが言った。「微妙な点を見逃さない。では、つづけてくれ」

「一千ヤード。戦闘の基準ではかなりの長射程だが、狙撃としてはそれほどの距離ではない。アフガニスタンではもっと遠方、一千ヤードどころか、一マイルを超える射程のすばらしい狙撃が何度か成功している。目を向けるべき事柄はふたつ。もしそいつが自己訓練でその水準に達しようとすれば、もっとよいライフルを必要とするだろう。ドラグノフの七・六二ミリ弾の弾道はどうかというと、一千ヤードのずっと手前でドロップする。一千ヤード以上の射程でも、少しは命中させられるだろうが、外れることのほうがはるかに多い。そいつはドラグノフの射程の限界を突きとめた。となれば、そいつはハードウェアをアップグレードするだろう」

地味な年配の男がコーエンになにかをささやき、コーエンがうなずいて、スワガーに向きなおる。

「われわれの長官は口数が少ない」コーエンが言った。「そして、わたしは口数の多い男でね。で、自分に成り代わってしゃべるようにと彼に頼まれたというわけで。彼は〝要点をまとめてくれ〟と言った。それはつまり、こういう意味になる。あなたがこれらの写真からそれほど多くをつかんだとすれば、あなたはこの状況からなにを読みとるのか？　あなたはこの情報のすべてを盛りこんでひとつのシナリオを編みだすことができるか？」

「もちろん。そいつが引退するのはまだずっと先のことだろう。わたしがシナリオを考えるとすれば、こうなる。そいつはなにかの仕事に備えている。それは大仕事だ。なぜなら、これらの写真を見れば、彼らがそれに相当な資産を投入したことがわかるからだ。彼らは国内をくまなく調べ、そいつが安全に身をひそめていられる絶好の場所を見つけだした。彼らは多大な苦労をはらって秘密を維持してきたが、われわれはたまたまその秘密に行きあたった。その原因は、ミセス・マクダウェルが――」

「ミセス・マクダウェルに神の祝福を」コーエンが言った。

「いいかね」ボブは言った。「ここはあんたらの国で、わたしは門外漢かもしれないが、否定しようのないたぐいの事柄が見えてきている。そいつはなにか大仕事の準備に取りかかっている。工作に着手しているか、着手する前に自己訓練のつぎの段階に入ったかのどちらかだ。つまり、そいつはいつなんどき姿をくらますかもしれないということだ。これはあんたらの仕事であって、わたしのじゃない。だが、わたしがあんたらの立場なら、あす、屈強な兵士たちとともにヘリコプターに乗りこんで、そこへ飛び、このくそ野郎を襲撃するだろう。たしかに、それには大きな危険がつきまとうだろうが、もっと重要なのは、それで将来の危険をなくすようにできるということだ。わたしなら、あす決行するね」

「なぜあすなんだ、サージェント・スワガー？」コーエンが言った。「われわれは奇跡をおこなう人間だと考えてる？　われわれがあす彼を襲撃するのは不可能だろう」

「だったら、いつなら決行できるんだ？」ボブは尋ねた。

このとき初めて、長官がボブの問いかけに答えた。

「いつというなら」長官が言った。「二時間後では？」

9

南シリア、イリア郊外

彼は父親を嫌っていた。母親を嫌っていた。神学校を嫌っていた。殴られるのを嫌い、懲罰を、屈辱を、堕落を嫌い、希望がないことを嫌い、果てしない絶望を嫌っていた。〝以前のこと〟と思えるすべてを嫌っていた。ただし、小麦だけは別だった。

彼は小麦に取り巻かれている。小麦畑のなかにいるのだ。

さっきまで、彼は西の丘陵地へと沈んでいく太陽をながめていた。あの民家から二、三百メートル離れた場所で。礼拝は終わり、この日の営為はすべてすませ、いまはおびただしい小麦の茎に取り巻かれてすわっている。闇は深く、愛しく、はるか頭上で星ぼしがきらめき、静寂があたりを包んでいた。そよ風を受けて小麦がさらさらと音を立て、こちらにささやきかけてくる。彼はそちらを向くと、数本の茎をつかんで、目の前に引き寄せた。

小麦の穂の非凡なありようを観察する。それは、アラーのみが考案できる、めまいがするほど複雑な形状をしていた。入り組んだ微細な構造だ。まったく同じものが列になって並び、やがて実って、生命を維持するためのなにかに加工されるのを待っている。この小麦は穀粒となり、穀粒はパンとなり、パンはムスリムの国を養い、強くするだろう。

小麦が彼をつくりあげたのだ。腰を曲げる作業をするために背中が強くなり、草刈りをするために脚が柔軟になり、刈り入れをするために腕と手が耐久力を持ち、殻竿《からさお》をふるうために全身の協調性が絶妙になるようになった。のちになって、巨大な機械がこの集落にも持ちこまれ、前かがみでする農作業につきまとう苦痛のほとんどを取り除いてくれた。だが、彼がその作業をしていたころは、筋肉のみが頼りだった。草刈りをし、刈り入れをし、殻竿をふるう。動きのリズムをつかむこと。殻竿を正確にふるうすべを見いだすこと。彼には天与の才があり、最初からそういうことをやってのけられた。彼は殻竿を、この州の人間のだれよりも速く、正確にふるうことができた。やがて、これもまた生来の才能に由来するのだが、いろんな芸当をやって、兄弟や村人たちを楽しませるようにもなった。テーブルの端に三個の卵を置き、殻竿を三度ふるって、それぞれの卵を割ってみせる。卵を一個、二個、三個と宙に放りあげ、どれもまだ地面に落ちないうちに、殻竿をふるい、落下の途中でそれらのど真ん中をとらえ、なかの黄身を飛び散らせて、歓呼と笑い声を呼び起こす。そういうことを、片手でも、左手でも、背中の後ろでも、やれるようになった。彼には天与の才がたっぷりとあったのだ。よろこびに満ちた収穫の祭りのことを、彼はよく憶えている。おそらく、人生のほかのどのときより、祭りのときが楽しかっただろう。

だが、もちろん、陰鬱なときもよくあった。どの戦争がそうだったか？　多すぎて、思いだせないが、そんなことはどうでもいいのでは？　いたるところにある飢餓《きが》の恐怖、腹を空かせた赤んぼうたちの泣き声と、赤んぼうを落ち着かせて眠らせようとする母親たちの声。殺戮と死ははるか遠方のことだったが、政府はあらゆる物資を兵士の支援にまわし、導師《イマム》たちは生きのびるための聖なる探求に、そして指導権に、従うことを要求した。要求するのはたやすく、もちこたえるのはむずかしい。

さらに事情を悪化させたのは、日照りが大地を干上がらせてしまったことだった。雲が厚く、黒くなっても、雨は降らず、灌漑《かんがい》は原始的で、使える水はごくわずかしかなく、食料の強制徴発のあとは、残されたものの配給が厳重に制限されることになってしまった。アラーはどうしてその従順な子らを見棄てたもうのかという疑いを持つ者が多かったが、このスナイパーはそうではなかった。彼はそうはならず、おのれの惨めさを受けいれ、心を強くすればそれを憎悪に変じられると感じ、そのなかに決意を持続させる力を見いだした。アラーがお許しになるならば、おれは生きのびるだろう。アラーがお認めになるならば、おれは戦うだろう。アラーのために殉死するだろう。けれど、どうか、アラー、かつては偉大な帝国だったが、いまは忘れられた片田舎の飢えた農民として無意味な死に就かせるのだけはおやめください。それは命の浪費であり、わたしが死ぬことに――これは背教的な考えとわかっていたが、その思いは捨てきれなかった――なんの意味があるのでしょう？　アラーはわたしのために、なにかほかのことをお考えになっているにちがいない。わたしに力を与えてくださるはずだ。アラーはわたしを小麦のように育て、実らせ、わたしに使命を与えてくださるはずだ。そうでなければ、アラーがわたしに殻竿をみごとにふるう才能を授けるはずはなかったではないか？

あれから長い年月が過ぎ、アラーのために幾多の戦いがおこなわれてきたいま、彼は、過去の記憶などはなんの役にも立たないとして、忘れ去ろうとしていた。

重要なのは将来だ。みずからの責務だ。おまえは過去を生きのび、イスラムの戦士として戦い、これからもまた戦っていく。おまえは成るべきものになり、おまえの職分を果たすことを許される身となったのだ。

アラー・アクバル――神は偉大なり――と彼は思った。

そのとき、ヘリコプターの音が聞こえてきた。

10

ボブを排除すべき理由は山ほどあり、そのどれもが理に適っていた。彼らはそのことを、テルアヴィヴの夜の闇を縫って飛行場へ走るランドローヴァーのなかでじつに辛抱強く、彼に説明した。

「あなたは歳を取りすぎている。反射神経がひどく鈍くなっている。視力が衰えた。あなたの臀部《でんぶ》にはスティールのジョイントが入っていて、それはいつなんどきパキッと折れてしまうかもしれない。あなたは、ユニット13の要求する厳しい体力検査にパスすることはできないだろう。ヘブライ語を話せず、理解することもできないから、命令を理解することができない。このような状況にもかかわらず、あなたに通訳を付けるべきだと考えている？　それはまずむりだし、もし可能であっても、時間の問題がある。そして、武器の問題も。あなたはわれわれの武器に精通していない。それらを有効に使用する方法を知るには、強いプレッシャーのもとで、われわれの規律に従っての演習を何千回もおこなわねばならない。われわれのユニット13はその演習をやり遂げているが、あなたはそうではない。手順の問題もある。襲撃の際は、チームの全メンバーがターゲットを詳細に知り、戦術とその意図について合意していなくてはならず、もし即興で行動せねばならない場合は、計画に基づいての即興行動を取り、できるだけ早く計画の線に戻らなくてはならない。あなたは計画を知らない。そしてまた、この兵士たちの問題もある。彼らはみな、この任務ではなく、あなたを案じることになってしまう。自分たちのなかに見知らぬ人間がいることで、動揺を来《きた》すだろう。彼らにそんな重荷を背負わせるのはよろしくない。それに、外交上の懸念もつきまとう。あなたはアメリカの国民だ。われわれの戦闘作戦に参加するのに必要な貴国からの承認を、あなたは受けていない。法的な余波がどうなるかはわからないが、もしアメリカの国民がイスラエルの戦闘任務のなかで命を落としたら、政治的な難題が生じることになる。アメリカにはイスラエルを嫌悪するひとびとが数多くいて、その悲劇を梃子《てこ》にして、両国の仲をさらに裂こうとするだろう。陰謀論というやつは黴菌《ばいきん》のようにつぎつぎに出てくるものでね。明瞭さが要求される場合は内輪でやるのが当たり前になっている。そしてまた、ジャーナリズムを考えてもらいたい。お国の新聞は鼠《ねずみ》のようにあなたの死をほじくりかえして、あなたの過去の人生を、あなたの秘密を暴露し、あなたの遺族を悩ませ、ユニット13のセキュリティの不備を非難し、そのセキュリティを侵害し、隠密性がもっとも必要なその任務を明るみに出すだろう。いかなる状況であれ、この〝人物〟が」――ゴールドは、その隣に無言ですわって、ろくになにも聞かず葉巻をふかしている人物、長官を指さした――「そのようなことを許可するとは思えない」

「オーケイ」ボブは言った。「とにかく、わたしの話を聞いてくれ。視力が問題というなら、たしかに落ちている。２０／１０から２０／２０へ（日本式では２・０から１・０へ）。わたしは毎日、馬に三時間乗っている。太ったカウボーイを見たことがあるかね？　ないだろう。なぜなら、馬に乗ると、エクササイズ・マシンを使うように筋肉が鍛えられ、手足の強壮さを維持できるからだ。銃器に関しては、それはわたしにできるすべてと言っていい。この世界のだれを相手に撃ちあっても、勝つか引き分けにできるし、もし引き分けなら、わたしは死ぬが、相手もまた死ぬ。急襲？　わたしはヴェトナムに長期の遠征をしていたとき、ＣＩＡの研究・偵察グループとともに――あれは実際には〝特殊部隊〟だったが――働いていたが、そのときにわれわれがやったのは、襲撃を計画し、襲撃し、つぎの襲撃先を探すことだけだった。わたしは襲撃者《レイダー》の血筋に属しているんだ。父は日本の島々を五度、襲撃した。祖父は第一次世界大戦のとき、ドイツで十八ヶ月間、襲撃をやった。ドイツ人に訊いてみればいい。彼らはいまも憶えているはずだ。祖父はまた、一九三〇年代にＦＢＩと協力し、自動車を駆使する銀行強盗団に一連の襲撃をかけるということもやってのけた。だから、いまはもう、自動車を駆使する銀行強盗団など、いなくなっただろう？　あいにく、あんたらの国にはＦＢＩも自動車強盗団もいないことはよく知っているが、わたしの言いたいことはわかるだろう。外交問題については――実際のところ、わたしはひとつの契約にサインをしたのであり、この世界にとって、わたしは仕事を楽しむ融通の利かない請負人のひとりにすぎない。そういうことが毎日、世界のいたるところで起こっているんだ」

長官が顔色ひとつ変えず、ボブを見る。そうたやすく、〝へえっ〟とか、〝ワオ！〟とか言う男ではないのだ。

「だが、そんなことはたいした話じゃない」ボブはつづけた。「すべてが計画どおりに進むと想定すれば、わたしはモサドのラビたちといっしょにここに残ってもいい。かつてこのような任務があったか？　エンテベ（一九七六年六月二十七日にエンテベ空港で発生したテロリストによるハイジャック事件）でも、世界史上最高のイスラエル軍特殊部隊が出動したが、指揮官は射殺された。つまり、もしことがまずく運んだ場合を――たとえば、抵抗が予想より強かったとか、近辺にいた私兵団が予測したより早くやってきたとか――想定すれば、襲撃地点を監視する人間が必要となってくる。あんたらはジューバを捕らえられるかもしれないが、そうはいかないかもしれない。もし捕らえられなかった場合、それでも、そいつがなにを計画しているかを突きとめる必要はあるだろう。あんたらにはスナイパーが、銃の男が、ジューバの設定を読みとれる人間が、必要なんだ。わたしなら、そいつの装備、そいつのターゲット、そいつの弾薬、そいつのスコープを見れば、そういうことができるし、それによって、われわれは結論を導きだせる。そして、その結論をもとに、妨害や準備に取りかかることができる。そして、それができれば、われわれは人命を救えるのがいちばん。つまり、ここで最優先となるのは、こういうことだ。この大物を取り押さえること。そして、それに失敗した場合は、確固とした情報をつかみ、来たるべき事態に備えること。それ以下は失敗であり、やる意味はない。わたしはあとからこの話に乗った人間じゃない。わたしがこの話を持ってきたんだ。わたしがこのショーの主役なんだ。理解したかね？」長官に向かって、彼は最後のことばを付け足した。

「彼は理解したんじゃないかな」ゴールドが言った。「ハーヴァードに留学した男だからね」

長官がスワガーを見やる。

そしてようやく、彼が口を開いた。

「これはモッター中佐の任務だ。決定は彼に委ねよう」

「もう、あんたはだいじょうぶだ」スワガーに向かって、コーエンが言った。「モッターもハーヴァードに留学した男なんだ」

その男、モッターが大佐ではなく中佐ということは、ユニット13はアメリカ海軍のSEALのような部隊であることを意味した。見ただけでは、彼がどんな男なのかは判断できなかった。マッシュルームの笠めいたヘルメット、手榴弾や閃光《せんこう》弾や戦闘ナイフや各種のキットがストラップで取りつけられたケヴラー製の防弾ヴェスト、必要な備品を詰めたバックパック、カイデクスのホルスターにおさめて胸の部分に装着したグロック拳銃、夜間行動に合わせるために黒く塗られた顔。そのさまは、SEAL、陸軍のデルタフォース、ポワント・デュ・オック・レンジャー（ノルマンディー上陸作戦の重要地点のひとつ、ポワント・デュ・オックに上陸したアメリカ陸軍第二レンジャー大隊のこと）、テルモピュライ《ホットゲーツ》のスパルタ軍――日は異なれど、戦いの様相は類似している――から、あの運命の夜にトロイの城外にオデュッセウス〝上級曹長〟に率いられて集結した騎馬軍団に至る、どの部隊に属していてもおかしくない男のように見えた。長官が話しかけると、彼は煙草《たばこ》をふかしながら、無表情に耳をかたむけた。その目はなにも語らず、その感情は冷静な覚悟と実存的虚無の中間にあるように見えた。

「サージェント・スワガー」彼が言った。「一九七四年にニャチャン郊外の高地でソ連の第三打撃軍に属する北ヴェトナム第二大隊と戦ったスナイパー・チーム、ロメオ・ツー・ブラヴォーの物語は読みました。あれは壮絶な戦闘だった。しかし、当時のあなたは二十六歳。いまは七十二歳になっています」

「あのころならできて、いまはできない唯一のことは、石蹴《け》り遊びで勝つことかな。銃があれば、いまも当時と同じ能力を発揮できる」

「正直言うと、あなたを戦闘へ導くより、あなたと飲みに出かけ、あなたの話を聞き、その教訓を学ぶようにするほうがずっといいですね。とにかく、仲間たちに訊いてみましょう。われわれは戦闘に関しては厳格ですが、ユニットのなかは民主的にしておきたいので」

若い中佐が身を転じ、飛行場のエプロンに整列した一ダースかそこらの兵士たちのほうへぶらぶらと歩いていく。全員が、似たようなヘルメットをかぶった、戦争の犬たちだ。彼らが小声で短くことばを交わし、最後にモッターがボブのほうへ手をふってきた。

「チームにようこそ、ブラザー」

兵士たちが集まってきて、ボブの背中をたたく。なかには、キスをする男までいた。それぞれの名が告げられ、ボブは、いかにもそのすべてを憶えられるかのように、「ボブだ、ボブだ」と言いながら、それに応じた。SEALと同様、このユニット13もファーストネームだけで呼びあう部隊だった。

「装備をしていては間に合わない」モッターが言った。「三時に離陸しますので」彼が身をひるがえす。「そこの歩哨《ほしょう》、こっちに来てくれ」

ボブは気づいてもいなかったが、搭乗エリアの周辺は空軍の警備兵が固めていたのだ。その男が大股で走ってくる。

「最後の追加だ。兵器にM４があるかどうかをチェックしている時間はない。軍曹」
――モッターはその警備兵のケヴラー製ボディアーマーに付いているネームタグを、目を寄せて読んだ。「マッパ軍曹、彼がきみのボディーアーマーと、ウージー、そしてその弾薬を必要としているんだ」

カリスマ性のあるモッターの頼みとあって、なんの抵抗も示されなかった。警備兵はクールな兵士たちに協力するのをよろこんでいるように見えた。笑みを浮かべながら、彼がケヴラー製の防弾ヴェストを脱いで、ボブに手渡す。ボブがエプロンに立ったまま、スポーツコートの上にそれを着こみ、胸元にのぞいているポロシャツの――好都合なことに黒だ――ところまで引きあげ、すべてのリンクをカチッと閉じていくと、それがしっかり、きっちりと身を包むのが感じとれた。どこからともなくヘルメットがやってきて、それをかぶると、ほぼサイズが合っていた。ストラップを留めると、けっこううまく頭におさまった。だれかが迷彩用のチャコール・ペイントを手渡してきたので、それを白い顔に、ざらざらを感じながら塗っていく。まもなく、彼は夜の闇に溶けこんだ。最後に旧式の短機関銃を受けとると、いままで触れたことすらない銃なのに、生まれたときから知っていたように、ひどくなじみがあるように感じられた。代表的な短機関銃のひとつだからだろう。オープンボルト式で、重心がグリップにあり、二十五発を収容できるそれが機関部とL型に接続され、二十五発が装弾された弾倉がそこに装填される仕組みになっている。それらすべてがテレスコーピング・ボルトと呼ばれるずっしりと重いボルトの下にあり、そのサブマシンガンをスリングで首に吊すと、しっかりとしていて、使いやすそうに感じられた。機関部とほぼ直角を成すグリップを握ると、人さし指がかなり上方、トリガーから離れた位置に来た。どうやらグリップ・セイフティはテープで平たくされているらしいとわかった。これなら、速射をしなくてはいけない場合でも、問題は起こらず、グリップを握った手が上へずれることはないだろう。

警備兵の軍曹が、水平になったスライド・スウィッチを指さす。角張ったちっぽけなトリガー・ガードの上のところにヘブライ語の表示があった。軍曹が、「ファースト・ポジションはセイフティ・オン、セカンドは単発、前方がババババッのフルオート！」と言った。

ボブはうなずいた。彼らの規定はよく知っている。薬室を空《から》にし、安全に地上に降りて目的地へ向かうときまで、発砲はできないようにしておくこと。そのとき、そのときになってやっと、この兵士たちはボルトを引き、いつでも敵を倒せるようにする。

薬室に装弾した銃を持ってヘリコプターから飛び降りてはならないというのが、イスラエル国防省の方針なのだ。

三機のヘリコプターがローターをまわし始める。みっつのローターが、最初はゆっくりとまわって弾みをつけ、すぐに目に見えないほどの速さで回転して、空気を切り裂き始めると、兵士たちは六名ひと組となって、つぎつぎに搭乗していき、ボブは指揮機に七人めの人間として乗りこむことになった。

「あなたはわたしのそばに」モッターが言って、彼をひっぱる。

「了解」とボブは応じた。後ろのシートにすわったモサドの〝三賢人〟のほうをふりかえると――いずれも無表情で、ふたりは煙草をふかし、ひとりはそうではない――決まりきった離陸の過程を無言でながめているだけだった。

「さあ、戦争に行こう、ブラザー」モッターが言った。

暗い色に塗られた三機のヘリコプターが、暗い大地の上空を飛んでいく。レーダーを避けるため、低空を高速で飛行していた。襲撃者たちは無言だった。やがて着陸地点に達すれば、これが一秒後には悲劇に変じ、二秒後にはまったくの大混乱に陥るかもしれないことがわかっているのだ。それが襲撃の本質であり、それに対処できない人間はまちがった職を選んだということだ。そんなわけで、兵士たちはそれぞれ、煙草を吸ったり、祈ったり、セックスを夢想したり、テルアヴィヴ・ガーディアンズはエルサレム・ボブキャッツに勝っただろうかと思ったりし、そのあと、自分の父親に、自分が父をどんなに愛し、憎んでいるかを打ち明けられたらとか、サリー・スーに、自分を待ってくれても別の人生を選んでくれてもいいと打ち明けられたらとか考えたりしていた。男はだれしも、ちょっとした思いを胸にいだいているものだ。

　前列シートに、体は動かさないが油断のない目をしたモッターとハッチのあいだにはさまれてすわったボブは、イスラエル軍パイロットが前方監視赤外線装置《FLIR》を装着していることに気がついて、気をよくした。あのゴーグルを装着していれば、その目には前方の闇が明るく照らされて見えるからだ。電信柱その他のやっかいなものを避けるには、あれを使うのがいい。ヴェトナム戦争の時代にはあんなものはなく、ひどく大勢の良き兵士たちの命がむだに失われたのだ。三機のヘリコプターは北北西に進路を取り、パイロットたちはルートの印となる地形と街の特徴をよく知っているので、記憶を頼りに飛行していた。やがて、イスラエルを離れて南シリアの上空へ入ると、そこには真っ暗闇がひろがっていた。このヘリコプターの振動にはなじみがあり、ヴェトナムに三度の遠征をして、一千回はヘリコプターに乗り組んだボブには、ワップ、ワップ、ワップと回転するローターの音やエンジンの音、オクタン価の高い燃料のにおいから、つまるところこれは、ヴェトナム戦争で使われていたヒューイの一種、シコルスキー・ブラックホークが改造、強化されたものだとわかった。だが、内部はヒューイより広く――とはいっても、戦闘ヘリコプターのキャビンにはちがいないが――その空間は、だれかの煙草が酸素を消費する小さな光があるだけで、闇に包まれていた。

時が引きのばされ、同時に圧縮されていた。そう感じるのは、なにをすればよいのかも撤収の決断をすべきかどうかもわからないせいかもしれない。

赤いライトがまたたいた。

モッターが――ファーストネームはガディだ――喉《のど》マイクを使って、ヘブライ語でパイロットと会話を交わし、のばしていた両脚を引き寄せて、ストラップを外す。機内の闇のなかで、ほかの兵士たちが同じことをするのをボブは感じとった。ケツをあげ、心を無にし、喉をすっきりさせ、ゴーグルをはめ、銃のボルトをチェックし、装備のストラップをテストし、防弾ヴェストの装着ぐあいをたしかめ、マッシュルーム型ヘルメットを点検し、ナイフや手榴弾や閃光弾、グロックや医療キットを携行していることを確認し、神との関係についての解答を見いだす。彼らと同じ行動を取っていったボブは、気がつくと、興味深い地点に着陸しようとしている攻撃ヘリコプターの乗降ドアのそばに身をかがめて立っていた。恐怖は感じなかった。

計画はしごく簡明で、計画がないと言っていいほど単純だった。三機のヘリコプターは百ヤードほど下降して、コンパスに表示されたみっつの地点に着陸し、十三名が機を降りて、銃をいつでも撃てる状態にし、まっすぐに進んでいく。古典的なL字隊形を採ってだ。そのふたつのチームは、目標に対していくぶん異なった角度で進む。あとの六名からなるみっつめのチームは、目標の民家の後方へまわりこみ、脱出路を押さえる。もしだれかが逃げだせば、そいつらは撃たれることになる。もしやつらが両手を挙げて出てきたら、地面に膝をつけと命じられ、プラスティック手錠《フレックス・カフ》を掛けられる。そして作戦が進行する。三チームのすべてが一分以内に、それぞれがほかの二チームからの銃撃を浴びない隊形で目標地点に集結する。まずガディのチームがドアを蹴り開け、ガディが突入して、屋内が安全であれば、ほかの兵士たちもあとを追う。ボブはそれに組み入れられていなかった。その仕事は、屋内が完全に安全であることが確認されるまで戸口に待機し、第二チームとともになかへ入ることだ。その間、第三チームは周辺に展開し、七キロほど先にあって、この地域としては唯一のシリア軍部隊にあたる民兵組織が存在するイリアへとのびる道路を監視する。そして、ジューバを押さえる。ジューバを捕らえるか気絶させるかのどちらにせよ、兵士たちは捕虜どもをヘリコプターに押しこんでテルアヴィヴに帰り、曙《あけぼの》の光のなかでビールとチーズバーガーを楽しむ。

単純そのものだが、計算に入っていなかったのは、歩哨に就いている敵兵がだれも眠っておらず、ユニット13の到来にまったく度肝を抜かれはしなかったことだ。まるで、こういうことがいつなんどき起こってもおかしくはないとわかっていたかのように。そんなわけで、三機のヘリコプターは、着陸する前に目標の民家から銃撃を浴びるはめになった。その一帯に点々と砂埃が舞い、曳光弾《トレイサー》の奇怪な光が宙を飛び、ヘリコプターの機体を打った。ターゲットへすばやく前進するどころか、迅速な射撃と行動に機先を制されることになったのだ。

ボブは、真っ先に機を降りたガディのそばについた。規定を遵守《じゅんしゅ》して、薬室を空にし、うっかりつまずいても、反射的にトリガーを引いて、三名のイスラエル兵を殺してしまうことのないようにしていた。その間に、民家の二階の三ヶ所から銃撃が始まっていたが、シューターたちはターゲットがつかめず、この一帯に縦射を浴びせるだけだった。だが、向こうが撃てば、その位置がつかめるわけで、ユニット13のメンバーはチャンスと見ると反撃を加えた。

戦争は地獄。それは真実だが、ボブにとっては、心が地獄に墜ちたか天国に昇ったかはさておき、戦争はクールでもあった。頭上や近辺に銃弾がばらばらと飛来し、通過したあとに真空を生みだしながら、空気を切り裂いていく。熱、光、騒音、砂粒、砂塵《さじん》、アドレナリン、エネルギー。長いあいだ忘れていたそういうものが、瞬時に芽吹いた蘭《らん》のように咲きひろがる。ボブは乱戦の場へ突入し、撃つべき相手を探した。ド派手な撃ち合いだ。よく冷えたビールみたいな！

ガディが倒れた。ボブはそばへ駆け寄った。

「くそ」イスラエル人が言った。「脚を」

ボブがそこを見ると、例によって、神は勇者がお気に入りらしく、左のふくらはぎを完全に貫通する銃創ができていた。出血は、噴出とかほとばしるとかはなく、たいしたことはなかった。醜い傷口ができ、醜い肉がのぞいているだけだ。

「これならだいじょうぶだ」

「前進をつづけろと、みんなに伝えてくれ。ここにとどまらせておくわけにはいかない」

「なんと言えばいい……ヘブライ語でどう言う？」

「それは、その――」

二名の兵士たちがやってきて、そこにとどまり三人がヘブライ語で話し始める。そのひとり、軍曹が立ちあがり、前進しろとほかの兵士たちに手をふった。〝スポンサー〟のガディが戦列を離れたとあって、ボブは義務から解放された気分になり、民家のほうへほかの兵士たちと同じく迅速に前進した。「手榴弾投下」を意味するにちがいない叫び声が聞こえたので、身を伏せると、三度の激震が大地を引き裂き、危険な破片とともに土と石粒を宙に舞いあげたが、彼はかまわず立ちあがった。銃声が高まり、兵士たちが見えない相手へ闇雲に銃撃を浴びせるなか、当てずっぽうで発砲された敵の弾丸が低木の茂みのいたるところを立てつづけに打って、砂埃を舞いあげる。なんとか民家の戸口に行き着いたとき、ボブは——おっと！　そうだ！　ユーレカ！——発砲するときが来たのだと気がついた。ウージーのボルトを引き、それがロックした手応えがあったところで、そのハンドルを押してやると、ボルトが解放されて前に戻った。親指で確実にレバーを推して、フルオートにし、操作の最後に、折りたたみ式銃床を肩に引き寄せて、テレスコープをのぞけるようにすると、その銃床は人間工学《エルゴノミクス》的な傑作とは言えないにせよ、腕と胸郭のあいだにぴったりとおさまった。そこまでやったところで、ボブはその民家を値踏みした。彼は孤立していた。手榴弾のほうへ手をのばし、自分は手榴弾を持っていないことに気がついた、自分のフルオート掩護《えんご》のみを頼りに突入しようとしたが、そのとき、夜の闇のなかから二名の特殊部隊員たちが姿を現した。ひとりが手榴弾を持っていて、ボブにうなずきかけたので、ボブはうなずきかえして、あとずさった。その兵士が手榴弾を投げこむ。それが瞬時に——その大半が——純粋なエネルギーと化した。

屋内へ投入された手榴弾が舞いあげた破片や埃が静まるのを一秒ほど待ってから、ボブは真っ先にまだ沸き立つ空気のなかへ突入した。そのとき、ひとつの人影がそのスペースを横切って別の戸口から脱出しようとしたので、すばやくウージーの銃弾を六発、撃ちこむと、ウージーのメカニズムの反動を感じ、周辺視野が空薬莢の飛散と銃口炎の残光を捉《とら》えている、そのごく一瞬のあいだに、そいつが倒れ伏した。背後から、兵士たちが二階にいる連中の抵抗に対処するために階段を昇っていく足音が聞こえてきたが、ボブの仕事は一階のすべての部屋を捜索することだった。

　突進すると、もう撃つ相手はだれも見つからず、ひとつのドアに行きあたったので、彼はそれを蹴り開けて、シューターの本拠地になっている部屋をながめまわした。壁にいくつもの標的、棚に部品の数かず、装弾用のどっしりとしたベンチ、手動式《アーバー》の万力《プレス》。ベンチの上に、壊されたノートPCがあり、その画面はボニーとクライドが射殺されたときに乗っていた車のフロントグラスのようになっていた。男がひとり、ベンチの上へ身をのりだし、片手にむきだしの八ポンド・プラスティック爆薬を持って、ライターに点火しようとあがいている。〝ホジドンH1000〟のラベルが貼《は》られたそれは、銃弾に装塡することもできる無煙火薬の一種だ。爆発性が高い。

　ボブはその男にウージーの銃口を向け、トリガーに指を掛けたが、引き絞りはしなかった。

「やめろ！」彼は叫んだ。「やめろ！」

　特殊部隊員のひとりがボブの横へやってきて、ライフルの照準を合わせ、やはり叫んだが、それはより役に立つアラビア語だった。

　ライターに火がつく。敵戦闘員が笑い、白い歯をのぞかせた。

「アラー・アクバ——！」と男が叫び、ライターを爆薬へつっこむ。そいつは爆発を期待したのだろうが、その火薬は驚くほど速く燃えあがっただけで、爆発はせず、そいつの期待に応えなかった。それどころか、生じたのはそいつを取り巻く宇宙の瞬時の変容だった。その変容の主たる特徴は、魔王が点火をやったかのように、それが悪魔のたいまつと化したことだ。神話に記されたすべての憤激が致死の炎となって出現したかのようなそれが、そこにあったあらゆるものを一瞬のうちにひとつの塊に変貌《へんぼう》させる。男の全身が炎に覆われた。その火が男を生きたまま包み、呑みこみ、八ポンドのH１０００が燃えて、男を原子レベルへ砕いていく。そいつはもう火にかけられた男ではなく、炎そのものだった。それでも、炎の中心の中心にいながらもなお、男にはまだいくぶんの理性的衝動が残っていたらしく、身をひるがえして、類似の爆薬の容器が並べられている部屋の隅へ向かった。

　その行動が生みだしたのは、十倍もまぶしく、目をそむけずにはいられない悪魔のたいまつだった。世界が炎に覆われた。隊員がボブをひっぱって、外へ連れだそうとする。ものの数秒のうちに部屋が、そのあとまた数秒のうちにこの民家全体が炎に呑みこまれることになるのは明らかだったからだ。だが、ボブはその手をふりほどき、英語で叫んだ。

「わたしはここをきっちりチェックしなくてはならない」

炎に飛びこんでいく人間はほんのわずかしかいないが、彼はそのひとりだった。肌に火ぶくれができるのを感じつつも、前方へ三、四フィート、そして、ものがよく見えるようにとゴーグルを外して、五、六フィート押し進むと、ベンチの上方に並んでいるものが、炎に呑みこまれてしまう前に見てとれた。グリーンはシエラの、イエローはバーガーの、イエローとブラックはスウィフトの弾薬ボックスで、ほかにもいくつかボックスがあった。つかみとれるほどそばにはいけなかったが、それの印刷文字は見てとれた。はっきりと確認できたとまではいかないものの、すべてのボックスに、口径を示す338の数字が記されていた。

爆薬の缶が二、三個、誘爆し、悪魔の吐きだす火炎が襲いかかってくる。袖に火がついたのが見え、周囲全体に火がひろがってきたので、彼は身をひるがえし、炎から抜けだす道を見つけようとしたが、そのとき突然、ノートPCのことを思いだした。ふたたび身を転じて、うねる熱波のなかへ飛び込み、皮膚の細胞のひとつひとつに刺すような痛みがくるのを感じつつ、なんとか片手をノートPCのほうへのばし、一動作でそれをつかんで、ひっぱり寄せた。よろめきつつ一歩、二歩と進むと、まずいことに、息が苦しくなって、高温の空気を吸いこみ、思わず咳《せ》きこんで、つぎの一秒をむだにしてしまった。片膝を床につき、咳《せき》の発作を抑えこもうとしたそのとき、大きなガン・ケースが目にとまった。スポーツ射撃を楽しむ裕福な人間が持っているような、スティール製の高価なガン・ケースが奥の壁にもたせかけて置かれ、それが高熱を受けてゆがみだしている。そのケースに、上下が六インチほどの精妙な飾り文字で、二、三のイニシャルが刻まれているのがちらっと見え、彼はそのなかのAとWの文字を、さっきの数字と同様、記憶におさめた。つぎの瞬間、その文字は消え失せていた。

炎に押されて戸口へ向かい、何時間もかかったように感じつつ、ようやくそこにたどり着いて、隣室へ飛びこむ。その部屋は、ところどころに火がつき始めてはいたが、無人だった。外に通じる戸口を抜けると、酸素をたっぷりと含んだ涼しい空気に迎えられた。兵士たちのふたりが彼をひっつかみ、特殊部隊が集結している、火炎の熱がそれほどひどくない場所へ連れていく。

「あなたを失ったかと思いましたよ、ブラザー！」ガディが叫んだ。

「その寸前だった」彼は欠乏していた酸素を吸えたエクスタシーに浸《ひた》りながら、そこで大の字に寝そべり、生命力を高めるべく懸命に空気を吸った。だれかがボブの持ってきたノートPCを取りあげ、別のだれかが彼の肩からウージーを引き外し、つぎにケヴラー製の防弾ヴェストを剝《は》ぎとった。水筒の冷たい水がボブの喉へ流しこまれ、彼はそれをむさぼり飲んだ。今夜の自分の仕事は終わった。ことによると、数年分の仕事が。

「衛生兵！」ガディが叫ぶ。「彼の腕に軟膏《なんこう》を塗れ！」

迅速に手当てがなされた。ガディが合図を送り、一団が着陸地点にひきかえして、赤のフレアを打ちあげ、三機のヘリコプターが周回軌道を脱して、着陸してくる。ボブの頭のなかではいまだに火炎が渦巻き、左の腕と肩がひどく痛み、暗視力が——おそらくは巨大な火に遭遇したために——失われ、意識がかなり朦朧《もうろう》としていた。背後へ目をやると、あの民家がいまは完全に火に包まれているのが見えた。あとにはなにも残らないだろう。

そのあと、ふと意識が戻ると、兵士たちによってヘリコプターに乗せられ、そのデッキに寝かされているところだった。短い無線交信が交わされ、機を降りた全員がぶじに帰還したことが確認され、三機のヘリコプターがうなりをあげて離陸し、ユニット13は本拠地へと向かった。

11

南シリア、小麦畑のなか

ジューバは目撃した。だれが見てもイスラエル軍のものとわかる三機のブラックホークが、たくみに空を飛行してくる。彼らはへたな仕事はなにひとつやらかさず、けっして諦めず、屈服せず、その行動のタイミングは絶妙だ。ジューバは彼らを憎み、地獄のいちばん底の部屋へ堕としてやりたいと思ってはいたが、彼らが有能であるのはたしかだった。

三機のヘリコプターが着陸し、その兵員室から特殊部隊員たちが降り立ち、数秒のうちに三機のヘリコプターはふたたび空に舞いあがって、戦闘地帯上空の待機軌道へと姿を消した。特殊部隊員たちが迅速に動く。問題はなにか。あの連中はどれほど迅速に対応できるのか？　戦闘になれば、攻撃と同時に反撃が開始されることはわかっていた。自分の部下たちは最高だ。彼らは元イラク共和国防衛隊の特殊部隊員たちで、自分を失望させはしないだろう。

ただちに銃撃の音が高まり、手榴弾の閃光が夜の闇を染めた。三百ヤードほど離れているここからでも、オートマティックの銃撃が開始されるのが見てとれた。警護の兵士たちは、なにが起こったのかと考えて時間をむだにしたりはせず、すぐさま銃を手に取ったのだ。奇襲と火力の優位性という利点を持つイスラエル軍が勝つだろうが、彼らはこの襲撃によってどれほどの戦利品を獲られるものか？　警備兵たちはおのれの責務を知っている。その責務とは、あとになんの痕跡も残らないようにするために仲間のだれかが無煙火薬に点火するときまで、この急襲にもちこたえて、アラーに仕えることだ。

そのときが近づいた。早すぎるほど早く、民家の内部で爆発が起こった。あれは、特殊部隊が屋内を掃討し、手榴弾を使えるようになるほど、間近に迫ったことを意味する。事実、彼の並外れた視力が、数人の特殊部隊員が身を低めて戸口を抜けようとする姿を、ついで、後続の襲撃者たちがその周囲に集まって包囲するようすを捉えた。

アディド、と彼は思った。アディド、おまえは、うまくやるとおれに誓った。おれはおまえを信じた。だが、もしかするとアディドは最初の交戦で頭に弾を食らい、熱意と意欲、そして異教徒への憎悪があれほど強くても、最後の行動をやりきる力を失ってしまうかもしれない。

アディドよ、おれはアラーに祈る。おまえが無意味な犠牲者にはなりませんように。戦闘の殉教者となりますように。おまえはあれほど長い年月、よく働いてくれたし、おまえは――

無煙火薬に点火された。アディド！　殉教者アディドは、イスラエル特殊部隊たちの眼前で、なんとかあれをやってのけたのだ。白熱した閃光、アラーの点じたその光が、民家の窓を破って噴出し、一瞬ののち、別の閃光が――さらに大きく、速く、激烈な光が――民家を引き裂いて、それが打ったあらゆる場所に火を点じ、民家全体が炎に包まれたように見えた。

さて、と彼は考えた。おれは逃げなくてはならない。彼らは上空から、熱源追尾スコープと機関銃を使っておれを狩ろうとするだろう。それが彼らのやりそうなことだ。ユダヤ人は、剣で刺したりスカーフで首を絞めたりするより、おのれの持つ機器を用いることを愛しているのだ。それは彼らの邪悪さを証明している。

彼は身をひるがえし、小麦畑を駆けぬけていった。

12

数日後
ブラック・キューブ

車椅子に乗せるのはちょいとやりすぎだろう、と彼は思った。だが、医師がそうしろと主張したのだし、イスラエルの陸軍病院でイスラエル人医師を相手に議論をしてもしょうがない。看護師のスーザンが彼を乗せた車椅子を押して救急車から出しセキュリティを通ったが、この期《ご》におよんで、彼は磁気探知機《ワンド》で全身をスキャンされた。ここの連中はけっして危険を冒さないのだ。

彼は消毒を受け、バスにも入れられたが、痛みは残っていた。火であぶられた腕はオイルに浸されたような感じがしているが、それは感染症を防ぐための抗生剤クリームが塗布されているからにすぎない。火傷は二度で、皮膚移植をせずに治癒《ちゆ》するだろうとのことだ。襲撃の翌日には、妻に電話がかけられるまでに回復していたので、これは独立記念日の花火でちょっとやけどしたとか、ビーチにいくぶん長く居すぎてやけどしたとか、まあそんなものと大差ない、と言って、彼女を安心させた。妻の声はそっけなく、そんな話は信じていないことが明らかだったが、ここはそれで通すしかなかった。

そして、いま、これだ。患者衣を着せられ、ひげをきれいに剃《そ》られ、髪をカットされたあと、彼は前と同じ会議室へ車椅子で運びこまれ、またもや、やってきたことは山ほどあるが口数は少ないラビ風の聴衆の前へ連れてこられた。前回と同じく、この場の責任者はガーション・ゴールドのようだ。やはり、長官が中央の席に冷静沈着な態度ですわり、〝コメディ〟の材料はコーエンと呼ばれる男が提供することになった。その男が切りだす。

「地獄の偵察から帰還したばかりの、おそらくは正気でない、合衆国海兵隊《USMC》一等軍曹、スワガー。あそこの天気はどんなふうだったんでしょう、サージェント・スワガー？」

「湿気が少なかった」ボブは言った。「暑かった」

「すばらしい」とコーエン。「こんなときにそんなふうに応じられるのなら、彼はいつでもラビになれるね」

「オーライ」ゴールドが言った。「戦術の詳細をしゃべってもらう必要はない。すでにモッター中佐とその部下たちが包括的な帰還報告をし、その説明のすべてが一致していることがわかっているからね。いまは、サージェント・スワガーがそこの状況をどう読んだかを聞かせてもらう時だ。実際には、つまるところ、質問はひとつしかないだろう。われわれの兵士たちは――あなたも含めてだ、サージェント――あの夜、十一名の敵を殺害した。われわれはそのうちの十名から、親指のしっかりした指紋を検出することができた。ジューバのものはなかった。そこで、あなたはどのように推理するのか。彼は十一番めの男だと――つまり、あなたの目の前で燃えつきたやつだと――考えるのか？　その男が指紋を残すことはありえないだろうからね」

ボブはそんなことは思ってもみなかったが、すぐさま、その理由に思い当たった。

「その可能性はない。なにしろ、あいつがだれだったにせよ、この世でもっともしあわせな男として死んだんだ。顔にその思いが出ているのが読みとれた。ライターが点火したとき、あいつは自分が勝ったと思いこんだ。おのれの仕事を果たしたのだと。私の推測では、その仕事とは証拠となる物品の破壊であり、あいつはジューバが取り押さえられていないことも知っていた。しあわせに神と顔を合わせられると考えていた。西欧ではあんな顔を見ることはめったにない。そのあと、あいつは炎に包まれた。わたしにはその深い意味合いまでは読みとれないが、それが実際にどういうことを意味したかは読みとれる」

「われわれはまさにその点を知りたいんだ、サージェント・スワガー」

「わかった」ボブは言った。「はっきりとは見えなかったし、あのときは、メモを取るにはいささか——ペンが溶けてしまうほど——熱すぎたので、それはむりだった。それでも、重要なことはつかめたと思う。ああいう場所には、前に何度か訪れたことがある。あそこは、あるひたむきなシューターの仕事場《ショップ》で、その男はなにか重大なプロジェクトを遂行している最中か、ことによるとそれをすませたところだった」

「で、それはなんだと?」

「そいつは適切なロードを見つけようとしていた」

「それでは、われわれには意味がつかめない」ゴールドが言った。「われわれはNRAの会員ではないので」

「それもそうだ」ボブは言った。「たいていのひとは、射撃はふたつの要素に分けられると考えている。ひとつの要素は弾薬で、それをもうひとつの要素、銃にこめる。トリガーを引くと、好むと好まざるとにかかわらず、どこかに穴が開く」

「まだ先がありそうだが」

「ちょっぴり」ボブは言った。

「長くて退屈な話になるとか?」とコーエン。

「そのようにしようとしているのはたしかだね」ボブは言った。「それぞれの銃は

——銃の〝種類〟ではなく、アセンブリー・ラインを通ってきた個々の銃は——結果的に、特有の構造を持つことになる。ねじの締めつけぐあい、製造ツールの状態の変化、銃身の金属組成、可動部品の整合性の正確さなどなどに起因してだ。これでは、ほんとうに長くて退屈な話になりかねないので、ミスター・コーエン、この場ではいくらかはしょって説明しよう」

「あなたは人道主義者らしい」とコーエン。

「そういうことのすべてが精度に影響をおよぼす。実射に関しては、それはほとんど問題にならない。実射する場合はたいてい、ターゲットの——それが人間であれ、獣であれ、紙であれ——大きな部分を撃とうとする。しかし、三種類の実射に関しては、それが問題になる。つまり、ハンティング、ベンチレスト射撃、そして狙撃に関してはだ。そこで、そういう射撃をやるひとびとは、細部に特別な注意をはらうようになる」

「おもしろい」とコーエンが言ったが、その顔は正反対の感情を表していた。

「彼らが学ぶのは——銃とその弾道というのは、人間の営為の技術的領域においてもっとも深く研究されてきたことを念頭に置いてほしいんだが——そういう要素が精度に大きな影響をおよぼす可能性があるということだ。銃自体を見ても、それは銃身であったり、銃身のライフリングであったり、トリガーの引きであったり、作動部と銃床の整合性であったりと――それらのすべてが、そのライフルがぎりぎりじゅうぶんな精度なのか、ぴったりの精度なのか、とびきりの精度なのか、差異を生じさせる可能性があるというわけだ。質問は？」

ユダヤ人たちは傾聴しているように見えたが、質問はなにもしなかった。

「しかし、それは弾薬に関してはさらに強く当てはまる。そこで、手詰め《リローディング》と呼ばれる作業がおこなわれる。それをやると、シューターはさらに多数の要素をコントロールできるようになるんだ。そいつは空薬莢を取りあげ、使用された雷管《プライマー》を取り外して、薬莢の内部をきれいにする。それに圧力をかけて整形し、雷管を取りつけ、新しく、種類と量の異なる発射薬をロードすることによって、新たな、タイプの異なる弾薬が――口径は同じだが、形状、デザイン、重量、素材といったものは異なる弾薬が――生みだされ、それをプレスにかけて完成させるんだ。そいつはその一部始終を詳細に記録する。プロセスのひとつひとつを記録していく。それから、銃を、通常は五発単位で試射する。そいつはその五発すべてが一個の穴に集中するか、そのごく近辺に当たるのを期待している。そして、その射撃の結果を――つまり、着弾のまとまり《グループ》のサイズ、風の影響、弾速、銃口《マズル》エネルギーなどを――きわめて詳細に記録し、それを工場生産の弾薬と、いや、もっとありそうなのは自分が試したほかの弾薬と、比較する。よくなったか、そうではなかったかと。このトライアル・アンド・エラー・プロセスの重要なポイントは、コンビネーションを探ることで——音楽で適切な和音を見つけるようなものというか——それによって、そのライフルの潜在能力のほぼ大半を引きだせるようになるんだ。通常、ひとつのロードは——それなりのブランドもしくは型式、それなりの準備儀式、それなりの弾頭重量、それなりの弾頭デザイン、それなりの発射薬、それなりの発射薬の量、それなりの実包長、それなりの同心性の高度さ、そしておそらくは半ダースほどの経験則によって——最善のロードを生みだす。それは、精度、弾速、そしておそらくは戦闘状況における銃口炎の消滅といった目的に適合する弾薬だ。とにかく、それが彼の理想であり、彼の選択する弾薬となる。それは、どんな使用目的についても、工場生産の弾薬より著しくすぐれたものになるんだ」

「そして、そのような行動を支援する産業がある？」ゴールドが問いかけた。

「ああ。化学企業は何十もの異なった種類の——燃焼速度が異なり、粉末の形状が異なり、充塡物の異なる——発射薬を製造し、銃器装備品企業は計測装置、発射薬の重量計、リローディング用のダイスを製造し、弾頭製造企業は重量、形状、内部構造、先端、組成の異なる弾頭を製造する。そいつはちょうど、適切な和音を見つけだし、それに調和するものをつくりだそうとしていたんだ」

「すばらしい」コーエンが言った。「スナイパー・ワールドのモーツァルトか。だが、それでどうだと？」

「そいつが何ポンドもの種類の異なる無煙火薬と、何個もの弾薬のボックスと、ウィルソン・リローディング・ダイスの存在を示すボックスと、すべての素材をひとつにまとめるためのアーバー・プレスを持っていたことを思えば、そいつはある種の仕事をするためのある種の弾薬を生みだすための研究をこつこつと積み重ねていたのであり、その弾薬は一般市場で入手できるものよりはるかに効果的なものになるだろうとわたしには思えるね」

「最大の精度が要求される、とびきりむずかしい射撃の準備をしていたということ？」ゴールドが問いかけた。

「もっとまずい」ボブは言った。「あんたらは口径のことを尋ねなかった。わたしには確信があるんだが――わたしはあの地獄にいて、悪魔そのものの炎がわたしをマシュマロのようにしようとしていたことを思いだしてくれ――あそこにあった弾薬の口径はすべて〇・三三八インチだった。つまり、問題のロードがなされた実包は338ラプア・マグナムと呼ばれるやつとなるだろう。これは近年、アフガニスタンで長距離射撃をおこなう際にスナイパーが頼りにしていた弾薬で――アフガニスタンではそういう射撃がよくおこなわれていたんだ。二〇〇九年、クレイグ・ハリソンというイギリスのスナイパーが338ラプアを用い、記録に残っているなかでは史上最長の狙撃をやってのけた。二千三百ヤードを超える距離から、タリバンの機関銃射手を射殺したんだ。つまり、一マイル半離れたところから。それが338ラプアの重要なポイントでね。途方もない遠方から相手を撃つことができる。となれば、こう結論していいだろう。ジューバは遠い遠い距離からだれかを撃つために、338ラプア・マグナムをロードした。やつは几帳面《きちようめん》で、射撃に熟達し、ひたむきに仕事をする男だ。適切な方法でそれをやろうとするだろう。ジューバはジハーディストとしての半面がやたらと目立つが、シューターとしての半面はプロフェッショナルであり、クールで、狡《こう》猾《かつ》、無用な危険は冒さず、安易な方法は採らない。あそこの連中は、彼がほしがるものを彼に与えるために、多大な資金と多大な労力を投入した。そのためであれば、カネに糸目をつけなかったように思える。わたしの推測では、やつは、盗まれるか戦場で回収されたかしたアキュラシー・インターナショナル・マグナムを――世界最高のスナイパー・ライフルを――そして、それに必要な装備品のすべてを手に入れている。それらの物品はすべて、どこかで入手されて、シリアへ密輸されたものだろう。つまり、あんたらはどこかの情報機関によっておこなわれる大がかりな企てに直面しているんだ。結論はひとつしかない。やつは価値の高いターゲットを狙っている」

「これはきわめつきに悪いニュースだ」ゴールドが言った。

「われわれにはひとつ、ちょっとした利点があるかもしれない。やつが練習してきた射程は、わたしの記憶では、千二十三ヤードにすぎない。射程が千二十三ヤードであれば、338ラプアには、ほかに半ダースほどある長射程用弾薬に対する優位性はまったくない。ラプアの重要なポイントは、長い、長い距離から命中させられることだからね。もしやつらが計画してきた狙撃が長射程のものでないのなら、あれほどの労力を投入する必要はなかっただろう。そこで、わたしはこう考える。やつはまだ準備を完了していない。これまでのより千ヤードあまり長い射程を、ハリソンが狙撃を成功させた距離に匹敵する射程を設定できる場所をどこかに見つけて、テスト射撃をしなくてはならない。実行に移す前に、百回は射撃練習をしておく必要があるだろう。となると、われわれにはまだ多少の時間が残されているのかもしれない。やつは、距離、気候、風のパターン、気象といったすべての要素がターゲット・ゾーンに合致する場所を見つけて、射撃練習をしなくてはならない。だが、やつはあそこを、千二十三ヤードの射程を設定できる場所を手に入れるのに——われわれにはやつが立てた計画のどの段階にあったかはわからないが——たいして時間はかからなかっただろう。もっと長距離からだれかを撃つ計画を立てているとすれば、やつはつぎの段階へ進み、その条件になじむようにしなくてはならない。シリアでなら、千五百や二千ヤードの射撃練習ができる場所は、それほど苦労なく見つけられるんじゃないか」

「それはそうでも、気候はどうだろう」ゴールドが言った。「シリアは、イスラエルと同じく砂漠が多い。だが、湿度はもっと低く、風はもっと強く、気温の変化が不規則だ。彼が工作をしようとしているのはシリア国内ではないとすれば、シリアのどこか別の場所で射撃練習をしても、知る必要のあることを習得するのはむりだろう。彼はどこか別のところへ移動するか、条件を模倣《もほう》した場所をつくるかしなくてはならない」

「なんともまずいことに、われわれにはやつがどこへ行ったかはわからない」ボブは言った。

「いや、もちろん、われわれにはわかる」コーエンが言った。「われわれはモサドだ。そういうことを知るのがわれわれの仕事なんだ」

13

逃走

自分はだいじょうぶだろう。連絡体制が設定され、兵站が準備され、暗号がわかっていて、スケジュールが動きだしてと、準備は万全だ。すべてが計画どおりに進むだろうし、なにものもそれを阻止できるはずはない。

偽装誘導、手がかりのなかの手がかり、右往左往させる計略、陽動、目くらまし、偽装工作など、オスマン帝国の天才的人物がやってのけた策略のすべてと、練りあげられた背信行為の数かずが、ひとつの壮大な計画に結実し、恐ろしい打撃を与えることになるのはたしかなのだ。多数の都市が崩壊し、異教徒の土地を業火が呑みこみ、全能の神が降臨し、死があまねく地を覆うだろう。失敗するはずはない。

だが、その成否は、数年前までは不可能な距離だったが、いまは世界最高のシューターのひとりであれば可能となった距離でのコールド・ボア射撃が成功するかどうかに懸かっている。アフガニスタンで戦果を挙げたハリソンならそれができるかもしれないし、できないかもしれない。

だが、それだけではじゅうぶんではない。なぜなら、ハリソンは自軍の戦線内に身を置いていて、敵の領土へ這っていくという難事はせずにすんだからだ。狙撃の前にカップでティーを飲め、事後は有刺鉄線と砂嚢《さのう》で守られたベッドへひきかえすことができただろう。それにひきかえ、ジューバは決行後は、世界でもっとも狩られるべき男となるだろうし、逃走の際に、別の男の犯行を示唆するヒントを残すぐらいが関の山となるのだ。

それにしても……ユダヤ人たちはなにを知っているのか？

彼らはどうやって自分を見つけだしたのか？

どれかのメッセージを傍受したのか？

どこかにリークがあった？

自分は危機にさらされているのか？

それらはすべて、イスラエルの情報機関はまだ知られていない触手を有しているという考えが前提となる。あの情報機関は、微妙で捉えがたい浸透工作の代名詞であり、その方面では世界最高機関のひとつに属するだろう。だが、もしそうであれば、三機のヘリコプターに兵士を満載して飛来し、七分後には離陸していったあのときに、自分を撃てばよかったのでは？　最高の方法は、全基地からアメリカ製の最新鋭武器を持ちだして、襲撃することだっただろう。たとえ隠密性が求められていたとしても、もっと大規模な部隊を――少なくとも第一三中隊の精鋭軍か、もっと大規模な部隊を――送りこみ、ガンシップによる武装偵察と、何ダースもの兵士による地上戦を、いたるところで暗視装置を用い、そのエリア上空にドローンを飛ばして偵察しながら――たいしたショーだ――やればよかっただろう。だが、ちがった。あれは限定的で、短時間の、危険を伴う襲撃だった。

ほかの可能性はどうか。あれはたんなる復讐に動機づけられた襲撃だったとか。スクールバス事件のあと、自分は彼らの殺害リストの第一位に記載された。彼らは自分の居どころをつかみしだい、迅速に攻撃をかけてくるだろう。あれは情報機関とは無関係だ。ただの復讐。そして、彼らはけっして自分を狩るのをやめず、けっして逃げさせはしないだろう。いつなんどき、イスラエル特殊部隊がドアをノックし、自分を仕留めることになるかもしれないのだ。

彼は、ふたつめの可能性が気に入った。今回の作戦は極秘で、それを実行しうる条件は、世界でも少数の者にしかわからないほど多岐にわたり、ましてやそのターゲットや地点となると、さらにつかみにくいからこそ、きわめつきに単純なものとなったのだ。

これは、彼にはまだ大きな優位性があることを意味した。自分はどこへでも行ける。目的地がわからなければ、彼らは無力だ。ジューバ・ザ・スナイパーと呼ばれる謎多き男に関して全世界に警告を発しても、彼らにはなんの益もないだろうし、西欧世界はそれを無視するだろう。西欧諸国のセキュリティ機関はどれも、敗残者たちをホモセクシュアルの集まるバーへおびき寄せて麻薬注射を打たせようとしている、どこやらのおかしな怒れるイマムを見つけだすために、モスクの盗聴をすることに手を取られているのだ。

それはさておき、彼は支援者と最初の連絡を取ったとき、世界のどの国境でも通過できる、高品質の偽造書類と身分証明書を手に入れた。将来と過去に関する作り話も頭に入っていた。この旅では、彼はまったく異なる三人の人間、それぞれがなんの関係もない人間に、成りすますことになる。背後で莫大《ばくだい》なカネが動いているとあって、この計画はすべてが第一級なのだ。

彼はいまイスタンブールの安ホテルにいて、煙草を吸いながら、つぎの目的地へのフライトに備えているところだった。今夜の娼婦《しょうふ》はよかった。生きいきとしたトルコの若い女で、黒い目と愛らしい手をしていて、その手がたくみに、惜しみなく奉仕してくれた。このあとは、時間が取れなくなり、セキュリティがさらに厳重になるから、そんなリスクは冒せない。だが、さしあたっては、肉欲と煙草に身を任せ、礼拝をし、それから目的地へゆっくりとだが着実に進んでいくことだ。

彼は推察を試みた。イスラエルはあの農場の家屋からなにをつかんだのか。あの火炎は――目に痛いほどまばゆかったあれは――アディドが火薬に点火し、民家の内部にあったあらゆるものが消失したことを物語るものだ。いや、憶測はやめろ。もしユダヤ人のだれかがあのなかへ入りこみ、一瞥《いちべつ》ぐらいはできたとしたら？

だとしたら、なにを見たか？　そして、もし見たとしても、それを理解できたか？　あそこにあったのは、シオニストの特殊部隊員にとってはなんの意味もないもの――アメリカ製のさまざまな弾丸、さまざまな火薬をおさめた箱、リローディング用のマニュアル類、そしていくつかの標的だ。いや、やはり憶測はやめろ。そいつはあれを見た。そいつは報告をした。ユダヤ人たちはその報告書を吟味し、その意味を正確に解釈した。だが、あの民家のなかにはこの使命のことを指し示すものはなにもなかったのだ。あそこにいた警備兵たちですら、この使命の内容についてはなにも知らない。ひとつの使命があることだけは察しがついただろう。しかし、それを言うなら、使命はつねにあるものだから、彼らにはなにもわからないのでは？

唯一の不安材料。アディドはあのノートPCをわが身ともども葬り去ったのか？　ジューバは、自分用の部屋のひとつにあれを置いていたことをよく憶えていた。その重要性を、アディドに何度となく伝えていた。襲撃者たちの到来という危機的状況にあっても、アディドはその使命の核心を忘れはせず、ノートPCを手に持って、作業場へ、そして火薬の容器のところへ、とってかえしたにちがいない。火薬の生みだす高温の火災に耐えられる電子機器はなにひとつない。ノートPCはその火炎のなかで熔解《ようかい》しただろう。

おれは安全だ、と彼は判断した。

彼らは、あのノートPCを手に入れなかったのであれば、なにも知りはしないのだ。

14

ブラック・キューブ

「ノートＰＣは？」ボブは問いかけた。

「あいつはははにかみ屋でね」コーエンが言った。「そのうちスピルバーグが映画を製作するときには、うまく演じられるようになってるだろうよ」

「ノートＰＣは？」ボブはまた問いかけた。

「サージェント・スワガー」このとき初めて長官が直接、彼に話しかけてきた。「あなたは身の危険を顧みず、われわれに成り代わって地獄の炎へ突入し、しかも手ぶらで戻ってくることはなかった。もしわれわれに時間があれば、勲章を授けるところだ。しかし、そろそろおわかりだろうが、われわれには時間がない」

　長官が床に置いていた自分のブリーフケースを持ちあげて、それを開き、ねじ曲がり黒ずんだノートＰＣがおさめられたビニール袋を取りだす。その画面は、だれかにぶちぬかれたかのようになっていた。内部まで貫通しているのが明らかな大穴が点々とでき、その周囲に蜘蛛《くも》の巣状のひび割れが走っている。キーボードが波のようにうねり、キーの大半が形状を失って、たんなる塊に変じていた。

「思いだした？」コーエンが問いかけた。「ガスに炎、あなたの両腕が火にあぶられ、ウージーは持っていられないほど熱くなった。あなたはなんとか手をのばして、それをつかみとり、つぎの瞬間、別の火薬箱に引火して、ついですべての火薬が爆発した。あなたは——たぶん、神は頭のおかしな連中の味方なんだろ？——なんとかそれを持ったまま、炎からよろめき出て、倒れ伏した」

「ほんとうに自分がそれをやったのならいいんだが」ボブは言った。「とてもクールな行動だったように思えるからね。それはそうと、わたしはたまたまガン・ケースにも目が行って、そこにA．W．のイニシャルが刻まれているのを見た。みっつめの文字は火に呑みこまれていたが」

「すべての記憶が戻ってきた？」

「それ以外に戻ってきた記憶は、炎が熱かったこと、そしてこんな死にかたはしたくないと思ったことぐらいかな」

「すばらしい教訓だ」とコーエン。

「コーエンはそのことに関しては、けっこうよく知っている」ゴールドが言った。

「彼は撃たれたことが四度あるんだ」

　コーエンが左腕を持ちあげてみせる。その腕はプラスティック製だった。

「オーケイ」ボブは言った。「感銘を受けたよ」

「彼は十五名の敵を射殺した。われわれが得た戦果は、十一機の航空機だった」

「たいしたもんだ」ボブは言った。「いっそう感銘を受けたよ」

「彼がこれほど騒々しい人間になったのが不思議なほどで」とゴールド。

　ボブはうなずいた。

「それはさておき、わたしにはそのしろものは完全につぶれているように見えるんだが」

「コンピュータ・フォレンジクス（コンピュータや記録媒体に残された証拠に関する法科学）はおおいに進歩していて」ゴールドが言った。「そして、われわれにはそれに熟練した職員がいるんだ」

「なにかをつかめた？」

「ハードディスクはほとんどが役立たずになっていたが、ひとつのセクターのヘッダだけは損傷を受けていなかった。それを復旧するプロセスはファイル・カーヴィングと呼ばれている。われわれの職員たちはそのヘッダから、データ・セクターに記録されていたIPアドレスを含む情報の断片を引きだした。そのデータ・セクターは破損し、それゆえデータは消えていたが、インターネット《I》・プロトコル《P》・アドレスだけは残ったというわけでね。それらのアドレスはいずれも、フィリピンのマニラだった。われわれはリモートでそこに侵入し、それらＩＰアドレスの元をたどっていき、その多数がミシガン州ディアボーンで設定されたものであることを突きとめたんだ」

　室内に沈黙が降りる。

　しばらくしてやっと、長官が口を開いた。

「そのようなわけで、サージェント・スワガー、あなたとミスター・ゴールドはいまから一時間後、ワシントンへ飛ぶことになった。貴国のＦＢＩはわれわれの懸念を共有している。この証拠は議論の余地がない。ジューバ・ザ・スナイパーはアメリカに向かった。彼は遠い遠い距離から価値の高いターゲットを撃とうとしている。それも、おそらくはすぐにでも」

第二部

15

作業部会《ワーキング・グループ》マージョリー・ドー

「ディアボーンは手に負えない街でね」ＦＢＩデトロイト地方局の局長、ロナルド・ヒューストンが言った。「みんながみんなを知っている。みんながみんなに話をする。みんながみんなの話に耳をかたむける。過激派の連中は一般市民のなかに紛れこんでいるが、一般市民の暗黙の——そして非常時には積極的な——支持を受けて、行動する。そして、アラブ人たちは——ステレオタイプではないアラブ人たちは——気まぐれで、怒りっぽく、口数が多く、経済的には世紀の変わり目に人格を形成された世代で、なにごとにも議論し、議論が大好きであること自体も議論し、すぐに弁護士を呼び、政治問題に詳しく、政治的影響力や利権、選挙応援の実態をよく知っているので、その街の司法機関に浸透し、堕落させている。通信傍受のための令状を取るのはひどく困難であり、もしそれが取れたとしても、傍受の対象となる住民たちがそのことを先に聞きつけてしまう。捜索令状を取るのはさらに困難であり、強制的にそれを執行するのは――つまりガサ入れをするのは――法的にはほぼ不可能だ。ディアボーンでは、深夜にドアを蹴破って捜索するようなことはできない。つまり、通信傍受はできず、ガサ入れもできないということだ。監視はできるだろうが、あそこのコミュニティはつながりがとても緊密なので、それ用のヴァンやチームをアパートや街路に面した店舗に配備しようとしても、彼らがそこへ行く前にばれてしまうだろう。なによりもまず、もしそれなりの主導権を確保しようとするならば、完璧に遂行するようにしなくてはならない。なぜかというと、もしそうしなければ、きみたちは訴えられることになるからだ。捜査対象の連中がユーチューブに膨大な映像をあげて、ハラスメントや偏見や反イスラムの先入観を言いたて、アナーバーの街の学者たちがそれに加わって大合唱をし、民族皆殺し《ジェノサイド》のプラカードを持った抗議者たちが何百人も街路を練り歩き、その結果、きみたちは突然、テネシーかどこかの短期大学で終生教鞭《きょうべん》を取る身になってしまう。あとまだ、密告者《スニッチ》の問題が残っている。銘記してもらいたいが、これは〝われわれの〟スニッチのことではない。なにしろ、われわれは多数のスニッチをかかえてはいるが、彼らは実際にはだれのために働いているのか、そこのところがたしかではないからだ。彼らは両側の中間に身を置いて行動するのがたくみであり、行動の途中で、忠誠を向ける相手を切り換えたり、最終的な決着がつく前に相手を切り換えなおしたりすることができる。彼らは信頼がおけるのか？　イエスでもありノーでもあると言うほかない。内部に浸透する？　そんな考えは捨てるんだ。彼らの小組織《セル》に入りこんで二重スパイになるのはぜったいにむりだ。彼らはたがいをよく知り、その関係を一千年つづけてきた。相手がレバノン人であろうが、シリア人であろうが、イラク人であろうが、ヨルダン人であろうが、パレスティナ人であろうが、エジプト人であろうが、なんであろうが、そんなことは関係ない。彼らにとっては、〝彼ら対彼ら〟より〝彼ら対われわれ〟がつねに優先するからだ。シーア派であってもスンニ派であっても——なんであっても——変わりはない。それがこの状況における現実問題なんだ、お三方。きみたちは、千三百年前からあり、そのうちの千二百年にわたって敵対してきた相手を向こうにまわしている。彼らは絞首刑のやりかたをよく知っている。絞首刑を発明したのは彼らなんだ」

「ありがとう、ロン」ニック・メンフィスは言った。「少なくとも、われわれがどういう状況にあるかはわかった。ミスター・ゴールド、あの地域におけるあなたがたの経験を考えると——わたしには、この状況はテルアヴィヴがガザ・シティにおいてかかえている問題とよく似ていると言わざるをえないので——あなたにはなにがしかの提案もしくは所見がおありだろうと思うのだが」

このブリーフィングがおこなわれている場所は、ＦＢＩのデトロイト地方局ではなかった。そこはおそらく外部の浸透を受けてはいないだろうが、ゴールドとSAIC――地方局担当特別捜査官《スペシャルエージェント・イン・チャージ》は、絶対的な確信は持てないということで同意した。そこで、ブリーフィングはディアボーンの北西四十マイルの距離にあるアナーバー図書館の会議室でおこなわれることになったのだ。SAICは就業時間後に車を――彼の愛車を――運転し、その補佐官は別の車を運転して、そこに来た。この作業部会マージョリー・ドー、すなわちFBIとモサド・タスクフォースの共同グループは、ニック・メンフィス、ガーション・ゴールド、そしてコンサルタントとしてのボブ・リー・スワガーで構成されている。ボブも、集まったFBI局員らとともにこの部屋に来ているのだ。

この二日、だれかを満足させるための会議の連続というクレイジーな状況がつづいたが、こういう案件は、明るく照らされた部屋のテーブルの周囲にスーツ姿ですわって決定を下す連中を抜きにして、取りまとめることはできないのだ。なんにせよ、もっとも重要な決定はすでになされ、それによってマージョリー・ドーの編成が最優先事項に位置づけられて、すでに退職したニックが、スワガーによく知られ、信頼されているという理由でひっぱりだされ、彼がFBIのテロ対策部を担当する副長官、ウォード・テイラーに直接報告をし、長官自身にもそのコピーを送るという手はずになったのだった。予算はどうか？　最優先事項には、予算に制限がないという特別な意味があるのだ。同時にそれは、その存在を知る人間が少数であるほど安全が確保されるという考えのもとに、テイラーの担当するテロ対策部から分離、隠蔽される。テロ対策部が外部の浸透にあっているということではない。その部は大規模、コントロールやモニターがしきれないほど大規模であり、つねにさまざまなことがらが外部に漏れているので、もし監視をしている人間がいれば、それらのことがらを寄せ集めて、情報にまとめることができるだろうというわけだ。

「ガザ・シティの状況によく似ているように思えるね」ゴールドがニックの問いかけに答えた。「エージェントを潜入させる件に関しては、同感だ。それはガザ・シティにおいてもむりで、試みて死んだ者がひどく多数にのぼる。ドローンで監視させ、小規模チームが証拠写真を検討するという提案はできるが、それもまた、ドローンというのは、じゅうぶんな注意がはらわれなければ制御が困難であり、しかも、まさにわれわれが監視したいと考えている者たちの耳にそのことがすぐに届くにちがいない。となれば、われわれ自身の目で監視するしかなく、それに関してもまた特別捜査官ヒューストンに同意せざるをえない。監視の目は多いに越したことはない。しかし、監視の目が増えれば、事態は悪化する。監視の目の増加は、リークの可能性を増す。そこで、わたしとしては監視グループはこの部屋にいる人間だけに限定したい。わたしなら、さまざまな種類の自動車を――郵便トラック、ＵＰＳ（アメリカ最大の宅配便企業）のヴァン、テレビ修理のヴァン、電話会社の作業車などを——手に入れ、たっぷりと時間を投入して、不規則な間隔でその街のなかを、ターゲットからターゲットへ異常な動きを探して動きまわるようにさせるだろう」

「ターゲットの優先度はどうやって決める？」ニックが問いかけた。

「特別捜査官ヒューストンには、どれが過激化したイマムが本拠にしているモスクで、どれがそうでないかについて、意見がおありだろう。わたしがそのリストをもらって、優先度を逆にする。彼らが——この〝彼ら〟がだれであるにせよ——今回の作戦にふりむけた費用と労力を考えれば、逆にしたほうがはるかに可能性が高いと考える。彼らがジューバをかくまうには、従順として知られているモスクを選ぶのが良策だろうしね」

「やつはモスクに身をひそめるだろうというのは、そんなに確実なことなのか？」ボブは問いかけた。「わたしがスナイパーとして考えるならば、最善の潜伏所へ行こうとするだろうが、まちがいなく、すでにリストに記載されている場所は選ばないだろう」

「いい指摘だね。それは、ムスリム同胞たちにもともと内在する作戦的な弱点を衝いている。神政の指導者であるムッラーやイマムたちは、つねにコントロールを欲する。われわれが解明したところでは、作戦の集結地点は必ずモスクの内部とはならないとしても、つねに近辺となる。指導者たちが襲撃の人員として求めるのは、身近な者、彼らがよく知る家族の出身者なんだ。われわれはそれ以上のことも解明している。彼らはすべての作戦をモスクの内部から監督しようとする――それは、食料その他の支援物資が必要になった際、モスクから送るようにするためでね。もっとも、付け足すならば、ガザ・シティにはディアボーンほどたくさん、ピザのデリバリー店はないんだが」

「もっと時間があれば、ピザ店を開いてもいいんだが」ニックが言った。「そうすれば、ほかに手段がない場所へ入りこめるだろうし。しかし、そんな時間はない」

「テロ対策部が、クリーンなエージェントを三、四人派遣して」とロン・ヒューストン。「外部からの監視に手を貸すことはできる。この〝クリーン〟というのは、わが地方局に新規赴任したばかりで、まだディアボーンの面々との接点がないという意味だ。彼らはあそこのたるみを引き締めてくれる。わたしがパトロール・パターンを定めよう。一時間で五ヶ所のモスクのそれぞれを、頻繁に車を乗り換えて、見てまわる。歩行でのパトロールもだ。そちらもやはり無頓着《むとんちゃく》なようすで、監視と悟られないようにしながら、車のパターンを踏襲して、ぶらぶらと歩く。基本的なギャング対策手順だ。けっして立ちどまらず、目だけで動きを追う。われわれはもう、それをじつにうまくやれるようになった。すべてのエネルギーと時間を、麻薬取り引きの捜査に注ぎこんできたんだ。わたしは少なくとも、合衆国郵便公社《USメール》のヴァンとUPSのトラックを借りる手配はできる。デトロイト・メトロポリタン空港が、配管トラックに偽装した監視ヴァンを一台所有している。あそこには知人がいるから、それをひそかに、非公式に借りることができるだろう」

「そういうのは、つねに役に立つ」ゴールドが言った。「もし監視者たちが注目すべき、きわめて特殊な行動がなにかをつかめていればだ。われわれのそれぞれが、そして、リストをもとに採用された新たな補強要員のそれぞれとも、顔を合わせておくようにしたい。彼らがなにを見るべきかをわかっていれば、それが見えるだろう。もし見えたら、なんとなくながめるだけにする。そういうチャンスはあまりないだろう」

「それというのは、たとえば?」ヒューストンが尋ねた。

「見知らぬ男たちの一団の出入り。どれかの出入口が封鎖されている。警備員たちの過度な動き。監視対策システムのアップグレード。食料品店の袋を持って出てくる男たちの集団」

「まだある」ボブは言った。「いいか、ジューバは世界を旅してきた国際人じゃない。だから、やつがこの国でしなくてはならないことのひとつは、アメリカに適応した男たちの一団といっしょに外出することだ。そいつらはやつをあちこちへ連れていき、公共輸送機関やタクシーやウーバーなど、実地に必要なことを説明して、やつがアメリカ国内で移動し、ターゲットへ近づいていく方策を編みだすための準備をさせるだろう」

「それはいい視点だ」ニックが言った。

「スワガーはこういうゲームに関しては天賦《てんぷ》の才を持っているね」とゴールド。

「ヘイ！」とボブは言って、ヒューストンのほうへ目をやった。「さっき、エージェントをもぐりこませるのは不可能だと言ったね？　それができそうなエージェントに心当たりがあるんだ」

すべての目が彼に向けられる。

「その人物はその種のルーティンに詳しい。その人物は以前、彼らのなかに紛れこんだことがある。その人物はそれに適した衣類を持っている。その人物は礼拝のやりかた、モスクでの並びかた、その文学、その文化を知っている。その人物は潜入をやったことがある。その人物は勇敢で、あの言語が話せ、強い動機を持っている。その人物はじつに目立たない」

「サージェント・スワガー」ゴールドが言った。「われわれが依頼してもいいとは思えない――」

「いや、彼女はすぐさま引き受けるだろう。やつらは彼女の息子の命を奪った連中なんだ」

16

ミシガン州ディアボーン、およびその近辺

「彼の名はジャレド・アキム。年齢は二十四歳。グロース・ポワント（ミシガン州南東部の小都市）の出で、父親は歯周病専門の歯科医だ」

「おまえは血を流したことがあるか？」ジューバは尋ねた。

「いや。おれは戦士じゃない。ほら、腕がこんなに細いだろう」

「大事なのは腕じゃない。魂だ」

「ブラザー、おれは魂は持ってる。腕っ節のほうはだめだが、魂はたっぷり持ってるよ」

「おれは血を流したことがある男のほうが好きなんだ」イマムに向かって、ジューバは言った。

だが、それに応じたのはジャレドだった。

「ブラザー」とジャレド。「もしおれが血を流すような行為をしたら、どこかのリストに載せられるだろう。FBIに監視されるようになる。行動の自由が失われてしまう。やつらをまっすぐ、あんたのもとへ導くことになるだろう。おれは血を流すようなことはしてないから、やつらはおれに目をつけなかった。カイロの大学に二年間留学しても、おれに注意を向けはしなかった。おれはこの種のことに関しては潔白だし、あんたの重要性はよく教えられているから、あんたには潔白な助手が必要なんだと推察してるんだ。おれはアラビア語と同じくらい、英語をうまくしゃべれる。かわいげがあるから、みんなに好かれてる。でも、戦う心構えはできてるし、死を恐れはしないし、この仕事をしっかりやるつもりでいるんだ」

ジューバは相手を値踏みした。痩《や》せっぽちで、髪の毛はくしゃくしゃ、身のこなしがしなやかで、敏捷《びんしょう》、見栄えがよく、熱意にあふれ、笑みを絶やさず、愛嬌《あいきょう》があって、口数の多い若者だ。口数の多い男は好きではない。そういうやつは利口すぎて、なんでも見通し、なにも信じない場合が多いからだ。だが実際のところ、この件に関しては選択の余地はなかった。

「もし弱点を感じとったら、すぐにお払い箱にする。それでいいな？」

「いいとも」

「では、つづけてくれ」

ジューバは迅速に学んでいった。彼はけっして忘れない。いったん話を聞けば、それが思考の枠のなかに組みこまれるのだ。まずは通貨であり、アメリカの硬貨と紙幣の価値が頭に入ると、すぐさまカネのやりとりに関するアメリカの文化へと話が進んだ。

「カネに無頓着でないといけない。アメリカ人は細かいことはほとんど気にしないが、もし支払いを渋ったりしたら、そのことに注意を向けるだろう」

値切ってはいけない。相手がこれこれの値段と言えば、その値段ということ。

価格を見て、がっかりした顔をしてはいけない。

硬貨や紙幣を、まるでわが身を切るかのようにごっそり取りだして、数えてはいけない。

「アメリカ人はカネをたっぷり持ってて、カネのことはろくすっぽ気にかけない。端金《はしたがね》にいちゃもんをつけるのはアラブ人かユダヤ人ぐらいのものでね。アメリカ人のほとんどは、一セントや五セントのことでつべこべ言おうとはしない。カネがどうした。気に留めちゃいない。それが、彼らの予想する態度でね。そんなふうにしていれば、彼らはなにも怪しみはしない」

交通機関。これは基本的で、必須であって、むずかしい。

「タクシーが最善だ。現金で支払えば、記録は残らない。ドライヴァーはロシア人だの、アラブ人だの、黒人っぽいやつだの、なんだのだ。あんたにはなんの注意も向けないだろう。乗せる前に、危険そうなやつかどうかを読んで、それはなさそうだと見てとると——ここで大事なのは、ふさぎこんだように身を曲げ、頬《ほお》が落ちくぼんでいて、いかにもわびしげで打ちひしがれた男に見えることなんだが——あんたを乗せて、言われたところへ運んでいき、それがすんだらあんたのことは忘れてしまう」

公共輸送機関は速度が遅いが、概して匿名性が高い。ではあっても、料金箱に適切な数の五セントや二十五セント硬貨を入れるのに手間取らないよう、事前に支払いシステムを理解しておかなくてはいけない。新しい輸送機関は——ｉＰｈｏｎｅで呼べる私的なタクシー、ウーバーやリフトは——役に立つ。それを使うと、いまいる場所で乗せてくれ、行きたいところで降ろしてくれる。しかし、それはすべてクレジットカードとインターネットを用いておこなわれるので、記録が残る。だれの目も引かない場合なら、有効なカードを使って行動するのはオーケイだが、作戦的にはカードの使用はやめたほうがいい。

アメリカのひとびとに関して。ジャレドはさまざまな民族集団《エスニック・グループ》のことを想像で決めつけるタイプではなかった。彼にとっては、各エスニック・グループの類型は、グループの成員間でおこなわれるやりとりの集積からもたらされる知恵、つまりマーケットリサーチによるもので、彼はそこから、ブルジョア的な視点で、自分が低級と見なすひとびとのプロファイリングをし、それにはプレップ・スクール――大学進学コースのハイスクール――へ行かなかったひとびとのほぼ全員が当てはまっていた。政治的公正さ《ポリティカル・コレクトネス》に関しては、彼はしっかりと学んでいたが、その規則に従うことをジューバに強いるつもりはなかった。そんなことをしたら、自分が殺されるはめになるとわかっていたからだ。

つぎは、人種を問わず、警察に関して。

「彼らの前では平然としていること。彼らは賢い連中ではない。賢かったら、もっと収入のいい職についただろう。たいていは大柄だ。ひとを傷つけるのが好きで、つねにそれをするための口実を探している。だが、彼らの関心は担当エリアに限定されていて、大きな構図を見ることはめったにない。彼らは人間より書類のほうに注意を向けているから、自分の書類の内容を絶えずアップデートし、作り話の前後関係をよく頭に入れておくように」

「おれの名はアワリ・エルバクア。書類ではそうなってる。法で認められた六ヶ月ヴィザでこの国にいる。そこそこの教育は受けているが、ここに来たのは、建設会社をしているおじのもとで労働者として働くため。じゅうぶんなカネを稼ぎ、シリアに帰って、さらに高い教育を受けたいと思っている。おれには三人の兄弟がいる。その名前を知りたいか？」

「警察官がそれを尋ねることはないだろう。ＦＢＩの捜査官は訊くかもしれないが、書類がよくできていたら、だいじょうぶだ」

「この書類はよくできている。チェチェンで最高の偽造職人がつくったんだ」

「それと、よくほほえむこと。彼らはほほえんでいる人間が好きなんだ」

「それなら、ちゃんとやれるさ」

「聞いたところじゃ、あんたはライフルにご執心だとか。パーソナリティのその面は隠しておくように。銃のことは語らず、銃に目をくれず、銃のことを尋ねないように。銃を恐れる人間が大勢いて、彼らは銃を悪意の表れと受けとめる。銃に関する雑誌を読んだり、銃が販売されているところへ行ったり、銃を持っている連中と話をしたりしないように。銃に興味を持つ肌の浅黒い男は、問題にされるんだ」

「よくわかった」

彼らはそんな調子で、いろいろと話をしながら、あちこちを歩いた。最初はウォレン・ストリートを歩き、そのあとそこを外れて、いくつかの街路を歩いていくと、そういう街路はジューバにとって、自分の文化に属するもののように感じられた。だが、日が変わるつど、この若い男はジューバを別の方角へ連れていった。ジューバは大都市デトロイトを訪れ、アメリカ人たちが必要とし、手に入れることのできる、ありとあらゆるものが消費されるショッピングモールを訪れた。有名な大学街へ行き、そこには、その大学がある都市とはまったく対照的に、恐怖をもたらすものがないことを感じとった。彼らはあらゆる種類の交通機関を利用した。博物館やレストラン、病院やオフィス・ビルディング、各種の学校やピザ・パーラーを訪れた。着衣は、ジーンズ、ランニングシューズ、Tシャツ、そしてフードが付いていて前にジッパーのあるフード付きパーカー《フーディ》だった。ふたりともサングラスをかけていた。さまざまな記念碑を愛《め》で、湖に面する場所《レイクフロント》にも行った。スタジアムへ行き、ぞろぞろとそこへ入っていく群集をながめたが、ジャレドが実際にジューバをそのなかへ連れていくことはなかった。

「あんたをベースボール教の信者に転向させるつもりはないよ。でも、アラーがあれを地上から一掃したら、悲しい日になるだろうな。おれはその一点に関してだけは、ジハードを好きになれないんだ」

「おまえは冒瀆者《ぼうとくしゃ》だ」ジューバが言った。「それでもアラーが罰しないのは、おまえがじつに取るに足らない人間だからにすぎない。しかし、おまえはほんとうにおれによくしてくれているから、許してやろう。今夜はおまえのために祈ろう。そうすれば、たぶんアラーはおまえの命を永らえさせてくださるだろう」

ジャレドの携帯電話が鳴った。

「へへえ」と彼が応じる。「この番号を知ってるのはあのモスクだけだし、それも非常時にかぎってということになってるんだが」

ジャレドが電話を取りだし、耳にあてて話を聞く。しばらくして、彼は電話をポケットに戻した。

「彼らがスパイを捕まえた」彼が言った。「女だ。おそらくはＦＢＩ。あそこへひきかえしたほうがよさそうだ」

17

ディアボーン

「英雄的な行動をしてはいけない、ジャネット。わかりましたね？」ニック・メンフィスが言った。

「わかりました」

彼女はいま、ディアボーンのすぐ郊外にある集積度の低い工業地区の、賃貸オフィス・ビルの一室で椅子に腰かけていた。作業部会マージョリー・ドーが、鉄道の線路に近いところにある倉庫コンプレクスの建物をひとつ借りて、そこにオフィスを設置したのだ。メンバーの全員が揃《そろ》い、ほかに数名の技術者と、州警から出向してきたSWAT隊員たちもいた。といっても、そこに集まったのはたんなるブリーフィングのためであり、彼らはみなカジュアルな服装だった。彼女が仲間入りするまで、だれも活動を開始することはできない。

「ミセス・マクダウェル、もう一度、あれをやることはできますか?」捜査官チャンドラーが問いかけた。チャンドラーは以前、こんななりゆきになるとは思いもよらなかったようなふりをしながらも、ボブと行動をともにしたことがあり、そのころはたんにキュートな女性だったが、いまはすばらしい美女へと進化している。そして、全員が——最終的に——ミセス・マクダウェルが最良の選択であることに同意し、彼女はミセス・マクダウェルと関わり合いを持つはめになってしまったといういきさつだ。

だが、ボブがその提案を認めさせるのは容易なことではなかった。

「彼女はなんの訓練も受けていない。民間人を、公式の訓練を受けさせずにこのような状況に引きこむわけにはいかないし、もし彼女がしくじったら、作戦全体が壊滅するだろう」ニックが反論した。「それだけじゃなく、われわれがやろうとしているこの作戦は、最高度機密事項と位置づけられている。彼女はその条件をクリアできないし、適否を審査している時間はない。それよりもなによりも、もしCIAが、彼らの不審者リストに掲載されている人物をわれわれが使おうとしていることを知ったら、強い関心を示すようになるだろう。つまり、彼らはいらだち、われわれにはコントロールできないありとあらゆる政治的手段をくりだしてくるだろうということだ」

ボブはこう応じた。

「わたしには政治のことはわからない。この状況に政治がからんでくるのはよくないだろうが、もしそうなっても、そんなものはないようなふりをしておけばいい。わたしには、これはジューバ・ザ・スナイパーが動きだしたことへの対応だと説明すれば、それだけで彼女を引きこめるように思えるね。彼女は受けいれるだろう。この作戦に参加したがるはずだ」

「感情にとらわれてるだけなんじゃないか？　あんたは彼女に心を動かされ、彼女に同情している——もちろん、それはわたしも同じだし、そうならない人間はいないだろう。しかし、アマチュアの彼女が危険にさらされるのは明らかなのに、あんたはこれに彼女を引きこみ、解決の一端を担うのだと感じさせることで、彼女の心の健康を改善してやりたいと思ってるんじゃないのか？」

「そうかもしれない。だが、わたしの感情はこの件からとっぱらってみてはどうだろう。われわれは彼女を第一二爆撃航空団（第二次世界大戦時にフランスで編成されたアメリカ空軍の航空団）とか橋の爆破とかの作戦計画に送りこもうとしているわけじゃない。彼女はモスクをよく知り、この十四年間、いくつものモスクを訪れてきた。彼女の仕事は、そこになにか異常な動きが見てとれるかどうかを、できるだけさりげなく観察することだ。モスクはやたらとたくさんあるし、そのそれぞれを詳細に調べているような時間はない。彼女にやってもらえば、何日か、ことによると何週か、期間を短縮できるだろうし、それでわれわれが獲物の居どころを突きとめることができれば、それがなにを意味するか、よく考えてくれ」

　ゴールドは独断に走らなかった。

「わたしは、熱意のあるアマチュアがみごとな行動をやってのけた実例を何度か見てきた。勝利を大惨事にしてしまう実例も、何度か見てきた。彼女はアメリカの国民なので、わたしは判断する立場にはない」

「あの連中はアマチュアじゃない」ニックが言った。「彼らは無慈悲で、暴力的で、異教徒を殺すのは罪にあたるとは考えないんだ。あの気の毒な女性が喉を切り裂かれることになってはいけない」

「われわれがつねに彼女を掩護すればいい」ボブは言った。「もし潜入捜査官の生命が危機にさらされるとすれば、令状を取る必要があるんだろうか？」

「ヒューストン？」ニックが問いかけた。

　デトロイトのＳＡＩＣがそれに答える。

「口頭の緊急令状なら取れる。まれではあるが、そういうことはありうる。だが、令状が必要となったとして、もしそのときに、それを出す検事が映画かなにかに出かけていたら？」

「これは危険きわまりない」ニックが言った。「それに、民間人が死ねば、ジューバを泳がせておいた場合よりでかいスキャンダルを引き起こすかもしれない。そして、もし令状なしでやれば、われわれには法廷で有利な材料として使えるものはなにもないことになるだろう」

「それはそうだろうが、イスラエルはあのバス事件を理由に、身柄の引き渡しをわれわれに要求できる。われわれがやつを捕まえたら、その身元が明らかになるはずだ」

　方針や計画や物的な落ち度より、監督不行き届きという人的要素のほうが重い責任を問われるという、法律の普遍的前提があるため、議論はその調子で延々とつづいた。そしてようやく、ことは急を要するという要素が決定的だという結論に達したのだった。ジューバがこの国に来ているとなれば、時間をかけてはいられない。

　ニックが言った。

「彼女の掩護をしなくてはならない。その方法を考えだそう」

　そこで、捜査官チャンドラーが、安全に守られることをジャネットに確信させなくてはいけなくなったのだった。

　ジャネットが言う。

「あすの午後、スーザン・アブドラの名で、ディアボーンのホリデイ・インにチェックインします。作り話はこう。わたしは、サリーム・アブドラという、三十歳のイラク人精神科医と結婚した。わたしたちはメリーランド州ボルティモアに住み、そこで彼は開業医をしていた。わたしは結婚の直前、イスラムに改宗した。単純化《ピジン》されたアラビア語を彼から学んだ。彼は9・11同時多発テロのあと、過激になった。彼は二〇一二年、国際赤十字および赤新月のボランティア補助人員としてバグダッドへ行き、アメリカ軍の空爆によって命を落とした。わたしがディアボーンに来たのは、メッカに行くのはむりなので、アメリカン・ムスリム・センターの大きなモスクで礼拝をするため。ここが、わたしが行けるなかではいちばん大きなモスク。ディアボーンは夫の祖国イラクにもっとも似ているように感じられるので、わたしはこの街を愛するようになるだろう。そこが、わたしが行く最初のモスク。そのあと、リストに従って、五つのモスクに入り、なんとなく不審な点があるかどうかをたしかめる。ただし、するのは観察に限定し——だれかと目を合わせたり、質問をしたり、クローゼットの扉を開けたり、廊下に入りこんだり、地下に行こうとしたりしてはいけない。なにげないやりかたで、不審な点を探すだけ。かぶりもの《ヒジャーブ》の縁のところに、ＧＰＳ発信器を隠した小さなビーズ玉を付けておく。もし生命の危機にさらされたら、ビーズ玉を押してそれをつぶす。その発信の停止は、なにか不審な点があったという合図になり、外部の周辺に待機しているＳＷＡＴチームが、警察官が危機にさらされた場合の規定に従って、モスクに突入する」

「じょうでき」チャンドラーが言った。

「この機会を与えてくださって、ほんとうにありがとう」とミセス・マクダウェル。

「みなさんにはこれがどういうことかを口外できないのはわかっていますが、なにか重要なものだろうと推察していますし、わたしをそれに参加させてくださって、ほんとうにうれしく思っているんです」

だが、もちろん、彼女はモスクに行って数分のうちに、あらゆる勧告を破ってしまった。どのモスクに入っても、積極的にまわりへ目を向けた。きっちりと区分けされた女性用セクションでの儀式と礼拝をすませると、立ちあがって、歩きまわった。クローゼットや階段を調べてみた。男子便所をのぞきこんだ。オフィスに、娯楽センターに、バスケットボール・コートに、ウェイトトレーニング・ルームに入りこみ——すべての付属品が現代アメリカの製品から成り、礼拝の場であると同時にコミュニティ・センターでもある礼拝室にも入りこんだ。ヒジャーブをかぶっていることが、以前もそうだったように、彼女を大胆にさせていた。頑丈な体格をした警備員の姿を探したが、最初の四つのモスクでは見つからなかった。礼拝に訪れたほかの女性たちに声をかけ、モスクの運営手順の変化とか、ひとの出入りの増加とか、すべてが静かになっているはずの夜間にほかの業務がおこなわれていることを示すものとかはないかと尋ねてみた。礼拝の呼びかけが定時におこなわれているのだろうかと思った。奇妙な配達物はないだろうかと思った。どのモスクでも、女性たちはゴシップが好きとあって、なんの問題にも出くわさなかった。だれも彼女に注意を向けなかったという事実を、彼女はその四つのモスクには不審な点や隠された秘密はなにもないことを物語る決定的な証拠と受けとめた。二ヶ所のモスクでイマムに話しかけてみたところ、どちらのイマムも魅力があって、教育程度が高く、アメリカ人改宗者と会話をすることに熱心で、サリーム・アブドラ医師がバクダッドでアメリカ人の手にかかって死んだことに同情してくれた。

リストの最後に記載されたモスクへ行くと、そこもまたドームのある建物で、管理翼棟が付随していた。荘重とはとても言えないが、かといって安っぽいわけではまったくないモスクだ。玄関らしきものはなく、その前で、ブルージーンズ姿の怒れる若いイマムとティーンエイジャーたちがジハードのことをしゃべっていた。そこは静かで、灯りはともされず、まどろんでいるような感じだった。だが、一日の最後にあたる夜の礼拝はすでに終わり、ディアボーンに宵闇が落ちていたにもかかわらず、彼女は薄暗いその内部へ入りこみ、すぐさま、三人の女性が身を清めていることに目を留めた。彼女はそれに加わって、彼女たちとおしゃべりを始めた。ことがおおいにうまく運んでいるように思えたが、そのうち、女性たちのひとりが言いだした。

「シスター、あなたは質問をいっぱいするのね」

「わたしはビジターだから」彼女は言った。「新たに訪れた場所のことをよく知りたいの。この街は、街自体が聖堂みたいに感じられる。街路を歩いても、お店で買い物をしても、礼拝を呼びかける声を聞いても、行くことはけっして叶《かな》わない祖国へ旅しているような気分になるわ」

「ここには不信心者の男が大勢いるの。わたしの忠告はこう。アラーのおそばにいることを楽しみ、でも、男たちには近寄らないことね。イマムのエルタリクはタフな男たちをまわりにはべらせてるように見える。ひとえにあなたの身のためを思って、言ってるのよ。ほんとうは、あなたとしゃべってるところを見られることすら、よくないの。でも、神があなたとともにおわしますように、シスター」

そのことばを最後に、ジャネットは無視された。

彼女は少し待ってから、脱いでいたソックスを履きなおし、ドーム屋根のある礼拝室へ向かった。ひとりでやってきた二、三の信者が床にひれ伏しているだけで、彼女に注意を向ける者はいなかった。無人の場所となったかのようだった。彼女は部屋の外周部分に行って、マットの上にひれ伏した。

アラーにたたえあれ――彼女は熱をこめて祈った。監視している人間はおらず、もしいたとしても、その熱心さに疑いをさしはさみはしなかっただろう。彼女は、自分の目標は同宗の信者たちの目標とはちがっていても、やはり目標ではあって、真のアラーであればそこに高潔さを見いだしてくださるだろうと信じ、真剣に祈った。何分かそこにいると、自分は神に守られていて、安全だと感じられるようになった。

彼女は立ちあがり、戸口へ向かうようなふりをしたが、途中で方向を転じて、女性用トイレに入りこみ、手を洗って気を落ち着かせた。そして、ふたたび、そこの静寂に浸りながら、屋内でひとが立てる物音に耳を澄ましたが、なにも聞こえなかった。トイレをあとにし、けれども、外へ通じるドアがある左手へではなく、右手へ方向を転じて進むと、廊下に行きあたった。だれもいない。

彼女はその廊下へ折れ、道に迷った人間のようにおずおずと進んでいった。ドアをひとつひとつのぞきこんでいくと、なにかのオフィスがひとつあっただけで、分岐する廊下はなかった。そうこうするうち、彼女は階段に出くわした。

そんなことをしてはいけない、ジャネット、と彼女は自分に言い聞かせた。してはいけない。

だが、やはり彼女はやってしまった。

勇敢だったかどうかはさておき、二階でもなにも見つからなかった。そこもまた片側にオフィスが並ぶ廊下があるだけだった。イマムはここを本拠としてモスクの経営を取りしきり、病人や身体障害者を訪れて慰安を与える計画を立てたり、手作りパン即売会に出される品々の管理をしたり、自分のバスケットボール・チームのコーチをしたり、寄付を募ったりと、アメリカにあるほかの宗教施設の聖職者たちと似たり寄ったりの業務をしているのだろう。身を転じて、廊下をひきかえし始めたとき、なにかがさっと動くような気配があって、彼女はそこの静けさから引きもどされ、その直後、奇妙な包みを手に持った男が目の前にいることに気がついた。

それはピザだった。

「モグドゥシャニさんは？」男が問いかけた。

「知りません」彼女は言った。「いま、ここにはだれもいません。下だったら、だれかいるかも」

「ありがとうございます」男が言った。

若い黒人の男だった。男が身をひるがえし、階段をくだっていく。夜の遅い時刻まで仕事をしていただれかが、ピザを求めた。世界のどこにでもあるスナックを。だが……それは妙なことのように思える。モスクにいるだれかがピザを、とりわけ、とうに業務時間が過ぎた時刻に、注文するというのはおかしい。ここに、こんなに遅い時刻に、自分以外のだれがいるのだろう？

彼女はにおいをたどっていった。トマト、チーズ。テロリスト？　ジューバ・ザ・スナイパー？　一階に降り立ったところで、さっと階段をふりかえり、安全を確認するために上から下まで目を走らせてから、すぐに身を転じて、別の廊下へ入り――なにもなかったので――また身を転じて――

「なにかご用でしょうか、シスター？」

アラブ人の男で、カジュアルな服装をしていた。

「迷ってしまっただけです」彼女は言った。「出口を見つけようとしていただけで」

「こちらです。案内しましょう」

「アラーにたたえあれ」

「たたえあれ」

男に導かれて階段のほうへひきかえすと、そこであのピザ配達人に出くわした。

「ヘイ、どうもありがとう」男がまた礼を言って、立ち去っていく。

「前にもここに来られたことが？」ひと呼吸置いて、案内人が問いかけた。

「あの、迷って、うろうろしていたら、あの若いひとに出会ったんです。じつのところ、なんのお役にも立てなくて、一階へ行ったほうがいいと教えてあげただけなんです」

「それにしても、あなたは二階でなにをしてらっしゃった？」

「いま言ったように、迷ってしまって」

男がちょっとの間、そのことを真剣に考え、これは怪しい話だと判断して、言った。

「イマムに会ってもらうのがよさそうですね」

「あ、イマムのおじゃまはしたくないので。わたしはただのビジターなんです。いますぐ立ち去りますので、それでよろしいのでは」

　男がまたもや、疑わしげな顔になる。

「気を悪くさせるつもりはないですが、ちょっと不審な点があります。同行をお願いしなくてはなりません。イマムがこの件で不安を覚えることがないようにしておきたいだけで」

「でも、不安を覚えさせるようなことなどなにもありません。さっき言ったように、わたしは道に迷っただけで――」

「どうか、奥さん」と男が言って、彼女の肘に手をかける。「ぼくの言うとおりにしてください。さもないと、ぼくがイマムに怒られることになります」

　強制的にというわけではなかったが、男は貧弱な言いわけに対して自分の意志をしっかりと伝えるにはじゅうぶんな力で彼女をひっぱって、廊下をうねうねと歩いていき、やがてひとつのオフィスへ連れこんだ。対戦車ロケットランチャー《RPG》もスナイパー・ライフルもなく、散らかったデスクとそれほど散らかっていないデスクがあるだけの、なんの変哲もないそのオフィスに入ると、男は彼女に腰をおろすようにと指示した。そして、姿を消した。ドアはロックされたのか？　自分は捕らわれの身となったのか？　だが、詮索《せんさく》すると怪しまれ、動くとスパイと思われるので、彼女は脈が速くなるのを感じながら、じっとすわって待った。

男が戻ってくる。

「どうぞ、こちらへ」男が言った。

「そうですか」と彼女は応じ、男を追って、イマムのイミール・エルタリクのよく設備が整ったオフィスに入った。イマムが、ローブはまとっているが髪の毛は覆っていない格好で、デスクの向こう側にすわっていた。ハンサムで、顎ひげを生やした、イマムの地位にふさわしい四十代の男で、まじめで敬虔《けいけん》そうな顔をしているが、その茶色の目に狂信者めいた感じはなかった。

「奥さん、どうぞそこに」と男が言って、椅子のほうへ手をふってみせる。「見知らぬひとがモスクをうろつくというのは、安心しかねることでして。もちろん、われわれにはなんの隠しごともありませんが、あいにく、われわれに敵対するひとびともおりましてね。無信仰者のなかには、われわれにはコントロールのおよばないものごとに関する責任をわれわれに押しつけてくる人間が大勢いるのです」

「はっきりと申しあげますが、イマム、わたしは信仰を救う計画など持ちあわせておりません」

「身分証明書かなにかを見せてもらえますか」

彼女はハンドバッグを手渡した。

「どうぞ。洗いざらいお調べください。わたしにも隠しごとはありませんし、お怒りでないことを願っています」

　イマムが彼女の運転免許証に目をやる。

「ミセス・アブドラ。しかし、あなたはアラブ人ではないですね」

「夫がそうでした。そして、彼の勧めで、この信仰に入ったのです」

　彼女は作り話を語った。

「ご主人のことはお気の毒に、シスター。不当な死を遂げたひとが大勢います。この時代の災厄なのです」

「祈りの場に入ると、そこが大きくても小さくても、安らぎを見いだせるようになります」彼女は言った。「ここにいると心が満たされて、むなしさがそれほどではなくなるんです」

「アラーにたたえあれ。神は慈悲深い」

「アラーにたたえあれ。神はつねに慈悲深い」

「あなたの免許証を助手に調べさせても、お気を悪くはなさらないでしょうね」

　これはもってこいの申し出だった。彼女の履歴はもっとも腕の立つプロフェッショナルたちによって作成されているから、彼女には精密に吟味されてもだいじょうぶだという確信があった。

「もちろんです。わたしが先にそのことを申し出て、時間の節約をはかるべきでした、イマム」

彼がボタンを押すと、助手が部屋に入ってきて、免許証を手に取り、出ていった。

たあいのないおしゃべりがつづく。

ディアボーンには初めて？

ダマスクスの大モスクをどうお思いで？

大都市に滞在するのは避けたほうがよろしいでしょう。そういうところは危険なので。

時間の経過には無関係な感じで、おしゃべりがつづいた。取るに足らないことばかりだったので、彼女は事前の打ち合わせに従い、自信たっぷりに、それに応じていった。運転免許証がチェックされ、その背景が精査されて、裏づけられ、彼女はもうすぐ解放されるだろう。

助手が戻ってきて、イマムになにかをささやきかけた。

イマムがうなずき、彼女のほうへ向きなおる。さらに三人の男たちが部屋に入ってくる音が聞こえた。

「わたしは困惑しています」イマムが言った。「たしかに、あなたの夫の名は、そしてまたその死の日付も、メリーランド州精神科医協会名簿に記載されている。すべてが完璧に見えます。しかし――」

「なにか問題が？」

「コンピュータに堪能《たんのう》な助手がひとり、おりましてね。われわれは時代に乗り遅れないようにしているのです。それはさておくとして、彼は社会保障データベースに入りこむことができ、そのなかにスーザン・アブドラという名を四十以上、見つけだしたのだが、ボルティモア・エリアに住んでいる人物を見つけることはできなかった。あなたはつい最近、あの街に転入されたということ？」

「いえ、ちがいます。そうではなく、わたしの社会保障番号が旧姓で記載されているんだと思います。夫と結婚したあと、職に就いたことは一度もなかったんです。わたしはよきイスラムの妻であろうとしていたということです」

「感心しました。その名で調査をしてもよろしいでしょうね？」

「社会保障データベースはオフリミットになっているんじゃないですか？　まさか、非合法のハッキングをなさろうとしているのでは？　あなたをトラブルに巻きこむことになったら、申しわけが立ちません。わたしはこう考えます。警察に電話なさってはいかがでしょう。きっと警察はもっとすぐれたコンピュータ技術を備えていて、わたしの身元を確認することができるでしょう。わたしの社会保障番号を調べるというのは、ちょっと抵抗を感じますね。実際、夫はそれにこだわりを持っていたんです。

粗末に扱われてはいけないものだとして」

「あなたは論点をはぐらかそうとしているように見えるのではなく、現実にはぐらかしているとしか思えないのですが」

「協力したいと思っていますが、あなたには、わたしを本人の意志に反して拘束する権利はありません。あなたは警察に電話をすることができ、もし彼らの説明に納得がいかなかったら、わたしを不法侵入者として訴えることができます。それはだれにとっても時間の浪費でしょうが、あなたがモスクのセキュリティを案じてらっしゃることはよく理解できますし、わたしは警察の到着をよろこんでお待ちします。それまで、またディアボーンについてのおしゃべりをつづけていれば――」

「いいですか、あなたはなにかのゲリラ攻撃のための偵察員であるかもしれないということです。だれかがこのモスクを爆破したがっているが、彼らとしてはあらかじめ、爆弾を仕掛ける場所を知っておきたい。あなたはすでにその情報を手に入れていて、それはかなりの困難があっても入手したいものだった」

恐怖が身をつらぬいて、ジャネットは寒気を覚えた。こういう状況は以前に何度も経験していて、そのどれもが悲惨な結果をもたらしたのだ。慰安の強要、暴力、レイプ、このうえないむきだしの憎悪。

「イマム、どうかおわかりください。わたしは爆弾魔でも、狂信者でもありません。

信仰の道を見いだし、いまなお夫の死を嘆いている、ひとりのアメリカ人女性にすぎないんです。わたしのもっともよくない点は、ときどき不合理な行動をすることと言っていいでしょう。そのことはよくわかっています。そのせいで、たびたびトラブルに陥ってしまいますので。たぶん、心の健康のためにモスクを訪れずにはいられないというのは筋の通らない話なのでしょうが、わたしはどうしてもそうせずにはいられないんです」

イマムがしばし考えこむ。

「わたしはぐあいの悪い立場にありましてね、ミセス・アブドラ。あいにく、わたしはあなたに対してより、このモスクとその信徒たちに対して大きな責任を担っています。それはおわかりですね？　では、最初からやりなおすとしましょう。どうか、事実を——チェックが可能な事実を——語ってください。これにはそれなりの時間がかかるでしょうが、あなたはわれわれにとって危険な人物ではないとわたしが納得するまで、ここにとどまっていてもらいたい。あるいはそうはならず、あなたはＦＢＩの捜査官で、その機関が有する情報をもとに、われわれのセキュリティに侵入する方法を探ろうとしているのだと認定することになるかもしれない。もしそうであれば、われわれはその情報がまちがっていることを——アメリカではムスリムに関して数多くの誤解があり、それをもとに数多くの誤った判断がなされているので——容易に立証できるでしょうし、それで、あなたは本来の仕事に戻ることができる。単純至極なことなのでは？」

「でも、それは筋が通らないでしょう。これにはFBIも情報もなんの関係もなく、たんにわたしが――」

「もうたくさんだ」イマムが言った。「わたしは気持ちよくことを進めたいのだが、これほどいらいらさせられると、気に染まない行動に移らざるをえない。再度、尋ねよう。どうか、もうこれ以上、いらいらさせるようなことは言わないでもらいたい」

ジャネットは、彼らに対してなにか手の打ちようはあるだろうかと考えた。彼らを迷わせ、追求を鈍らせ、困惑させるような手はあるだろうかと。なにも思い浮かばない。恐怖が募るのを感じ、慈悲を乞《こ》う衝動が強く湧《わ》きあがってくる。また暴行を受けたら、耐えきれないだろう。この前のときは、死の寸前まで行った。だが、いざ口を開くと、彼女は自分自身も驚くようなことを言ってしまった。

「どうぞ」ミセス・マクダウェルは言った。「拷問にかけてください」


ボブはスクリーン上の輝点《ブリップ》を見つめた。この一時間、それが動いていない。

「オーケイ」彼は言った。「どうやら、困った事態になったようだ」

「もしかして、彼女はダンス・パーティのための飾りつけを手伝ってるとか」とニック。

彼らは、マクダウェルのGPS発信器の信号を受信するモニター・スクリーンを見つめていた。

「チームはどこに?」ボブは尋ねた。

「あの建物を包囲するかたちで展開しています」チャンドラーが言った。「わたしが行けと合図を送ったら、一分以内に突入を決行できます」

「ちょっと待て、みんな」ニックが言った。「われわれはまだ、突入するための材料をつかんでいない」

「第一に、彼女はもう二時間以上、あの建物のなかにいる」ボブは言った。「第二に、彼女は礼拝室ではなく、管理セクションにいるから、捕らわれの身となったか尋問にあっているかのどちらかであるのは明らかだ」

「もしかすると、彼女はなにかを盗み聞きできたらと期待して、子どもらといっしょにボールゲームを観戦しているとか」

「それはまずありそうにない」

「われわれはいま、まさしく薄氷を踏んでいる」ニックが言った。「敵を打倒できるかどうかが唯一の決断材料となる、戦闘の空白状況とはわけがちがうんだ。これは二

○一八年アメリカのど真ん中で起こっていることであって、ルールが異なる。潔白なモスクを、防弾ヴェストを装着してHKを携行した男たちに襲撃させることはできない。ああいう連中は機転が利くから、ものの数秒のうちに電話をかけ、そのあとまた、ものの数秒のうちに弁護士たちが駆けつけ、その数分後にはテレビ局だの自由出版物《フリープレス》だのがやってきて、われわれは管理上の大失態をやらかしたことになってしまう。マージョリー・ドーは汚名にまみれ、解散の憂き目にあうだろう」

「そんなのはどれも、ひとりの女性の生命が危険にさらされていることとはなんの関係もない」

「きみはどう考える、ヒューストン？」ニックはデトロイトの男に尋ねた。

「この街では、焦らずにやるのがつねにベターだ。もしまちがった缶を開けたら、どんなひどいものが飛びだしてくるか、知れたものじゃない。それがこの部屋にいる全員の身に降りかかってきて、いつまでたっても消えてくれないってことになる」

「付け足すならば」ボブに向かって、ニックが言う。「彼女が危険にさらされているというあんたの判断は、彼女に深入りしすぎているためかもしれず、そしてまた、いやというほど戦闘を目撃してきたから、なににつけ戦闘と受けとめてしまうためかもしれない。わたしとしては、自分が査問にかけられたときに、こんな頼りない証拠をもとに〝危険〟な状況と判断したという証言をするはめになるのは願い下げだ」

「もっともな言い分だが、可能性はつねにあるもんだ」

「チャンドラー？」

「彼女をこの問題に引きこむのは不当だ」とニック。「彼女はまだジュニアで、捜査局の規律に従わなくてはならない身だ。チャンドラー、きみは答える必要はないんだぞ」

「はい、わかりました。でも、お答えします。ミスター・スワガー、わたしはどこまでもFBI職員です。もし担当の捜査官が――つまり捜査官メンフィスが――ひとつの決断を下されたならば、わたしはそれに従います。ピリオド、メッセージ終わり」

「オーケイ、彼女はよき海兵隊員になれる」ボブは言った。「それはだれが考えてもわかるだろう」

「ミスター・ゴールド」ニックが言った。「あなたはわれわれのだれよりも、こういう事態を数多く経験している。こっちに来て、なにを考えているかを話してください」

「イスラエルでは事情が異なる。あちらでは、法廷もメディアも、テロ対策の行動に関しては政府に好意的でしてね。だから、わたしがアドヴァイスをするわけにはいかない。こちらの状況の文脈やニュアンスはとてもユニークなので」

「なにか言ってもらわねば」ニックが言った。「悪いが、あなたはアドヴァイスをするためにこちらに来ているんだし、なにも言ってくれないと助けにならないんだ」

「それなら、こう言わせてもらいましょう。撃鉄を起こして、狙いをつけ、ただし、まだトリガーは引くな」

「オーケイ」とニック。「ヒューストン、連邦地検に電話を入れて、口頭の令状をもらってくれ。そうしておけば、いざ襲撃となった場合、SWATの連中がすぐさまドアを蹴破れる」

「彼らを街路の反対側へ移動させます」チャンドラーが言った。「そうすれば、彼らが対応するための時間を少しでも短縮できますから」

「うまい策だ」ボブは言った。頭のなかで、MP5のボルトがスライドしてカチッと戻り、発砲の準備が整う音が聞こえた。


「シスター・アブドラ、ばかげたことは言わないように」

「そんなつもりはありません。わたしのせいで不安な思いをさせたくはありませんし、安心していただくためのもっとも手っ取り早い方法は、わたしが激烈な痛みに耐えることです。わたしの信仰が、その苦痛をすぐに忘れさせてくれるでしょう。そして、もうこれ以上嘘はつけないだろう、さらなる苦痛を避けるために、さっきの話とはちがうことを言いだすだろうとあなたがお考えになるところまで耐えぬけば、わたしは試練を受けて正しさを証明したことになります」

「それはばかげている」

「わたしが許可します。あなたがどのように見てらっしゃるかはわかっています。告訴などいたしません。このあと、わたしはホテルの自室に戻って、傷を癒やし、信仰に身をささげた誇りをいだいて、ボルティモアへ帰ることになるでしょう」

「あなたが許可しても、ミシガン州の当局はそうはしない。わたしは刑務所で十年の刑期を務めるはめになりかねない」

「州の当局に露見することはありません」

「あなたがその保証をできるわけではない」

「ほんの少し、筋道立ててお考えになってはいかがでしょう。FBIの女性捜査官は若く、運動能力に長《た》けています。わたしは静脈瘤《りゅう》持ちで、ハイスクール時代からこのかたジムに足を踏み入れたこともありません。FBIがわたしのような年寄りを雇うでしょうか?」

「若くて美しいFBI捜査官というのは映画のなかにしか存在しない。あなたのような見かけの者はいないと、だれが言える?」

「では、なにを推奨なさいます? 水に浸したタオルを顔にかぶせる? それをお受けしましょう。信仰を持つ者の多数と同じく」

「わたしは自分が着手したことのみを推奨する。それは念入りな尋問をおこない、この男たちにそれぞれの答えの当否をインターネットで調べさせることだ。長い夜になるだろう。もしあなたがスパイで、失策を避けようとすれば、甚大な精神的重圧を受けることになる。それにあなたが耐えきれるかどうかだ。これまでの説明が破綻《はたん》すれば、そのとき、われわれは事後の処置をすることになる」

　彼女には、自分がそれに耐えきれるかどうかわからなかった。すべてがじりじりと進められていくなかで、集中力を保ってつねに細部に注意を向け、心を強いて激しい疲労に耐えなくてはならない——それはあまりにつらいことだ。

　ボタンを押しつぶせ、と彼女は思った。警官たちを呼びこもう。このモスクを捜索させ、なにが企てられているかを解明させよう。エルタリクとその取り巻きたちをたたきつぶそう。彼らにしゃべらせよう。そうやって、ジューバを捕まえるのだ。ジューバを見つけ、捕らえ、殺す。おまえはわが息子、トムを殺し、そのせいでわたしは変わってしまった。おまえを追いかけ、殺さずにはおかない女に。

　だが——もしボタンを押しつぶし、警察がなにも発見できなかったら、どうなるか。FBIがディアボーンでテロリストのだれかを追っているという噂がひろまり、もしそいつがここにいたら、そのことを知って、姿をくらますだろう。そいつを追いつめるどころか、助けることになってしまうのだ。

「ミセス・アブドラ、気を失ったのかね」

「ちょっとぼうっとしていました」彼女は言った。

ドアが開く。男が入ってきて、デスクになにかを置いた。一冊のファイル。男が身をかがめて、イマムにささやきかけ、イマムがうなずきながら熱心に耳をかたむける。

「オーライ」イマムが言った。「たぶん、これで状況が進展するだろう」

彼は一枚の写真を取りだした。

彼女はナイフで心臓をつらぬかれたような気持ちになった。彼らはどうやってあれを手に入れたのか？

それは二〇〇二年十一月十二日に撮影されたものだった。フットボールの試合で、ボーイズ・ラテン（メリーランド州にあるハイスクールで、正式名称はボーイズ・ラテン・スクール・オヴ・アメリカ）のチームがギルマンのチームに勝利したときの写真。タイトエンドのトムが劇的なキャッチをし、そのあとチームはギルマンに攻撃権を渡すことなく、ドライヴを進めていったのだ。そこにトムが写っていた。ヘルメットを腕にかかえ、片方の腕で母親を抱いた格好で。彼の人生におけるもっともしあわせなひととき。その輝きは、嵐の一日が終わって、まばゆい夕陽が射しこみ、幸多きあすを約束しているように見えた。

彼らはどうやってあれを手に入れたのか？

「ハンサムな少年だね、ミセス・マクダウェル」イマムが言った。「彼があんな目にあったのは残念なことではある。しかし、たぶんこれで、われわれは真実の追究を進められるようになるだろう」

彼女はヒジャーブに隠したＧＰＳ発信器を押しつぶした。

18

デトロイト大都市圏

「あそこへひきかしたほうがよさそうだ」ジャレドが言った。

「電話をこっちにまわしてくれ」ジューバは言った。

彼はそれを若い男から受けとって、歩道に置き、靴の踵《かかと》で踏みつぶした。あとで川か火のなかへ放りこんで処分するために、SIMカードを取りだして、ポケットにつっこむ。

「な、なにをするんだ？　おれはママに電話をかけるのにどうすりゃいい？」

「あそこには戻らない。永久にな。あそこはもう、おれたちにとっては存在しない場所だ。あの局面は終わったのであり、けっして再訪してはならない。あそこは危うい場所だ。内部のあらゆるものが腐敗し、致命的な危険を招くおそれがある。おれたちは明晰《めいせき》に考え、迅速に行動しなくてはならない。カネはどれくらい持ってる？」

「わからない」若い男が言った。

彼らはいま、ディズニーのトゥモローランドのように再開発されたダウンタウンの、とある街路の角に立っていた。人間味に欠けるほど洗練された地区だ。まだいくつかの店が――サブウェイ、マクドナルド、セルフサービスの古いパブ、深夜営業のスプリント（アメリカの携帯電話事業者）代理店が――遅い時刻の来客を期待して、営業中だった。店舗から漏れる光が暗い歩道を淡く照らし、頭上には、昼間は郊外から通勤してくるひとびとであふれかえる高層建築群が静かにそびえ立っていた。

ジャレドが財布を取りだして、現金を数え、三十五ドルほどのカネを持っていることを確認する。

「でも、おれはこれを持ってる」そう言って、彼は赤いバンク・オブ・アメリカのカードを抜きだした。「口座に一千ドル入ってる。今夜、ATMで八百ドルを引きだし、残りの二百はあす引きだせばいい」

「いますぐ八百を引きだそう。そのあと、そのカードは壊さなくてはいけない。GPS発信器が仕込んであるだろう。おれたちのゴールは、できるだけ早くデトロイトを離れることだ」

「どこへ行くんだ？」

「遠くへ。カネと自動車が必要になる」

「おれはあっさりいまの生活とおさらばするわけにはいかない。みんなに電話しなくてはいけないし、グッバイを言っておかなくてはいけないひとたちがいるんだ。カネを借りることはできるだろうが、車を手に入れるとなると、そっちはちょっと時間がかかるだろう。そのあてはあるし——」

「間抜けなガキだな。それだと、すぐにおまえのあらゆることが警察に知られてしまうぞ。おまえの写真がこの州のすべての警官にまわされるだろう。そして、あすの昼ごろまでには、警察がおまえをひっとらえる。おまえは口を割り、おれの明確な人相風体とおれたちの会話の内容をやつらに教えることになる。画家に協力して、似顔絵を描かせるだろう。おれはあすの午後五時半ごろには、アメリカでいちばん有名な男になってるというわけだ」

「そんなつもりじゃ——」

「すべての可能性のなかで最悪のものを想定し、行動するのが原則だ。安全を図る道は、即刻の逃走と回避以外にない。さあ、どこへ行けば、車と一万ドルのカネが手に入る？」

「お……おれにはわからない」

「いや、わかるはずだ。この街のどこかの地区で、頻繁に麻薬の取り引きがおこなわれているだろう。そいつらのひとりから盗むんだ。わかったな？　そういう連中は警察へ行かない。いずれ警察も聞きつけるだろうが、そのころにはおれたちはとうに姿をくらましてるだろうよ」

ジャレドは恐怖を顔に出し、何度も固唾《かたず》をのみ、手足の動きがぎこちなくなったが、いつまでもそんなふうにしているわけにはいかなかった。

「あいつらはものすごくタフなんだ。そうやすやすとやられてしまう連中じゃない。このコミュニティではよく知られてることだが、あの連中に手を出してはいけない。ほかのだれかならともかく、麻薬に関わってる連中に手を出してはいけないんだ」

「ケチなアメリカン・ボーイよ、おまえはジハードの戦士なんだろう。これはジハードだ。行動と、献身と、不快なことが伴う。これは意志の問題だ。ジハードに信仰をささげなくてはいけない。おまえはもう、自分のことばや心構えや好みを持つことは許されない。おれの右腕に——すなわちアラーの右腕に——ならねばならない。おまえは選ばれた。いまからは、おのれの身をささげるんだ」

なんてこった、とジャレドは思った。

車は問題にならなかった。とあるパーキングロットで、ジューバが二〇一三年型のフォード・トーラスを選びだして、ナイフでロックを壊し、鍵穴のプラスティック・

シールドをそぎ落としてドアを開き、手早くワイヤを直結すると、エンジンが息を吹きかえした。

その車でATMへ行き、八百ドルの新札を引きだした。つぎの行き先は、麻薬《ドラッグ》の巣窟《ランド》だ。

「ほんとうにこの八百ドルじゃ足りないのか？　これだけあれば、じゅうぶんやっていけるんじゃないかと――」

「賄賂が必要になるとしたら？　別の車が必要になるとしたら？　新しい服が必要になるし、モーテルに泊まるためのカネも必要になる。逃走をやりおおせるのになにより必要なのは、現金だ。いいか、おれは何度も逃走をやってきた。これまでの人生やものごとがどうだったかなどは考えるな。おまえはアラーに命をささげたんだ。神は、お選びになったとおりのことをなさるもんだ」

やれやれ、とジャレドは思った。理論派から行動派に変身すると想像していた以上に面倒なことになるとは、まさか思いもよらなかった。

東西に走るセヴンマイル・ロードを渡って南へと走りだすと、そこにはぞっとするような土地がひろがっていて、ジャレドの気分はいっこうによくならなかった。遺棄されたみすぼらしい民家の数かず、のび放題の芝生、湖から吹いてくる風を受けて揺れ動くしなびた雑草。ときおり、骸骨《がいこつ》のようにぼうっと光る深夜営業のマーケットや酒店のネオンサインがあったが、それらはだれの目にも、ゾンビーの地に捕らわれる場所のように見えただろう。遺棄された自動車、壊れた玩具《がんぐ》、ジャングルのように不気味な感じに見える庭の数かず。いまも住人のいる民家は十軒ほどのものか。

あの種の商売がほんとうに得意な人間でないかぎり、こんなところに来ようとは思わないだろう。ここでおこなわれている商売はレベルの高いものではない。捕食者と餌食《えじき》のあいだに、たいした差はない。ドラッグのディーラーと娼婦を見分けるのは容易だろう。ディーラーたちのほうが見映えがいいのだ。彼らが、草に群れるナナフシのようにうようよといて、寒さを忘れたかのように風に吹かれて立っている。Tシャツの上にフーディーを着こみ、バギージーンズに白のスニーカー、逆向きにかぶった野球帽という身なりをしているせいで、どこやらの宇宙飛行士が月面を歩いている姿を彷彿《ほうふつ》させた。

「あいつらから?」彼はジューバに問いかけた。「おれには、物わかりのいい連中には見えないんだが」

彼らは戦略を議論した。ジャレドが笑みを浮かべたり、乾いた唇をなめたりしながらそうしているうちに、獲物が見つかった。ジャレドはそろそろと車を降りた。

「おい、そこのアラブ野郎」ディーラーが声をかけた。「なにがほしくてここに来やがった? ヤクがほしい? そうでなかったら、とっととここを立ち去るんだな。でないと、そこらのブラザーがおまえを痛い目にあわせることになるぜ」

「あー、じつを言うと」喉が詰まりそうになるのをなんとかしようとしながら、ジャレドは言った。「ちょいとブツがほしくてね。強いやつと言えば、わかるだろう？　そういうやつを手配してくれたら、試してみる。おれたちはそのためにここに来たんだ」

ディーラーが肩をそびやかす。

「まるで純度９９０《ツー・ナインズ》の金歯だらけでダイヤまで入れてやがる、どこやらのヒモのスケみたいな調子で、強いやつと言うからには、多少はものがわかってんだろうな？　なにがわかってるんだ？　なにも知りやしねえんだろう」

ジャレドは肩をすくめた。

「とにかく、このカネは安全《グリーン》だ。それだけの値打ちはあるんじゃないか」

「話にのってみろってのか？　おい、これがありゃ、のれるだろうってわけで。そのグリーンを見せろ――それとも、これは同業者かどうかのテストかなんかだとか。てめえ、最後にセヴンマイルのこっちに来たのはいつなんだ？」

「いや、そういうんじゃない。おれはカネを持ってるんだ」とジャレドは言って、巻かれた紙幣を取りだした。ディーラーがそのぶあつい札束を見る。

「たっぷり持ってやがるな」

「八百だ、あんた。これで買えるだけのブツがほしい」

「なんもわかっちゃいねえな！　おれがそんなにたくさん持ってると思うのか？　おれは五ドルとか十ドル単位の取り引きをやってるんだぜ。しかも、こんな遅い時間なんで、商売はほとんど終わっちまってる。もう五ドルのが二個と、十ドルのが一個残ってるだけだ。おれの仲間がもうすぐやってくる。おれがリクエストを入れたら、やつがヤクを運んでくるだろう。そしたら、あんたらは八百ドル分のを手に入れ、そのコカイン《ベッキー》を全部持って、白人とアラブ人のパーティへ行くんだな」

「くそ」ジャレドは言った。「それまでずっとここに立ってなきゃいけないのか？」

「あんたらはセヴンマイルの南にやってきた。ここはそういうとこなんだ。オーケイ、あっちへ行っとけ。ダチといっしょに自分の車に戻っとけ。おれの仲間はすぐにやってくる」

「いまカネを渡すのがいいか？」

「前金で二百もらっとく。そうしときゃ、あんたらはちゃんと戻ってくるだろうし、ほかのディーラーのとこにゃ行かねえってこともわかるってわけだ。おれはジンジャー。ジンジャーのとこへ戻ってくるんだぜ。ほかのディーラーのとこへ行ったら、この二百をふいにすることになっちまう。わかったな？」

「ああ」

「行けよ。四十分後に戻ってこい。いいな？　仲間が来て、おれが話をつけ、おれたちがヤクを運んできて、あんたが残金を支払う。そしてあんたはその袋を持って、おっかなびっくりここを立ち去るって寸法だ」

彼らはそのブロックをまわりこんでから、車を駐めた。ジューバがするりと車を降りる。一軒の民家の草がのび放題になった庭をするすると抜けていき、いまは主として鼠が使っている小道を渡り、別の民家の庭を通りぬけ、ようやくあのディーラーを監視できる地点にたどり着いた。

いまのところはなにも起こっていない――車も、歩行者も、娼婦も、コップもいない――が、そのとき、黒のＳＵＶがそこに乗りつけてきて、ディーラーの男がそのそばへ近寄っていった。ジューバが見守るなか、彼らが窓ごしに会話を交わし、そのあとようやく、なにがしかの現金と、新しいがそれほど多量ではない補充のドラッグがおさめられた袋がやりとりされた。

ジューバは身を転じ、来た道を駆け足でひきかえして、車に飛び乗った。街路へ車を出し、タイヤに悲鳴をあげさせながら角をまわり、あのひと幕が演じられていた街路に出て、向きを変える。二ブロック前方に、あのＳＵＶでしかありえない車のテイルランプが見てとれた。

彼らはいくつかの裏道を走りながら、距離を詰めていった。ジューバは、前を行く車のセキュリティは貧弱だろうと予想していた。あの男は警戒していないだろう。通常の状況なら、ジューバはあと八ブロックほど追跡し、いったん車を停めて、待機したのちまた動きだし、さらにまた八ブロックほど追跡し、朝が近づいたころになってやっと追いつくようにしたところだ。だが、いまは時間が足りない。ヘッドライトを消したまま、前方のテイルランプからつねに目を離さず、追っていくしかない。あちらが道を曲がれば、こちらも曲がる。やがてセヴンマイル・ロードに達したとき、ジューバにはその街路が見えるところまで行っていなかったので、ドラッグの運び屋が左右どちらへ折れたかを推測するしかなかった。左だろうと彼は推測し、ヘッドライトを点灯して、アクセルを床まで踏みこんだ。あ、やはり、あそこにあれが、黒のジープ・チェロキーがいた。セヴンマイルの明るい街灯の光を浴びて、ぴかぴかに磨かれたそのボディの輝きがさらに増している。ジューバはあいだに六台の車をはさんで、慎重に車間距離を取り、目立たず、攻撃性や敵意を示さないようにしながら、尾行をした。

なにはともあれ、その行動に感心している人間がひとりはいた。

「ワオ」ジャレドが言った。「あの車の尻に糊《のり》みたいにへばりついてるじゃないか」

「集中しろ。あの車から目を離すな。あれが曲がったら、おれはまっすぐに行く。あれがつぎの街路で左右どっちかに曲がったか、そのまま直進したか、それをたしかめるのがおまえの仕事だ」

ジャレドがうなずいて、ごくんと唾《つば》をのむ。

そのゲームがさらにまた三分の一マイルほどつづいた。と、ありがたいことに、その車のドライヴァーが早めにウィンカーを出して、減速し、右へ折れた。

ジャレドは自分の車にすわった状態で、SUVがその街路の途中で減速するのを見てとった。後部のテイルランプが点灯し、SUVが角をまわるのが見えたのだ。

「左へ折れた」彼は言った。

ジューバは加速してそのブロックをつっきり、外側のタイヤを浮かせながらつぎの角を右折すると、SUVが前方を通りすぎて、尾行を再開できるようになるのを待ち受けた。だが、そうはならなかったので、車を降りて、前方の街路の角へ走っていくと、SUVが街路の途中で駐車しているのが見えた。だしぬけに明るい光がともったのは、ドライヴァーの確認がされ、アジトらしき民家のドアが開かれたことを示すものだろう。

「オーケイ、あそこだ」車にひきかえしたところで、ジューバは言った。「いまから、あそこをチェックをしに行く」

彼らはゆっくりと車を走らせ、その民家の前を通りすぎていった。ほかのすべての民家と同じく、そこもまた荒れ果てていたが、三ヶ所の窓からまばゆい光が漏れだしていた。それだけのことで、あとは静まりかえっている。

つぎの角を折れて、駐車すると、彼らは忍び足でまたその角をまわりこみ、街路の反対側にある遺棄された建物の陰に身をひそめて、観察した。

やがて、あのディーラーが外に出てきた。大きな紙袋を持っている。

「よし、あいつは荷物を用意した。おまえの八百ドル分のヤクを入れた袋を持って、ひきかえそうとしている」ジューバは言った。「二、三分、時間を与えてから、やつらを撃つ」

「やつらを撃つ？　なにで？」ジャレドが問いかけた。

19

タスクフォース・マージョリー・ドー本部、尋問室A

イマムのイミール・エルタリクの取り調べは、午前五時近くになって始まった。それまでに、さまざまな管理業務が完了していなくてはならなかった。イマムの弁護士が到着してクライアントと面会し、それに対応する連邦検事がベッドを出て、この部屋に足を運び、FBIの証拠品押収チームがモスクの地下に発見された、ある単身者が一週間暮らしていた部屋の捜索をすませ、ミセス・マクダウェルが医療処置を受けて、身ぎれいにされ、事後報告をし、その証言がニックの採用する戦略に組み入れられ、それぞれの証拠が突きあわされて集約され——それらすべての行動が紙の書類とコンピュータのファイルとして記録される必要があったのだ。

そしてようやく、ニックとFBIデトロイト地方局SAICのヒューストン、そして眠たげな連邦検事が席に就いた。検事は、なにも知らないのだから口を閉ざしておくようにとの指示を受けていた。彼らに向かいあった席に、イマムと、その弁護士であり扇動者としてよく知られているカシムという男がすわった。スワガー、ゴールド、そしてチャンドラーは、そのようすを閉回路テレビを通して観察することになった。

ニックが記録装置に話しかけるかたちで、この取り調べ室にいるそれぞれの人物の身元と関係性、取り調べの日付、そしてその状況を述べる。それをすませたところで、彼は熱をこめて切りだした。

「イマム・エルタリク、弁護士が明白に伝えたように、合衆国政府は以下の訴因に基づいてあなたを起訴することになります。連邦捜査官をその意志に反して拘束し、連邦捜査官に対して物理的な力を行使し、連邦捜査官を襲う謀議をなし、また必要となれば、連邦捜査官を拉致《らち》しようとしたか、もしくは連邦捜査官を拉致しようとしての謀議をなした。これは、連邦刑務所で十五年以上の刑期を務める可能性があるということです。それと、銘記してもらいたいのは、州による起訴がおこなわれるとは予想されず、それゆえ、この案件は内情の疑わしいディアボーンの司法制度に委ねられることはないであろうという点です。実刑を受ける可能性が極めて高いということです」

カシムが迅速にそれに応じる。

「特別捜査官メンフィス、この政府による起訴案件はきわめて根拠薄弱ですな。あなたのところの捜査官たちは、ミセス・マクダウェルのもとへ行くまでのドアはどれも閉ざされてはいなかったと証言するでしょう。ほかでもない、あなたのところの証拠品押収チームによれば、火器はなかったどころか、いかなる種類の武器もなかった。緊縛の形跡はなにも発見されず、記録もなされていない。打撲傷も擦過傷もなく、いかなる種類であれ身体的虐待がおこなわれたことを示す記録はなく、その可能性を示すものもない。その女性は、〝わたしは家に帰りたい〟と言うだけでよかったのに、それは一度もなかった。彼女がそう言えば、即座に応諾されたでしょうに」

「彼女の供述は異なっており、また、ＳＷＡＴチームによって目撃された——強い光を当てられたただひとりの女性を四名の男たちが尋問していたという——状況は、それ自体が明らかに起訴に相当する証拠となります。さらに言えば、法廷は、長時間におよぶ心理的威嚇は——その威嚇は物理的な力のほのめかしであると連想されるので——力の行使であると見なすでしょう。その点に関しては、打撲傷の存在は必須ではなく、威嚇があったという目撃証言のみでじゅうぶんです」

「われわれの見解は揺るぎませんな。その女性は偽造身分証明書を用いてみずからそこに入っていたところを発見され、就業時間後に私有地にいたわけを話すようにと問われていた。本人が、そのようにしたことを認めている。その話し合いがつづいているときに、警察官たちが——まあ、ロックがされていないドアを破って突入する必要などはないので、それが突入だったとは言えないでしょうから――ぶらぶらと入ってきた。それが、そこで起こったことのすべてなのです」

「もしミセス・マクダウェルの存在が脅威であったなら、法に訴えればよかった。警察に通報するだけでよかったのです。彼女は身柄を確保されて、事情聴取を受け、案件は法の規定に従って処理されたでしょう。彼女を捕らえ、彼女を――言語的か非言語的かを問わず――暴力の暗示によって威嚇し、長いあいだ拘束する権利はない。彼女がＦＢＩの雇用契約者であろうがなかろうが、それが真実なのです。さらに言えば、そのときのほんとうの狙いは、彼女を眠らさないようにすること、すなわち睡眠の遮断によって、疲弊させることであったように思えます。いかなる定義をもってしても、それは拷問にあたる。拷問に相当するとわれわれが見なせば、それだけでも訴因となるのです」

　カシムは、ミセス・マクダウェルのほうに落ち度がなかったとは到底言えないと反論した。

「これは、彼女がみずからをワン・ウーマン十字軍に任じ、イスラムは邪悪だとの妄想的謀略説の数かずに長年にわたって取り憑《つ》かれてきたこの国のセキュリティ諸機関を混乱させたというだけのことです。息子を失ったという悲劇を考えて、われわれも同情はしますが、論点はただひとつ。わたしが調べたところでは、彼女の不合理な行動は長年にわたって記録されており、今後もまたその証拠が増えるだろうというのが事実なのです。それは、彼女の証言を信頼に足りないものとする事実です。そしてまた、もしこの案件を継続させるならば、あなたがたは不利益な宣伝活動、つまりデモその他、きわめて迷惑でわずらわしい注目を浴びるはめになるのはたしかでしょう。継続させたければ、どうぞそのように。思うに、アメリカ合衆国のよき市民たちは、自分たちの税金がひとりのクレイジーな女性の純然たる反イスラム憎悪が生みだした非常識な行動に浪費された理由を知りたがるでしょう。統制の効かない連邦捜査局は歓迎されないという申し立てが続出するにちがいない。ご自分の置かれた状況をよく考えるように」

「宣伝活動は二分されるでしょう、ミスター・カシム。あのモスクに寄付をしている支援者には富裕で保守的なひとびとが大勢いると言われています。そういう寄付者たちは、もしイマムがテロ活動に関与している可能性が明るみに出れば、たとえ拉致や威嚇や拷問が口にされなくても、支援をやめるかもしれない。それだけではなく、その部屋にいたほかの三名の男たちはあのモスクに属する信徒ではなく、志向がはるかに過激な地区にあるモスクの信徒として知られている。三名中の二名には前科がある。イマムはそのことを一般大衆の知るところとしたいのか？　かりになにかもっともな動機があったとしても、もし自分の地位が損なわれ、評判に傷がつくとしたら、そん

「連邦政府は、カシムが言った。「われわれはどちらも失うものを持っているから」カシムが言った。「連邦政府は、ディアボーンのイマムをテロリストとして裁判にかけるという劇的なことはせず、より穏便な行動方針を採るべきでしょう。裁判にかければ、その結果はどうであれ、まちがいなく論争を巻き起こし、国民的関心を招き寄せることになる。この案件をこれ以上追求する理由はないのであり、あすの正午のニュース時間までにテレビ局のカメラがいなくなっていれば、二日後にはほとんどだれの記憶にも残らずに終わるでしょう。すべて、旧に復するのです」

「旧に復するというのはありうるかもしれないが、それはイマムがわれわれに協力した場合にかぎられますね。ほかの男たちの特質から判断するに、そこでなにが起こっていたのか、また、建物の地下に宿泊していた謎の来訪者は何者なのか、それを説明できるだけの知性を有する人間は、彼だけだ。われわれは、その来訪者はだれで、なぜそこにいたのかを突きとめなくてはならないのです」

「依頼人と相談させてください」カシムが言った。

カシムとイマムが椅子から身を起こして、部屋の遠い隅へ行き、そこでしばらく話しあう。

話し合いが終わり、テーブルの前にひきかえしてきたところで、カシムが言った。

「彼は、先週モスクである異常な事態が生じていたことを認める気になったようです。関係者の名前や電話番号は言えず、コンピュータのデータも引き渡せないが、われわれが知っているわずかな事柄を教えるようにはしましょう。それで、あなたがたの懸念は筋違いであることがわかるはずなのです」

が、そのとき、チャンドラーが入室した。彼女がニックのそばへ行き、その耳元でなにかをささやいて、一冊のフォルダーを彼の前に置く。ニックがうなずいて、フォルダーを開き、最初の文書を読み始めた。


「旧に復するというのはありうるかもしれないが」と画面のなかでニックが言ったとき、テレビ室で観察をしていたボブは、チャンドラーのほうへ顔を向けて、言った。

「ほら、これだから、わたしは彼の耳に電線をつないでおけと言ったんだ」

彼女は笑わなかった。困ったように小さく首をふり、ボブの向こう側にいる三人めの観察者のほうへ身をのりだして、こう言ったのだ。

「ミスター・ゴールド、彼をコントロールしていただけます?」

「記録を見るかぎり、ミスター・スワガーをコントロールできる人間はいないだろうね」とゴールド。

「チャンドラー、いまのは……あ、きみもジョークを飛ばしてるのか。いま、そうとわかったよ。いや、本気で彼に電線をつなげと言ったわけじゃないし、きみもわたしの口に蓋《ふた》をしてくれとミスター・ゴールドに言いたかったわけじゃないだろう」

「おっしゃりたいことはわかります」彼女が言った。「これではうんざりさせられますね。面倒な法的な事柄のやりとりばかりで。では、そろそろスピードアップしましょうか。わたしの出番が来たようです」

彼女がほほえんで、立ちあがる。

「よく見ていてください、おふたかた。きっと気に入ってもらえるでしょう！」


ニックがフォルダーをテーブルに戻す。

「うーん」彼が言った。「局面が変わったようだ」

だが、彼は相手に強く印象づけるために、検事とヒューストンにうなずきかけ、ふたりを連れて後方へさがり、三人でひそひそ話を始めた。その間、弁護士とイマムはたいして熱をこめるでもなくそのようすをながめていた。やがて、三人がテーブルの前に戻ってくる。

「いま、この知らせがもたらされました。われわれの証拠品押収チームが、地下の寝室のすぐ隣にある洗面所の水の栓から、かすれてはいるが検出可能な指紋をいくつか採取し、また、スーツケース内部のレザー・ストラップからも二個の指紋を採取した。そのスーツケースには、自分の出所を隠そうとしたかのように、カナダで製造された新品の下着とシャツ類が入っていた。だが、指紋は嘘をつかない。それらの指紋が、われわれのデータベースだけではなくインターポールのデータベースでも照合された。そして、ひとつの指紋、右手親指の指紋が、データと合致した。その指紋は、アラミール・アラクアという名の、シリア軍元軍曹のものだった。アラクア軍曹に関する記録はたっぷりとあることが判明した。そのほとんどはイスラエルでのものであり、十七名の学童が射殺された残虐な現場において同じ指紋が発見されている。アラクア軍曹は、ジューバ・ザ・スナイパーというワークネームでよく知られている」

「われわれにはなんのことか見当も――」とカシムが言いだしたが、ニックがそれをさえぎった。

「ジューバは、インターポールの十大国際指名手配犯リストに掲載されている。長射程射撃を専門としている。世界のほとんどの国において殺人罪で追われているが、もちろん、アメリカで殺人は犯していない。つまり、イマムに対する嫌疑は大きく跳ねあがり、殺人幇助《ほうじょ》および教唆《きょうさ》に変わったということです」

相手がその意味をのみこむのを、彼は待った。

「さらに言えば、われわれは、ジューバがアメリカでやろうとしている任務を阻止しえなかった場合、イマムを、その任務の決行以前からの共犯者と断じることができます。それは非常に大きな罪となる。にわかに、二十五年の刑期が見えてきたというわけです」

「それがアラーのご意志であれば」イマムが言った。「それなら、そのように」

「まあ、いまそう言うのはたやすいでしょう。彼に教えてやってください、ミスター・カシム。仮釈放なしの二十五年の刑期がひとになにを成しうるか。あなたはそれをさんざん見てきたでしょう」

弁護士もイマムもなにも言わなかった。

「それと、まだ別の可能性もあります。イスラエルは、彼らが指名手配しているテロリストの逃亡を助けたとして、あなたを告訴するかもしれない。おそらく、あの国は身柄の引き渡しを要求し、わが国は、失うものはなにもないので、遅滞なくその要求に応じるでしょう。あなたはテルアヴィヴへ送られることになる。怒り心頭に発したイスラエル人たちによってそこへ連行されるのを楽しめるとは思えませんね。この国では市民の権利がそれなりに守られるが、あそこでは情報を引きだすためとなれば、そうはしないでしょう。弁護士同席のもと、深夜に仲間内でおしゃべりに興じるというわけにはいかない」

やはり、弁護士もイマムもなにも言わなかった。

「イスラエルの脅威はエルタリクの口を割らせるにじゅうぶんでした」翌日、ミセス・マクダウェルの病室を訪ねたとき、ニックが彼女にそう言った。「ここで、その案件がどうなったかを伝えるのは、それは機密事項であり、あなたは知る資格を与えられていないので、できません。申しわけない。しかし、これは重ねて言わせてもらいましょう。われわれは、あなたがすばらしい仕事をしたと考えています」

「じゃあ――それだけの値打ちはあった?」彼女が問いかけた。「ボタンを押し潰《つぶ》すのが早すぎたとか?」

「あの食わせ者たちは残虐なやりかたに変えることもできたでしょう。もしあなたが先延ばしにしていたら、助かるチャンスはなかったかもしれない。あなたはいまここにいる。ご自分の責務を果たして」

「お役に立てて、ほんとうによかった」

「あなたがもたらしてくれた収穫は、このようなものです。われわれはジューバがアメリカにいることを、そしてあのモスクにひそんでいたことを、確認した。それは、長いプロセスの最初のステップです。彼を捕らえることはできなかったが、それはまさにカードの出方によるものでした。彼はあのとき、〝学習〟のために外出していて、イマムがあなたを捕らえたと警告を受けたとき、賢明にも逃げだした。もしカードの出方がちがっていれば、彼はあの狭い地下室にいて、ゲームは終わっていたでしょう」

「ほんとに残念」

「いたしかたないですね。彼女に教えてあげてください、ミスター・ゴールド」

「ミセス・マクダウェル、このような事柄における神意の発露はつねに困惑させられるものです。神のお気に入りの武器はその無作為性であり、それによってわれわれをひとりよがりにさせないようになさっていると考えるしかありませんね」

「しかし」ニックが言った。「われわれのほうも、学ぶことは多かった。エルタリクは、以前は知られていなかったテロリスト・セルとつながりを持っており、われわれはそのセルを探しだして、壊滅させるでしょう。われわれは逮捕した連中から情報を引きだし、エルタリクが〝ダークウェブ〟（通常のブラウザではアクセスできない深層ウェブの一部を指す名称）にアクセスして、社会保障データベースやある種の顔認識テクノロジーを含む情報ネットワークに侵入していたことを突きとめた。彼らは、あなたの運転免許証の顔写真をそのテクノロジーでチェックし、ボルティモアサン紙が息子さんの死亡告知記事に掲載した、トミーとあなたの写真に行きあたった。最新鋭の顔認識ソフトウェアを所有していたというのは、これもまたこの案件の背後には莫大なカネと野心がうごめいていたことを証明するものです。とにかく、われわれはいま、コンピュータ要員を動員し、なんらかの手がかりを力のおよぶかぎり探させているところです」

「それと、例の若者」ボブは言った。「われわれはあの若者の身元をつかみましたよ」

「そうです」とニック。「もしかすると、このゲームに勝てるかもしれません。われわれは例の若者の写真とIDを入手し、司法機関がアクセスすれば即刻通知される手配をすませました。彼の写真が四千にのぼる警察組織へ送られたので、見つかるのは時間の問題だとわれわれは考えています」

「あなたはどう考えてらっしゃるの、ミスター・スワガー？」

「ジューバがその若者とくっついているというのが意外で。それはやつらしくない。その若者がどういう男かをよく考えればという意味です。どこのショッピングモールにもいるような若者でしょう」

彼らの前に、ジャレドに関するファイルがあった。ジャレドは生まれも育ちもグロース・ポワントで、その父親はモーター・シティ――デトロイト――の郊外ではもっとも成功した歯周病専門医のひとりとなっていた。ジャレドはマサチューセッツ州のディアフィールド・アカデミー・ハイスクールを卒業し、プリンストン大学に二年通い、そのあと二年間、エジプトの、過激主義の根城となっているカイロ大学に留学した。そのあとは、ろくになにも成し遂げず、ディアボーンの過激集団の周辺をうろうろし、シリア北部を本拠とするイスラム国《ISIS》の武装兵団に入隊せよと脅されていたが、父親が毎月援助してくれるカネを引きだせるＡＴＭがあるところから遠く離れるのはいやがっていた。合法と非合法の境界線を越える度胸はなかったものか、その境目に身を置いているのが好みだったようだ。そして、その度胸があることを示す証拠はない——いまのところはまだ。イマムが彼をジューバにアメリカの流儀を教える教師に選んだ理由は、だれでも容易に察しがつくだろう。若きジャレドをいつもの空想の世界に浸らせることができ、それでいて安全だからだ。ただし、いまジャレドは逃走し、追いつめられようとしている。

「ジューバは通常、もっと独断独行の男だ」ニックが言った。「だが、忘れてはならないのは、彼はよその国にいるよそ者で、おそらくは妄想的になり、武装はしていない。彼はこう考えるだろう。ひとつのミスで、おれは終わる。彼は役に立つ人間を必要としているんだ。それはそうと、われわれはジャレドの両親と彼の友人が電話で交わす会話を、そしてまたそのＥメールを、合法的に傍受しました。先に心が折れるのはジャレドでしょう。彼はママやパパと会えないのをさびしがっています。孤独を感じるでしょう。いずれ、こっそりとジューバから離れて、電話をかけるにちがいない。そして、われわれがその通話先をつかめば、それでおしまいというわけです」

「彼を傷つけないで」ジャネットが言った。「彼は若くて、愚かで、まわりのひとたちにずっと嘘を聞かされていただけなんです」

どうして彼女にはそうとわかるのか、それは尋ねるまでもなかった。

20

同じ夜
セヴンマイル・ロードの南

「襲撃の第一原則。それは偵察だ」ジューバが言った。

「おれは車で待っててていいのか?」ジャレドが言った。

「おれのあとにつづけ。口は閉ざしておくんだぞ」

年長の男が年下を引き連れ、あのアジトからかなり離れた地点で街路を横断した。横丁に入って待ったが、なにも聞こえてこなかったので、彼らは無人の家屋が左右にぎっしりと並ぶ街路をじりじりと進んでいった。風が吹きつけ、空の星ぼしがはっきりと見え、吐いた息が白くなる。ジャレドは早くもはあはあと喘《あえ》いでいた。

アジトと隣家との境界線にたどり着くと、そこの横丁にヘッドライトをつけた車が三台、駐車しているのが見えた。一台は別のSUVで、あとの二台はメルセデスSクラス。すべてが新車で、ワックスがかけられたばかりのように見える。それが、この零落した街の薄暗い横丁に駐車しているというのは、理屈に合わない。そんな車が三台もあるのは、ここにいる男たちには手を出すなという意味なのだろう。

ジューバが壊れたフェンスをくぐりぬけ、のび放題の低木の茂みをそろそろと通りぬけてから、腰をかがめた格好で庭を抜けていき、アジトの風下にあたる場所にたどり着いたところで、小休止する。ジャレドはその動きをかなりへたにまねながら、あとにつづいた。

それは第二次大戦前に建てられた煉瓦造りのバンガロー式住宅で、ことによるとシアーズ・ローバックのプレハブかもしれない。実際、その建物には窓はふたつみっつしかなく、おそらくは一階の廊下の突き当たりにベッドルームがふたつ、そしてリヴィングルームとダイニングルームがあるのだろう。小さな二階部分があり、その上にマンサード屋根のひさしがせりだしている。日本の攻撃が——パールハーバーではなく、デトロイトを——襲う前の、アメリカが能天気だった時代に建てられた、自動車製造工場で働く労働者たちのための住宅のひとつにすぎないように見えた。古び、うらぶれ、傷んでいる。死にたがっているのだろう。

「這いずれ」ジューバが言った。

彼は窓のほうへ這っていき、黄色っぽい光が漏れている窓の下で静止して、ジャレドが合流するのを待った。そのあと、そろそろと身を起こし、ごくゆっくりと立ちあがって、内部のようすを探り、またうずくまる。

「男が三人、笑ってる。カネがたんまり。武器もたんまり――ほとんどが散弾銃《ショットガン》と拳銃だ。窓に格子がはまってる。テレビが一台」

「きっとレクルーム（レクリエーション・ルームの省略形）だ」とジャレド。

「なんだって？」

「なんでもない」

「たったの三人。あれならだいじょうぶだ。ついて来い」

彼らはさっきと同じ動きを反復して隣の窓を調べてから、裏手へまわりこんだ。窓に行きあたるつど、ジューバがまた偵察をしたが、ほかにはもう男の姿は見当たらなかった。二階は事情がちがうかもしれないが、彼はそうは考えなかった。裏口にたどり着いたところで、彼はまた立ちどまった。ジャレドを残し、這って表側へまわりこんで、そこに並んでいる窓の下を平然と通りぬけて、表のドアを調べる。

待たせておいた場所にひきかえすと、彼はジャレドを連れて、ふたたび低木の茂みを通りぬけ、横丁に出た。

「たったの三人。二階に女たちがいるかもしれないが、そっちは問題じゃない」

「麻薬の取り引きに関わってる女を見くびっちゃいけないんじゃないか」

「なるほど。そいつらも殺してしまおう」

「いや、そういう意味で言ったんじゃない。女は殺さないようにしよう。実際、できればおれは――」

「アラーの意志に従おう、小僧《リトルボーイ》。おれたちはなさねばならないことをするまでだ」

「おれには女は殺せない」ジャレドが言った。

ジューバが彼をまっすぐに見据える。

「おまえはジハードの戦士なんだな？」

「そう思う」とジャレド。

「オーケイ」

彼は若者をそこに残して、低木の茂みにもぐりこんだ。うめいたり、木をひっぱったりしながら、しばらく作業をしたのち、長さが十インチほどのまっすぐな枝を持って出てきた。その枝からのびている小枝や細枝をあわただしくそぎ落とす。そして、横丁の路面のアスファルトが剝がれていないところへ行き、枝の一端をそこに押しあてて、まわしながら、勢いよくこすりつけ、ほどなく、その先端を銃剣の切っ先のように見えるところまで細工した。

彼は若者のほうへ向きを変えた。

「いまから表口へ行き――」

「ワオ！　裏口のほうがいいんじゃないか？　あっちならだれにも見られない。もしたまたまコップが通りかかったら？」

「裏口のドアは蝶番《ちょうつがい》で外側へ開く仕組みになってる。あれを破るのはむずかしいんだ。表のは内側へ開く。それに、あれは新しい中空の板張りドアで、それほど頑丈そうに見えない。板からロックをもぎ離すのはかんたんだろう。わかったか？」

「ああ」熱のこもらない声でジャレドが言った。

「いいか、どこにも触れず、こすらず、唾を吐くな。髪の毛を落とすな。髪の毛を落とさないよう、フーディーを脱いで、頭に巻きつけるんだ。それと、顔も隠しておけ。もしだれかに顔を見られたら、そいつらには死んでもらうしかなくなるからだ。もし女どもがいて、おまえが顔を見られたら、女どもにも死んでもらわなくてはいけない。いや、もっとかんたんなのは、おまえを殺して、そいつらは生かしておくことかな」

「アハッ」ジャレッドは笑った。「急におもしろいことを言いだすなんて」

「いまがその時だ。男になれ」

彼らはふたたび民家の風下側へ忍び寄ると、身を低くしてその横手を進んでいき、表側へつづく角をまわりこんで、表口にたどり着いた。

「始めろ」ジューバが言った。「やれ！　いまだ！」

ジャレドが唾をのんで、ドアの前に立つ。経験豊かなジューバは、より優雅に、よりなめらかに動き、ドアに背を向けた格好でその隣に立った。

ジャレドがドアの面を強くたたくと、たたくたびに木の板が跳ねかえる感触があった。

なにも起こらない。彼はまたドアをたたいた。

内部でごそごそするような音がした。

そのあと、だれかがどたどたと廊下を走ってくるような音。

「どこのどいつだ?」ドアごしに声がかかってきた。

「ジンジャーに頼まれたんだ。彼がひどいけがをした。やつらに襲われて、こっぴどくぶちのめされ、ブツを奪われたんだ。ほっとくと死んじまうかもしれねえ」

「てめえはいったいだれなんだ?」

「ここに行けとジンジャーに言われたんだ。いまごろはもう、あいつは死んでるかも」

ドアののぞき窓が開く。なかにいるのがだれにせよ、そいつはどうするかを決める前に、使いの者がだれなのかをチェックしなくてはならないのだろう。ジューバがくるっと向きを変え、ためらいも迷いもなく、全力をこめ、すばらしい正確さで、先端の尖《とが》った木の枝をのぞき窓へ突きこむ。

ジャレドが生まれてこのかた聞いたことのない音がした。それは、なにかが潰れるような、崩れるような、なにかが壊れるような、ほとばしるような音で、枝の先端が内部へ消えたときに、その攻撃を浴びたやつはもう床へ倒れ伏していた。ジューバが蛇のようにすばやくあとずさり、右脚の靴底で勢いよくドアのロックのすぐ上にあたる部分を蹴りつけると、木の板がバルサ材のように引き裂かれた。その衝撃で、裂けた板や木っ端もろともドアが開き、ドアのボルトとチェーンがガチャッと音を立てて一気に壊れた。ジューバが突入し、あとにつづいたジャレドは門番の男をちらっとだけ見た。そいつは壁にもたれこんで倒れており、左の眼窩《がんか》から垂直に六インチほど生木の枝が突き立ち、生気を失った顔から滝のように血が噴きだして、黒のサテン・シャツの上へ流れ落ちていた。ジャレドは暴力が肉体を蹂躙《じゅうりん》するのを見たのはこれが初めてのこととあって、一瞬、身が凍りついてしまった。

ジューバには指図をしているような時間はなかった。彼はその男の銃、短銃身のセミオートマティック・ショットガンを奪いとり、身をひるがえして、肩に掛ける途中でそれのボルトを操作し、廊下を駆けぬけていった。別の男が切迫感をみなぎらせ、グロックを手に持って現れた。だが、そいつの動きは遅きに失し、ジューバが総計六ガロンにのぼるにちがいない大粒の散弾《バックショット》をその胸に撃ちこんで、粉砕すると、そいつの体が床から浮きあがって、ドアの枠にたたきつけられ、小麦の刈り束のように床に転がった。

耳を聾《ろう》する銃声と焼けた発射薬の刺激臭で、ジャレドはぼうっとした状態から解き放たれたが、それだけでなく、世界中の警報が一斉に鳴りだしたかのように耳ががんがんしていた。彼はジューバを追って、廊下を駆けぬけていった。その途中、頭に巻いたフーディーがぐしゃぐしゃになってしまい、最後には、きっちりと巻いていたジューバとはちがって、包帯がずたずたになったミイラにようなありさまになっていた。

ジューバが、さっきの男が出てきたにちがいないドアの前にたどり着く。だが、ドアを破ろうとはせず、身を低くかがめて、そのそばへ忍び寄った。なかにいたやつは、そのような動きを予期していなかった。そいつは予測を誤って出てきたために、やはり六ガロンにのぼるバックショットを膝に浴びることになった。そいつが倒れ、ぶじなほうの脚でなんとか立ちあがろうとすると、ジューバはその股間《こかん》へバックショットを猛烈にたたきこんだ。ジューバが立ちあがって、なかへ入っていき、頭部に銃撃が加えられた音がジャレドの耳に届く。

が、そのとき彼は、二階で駆けまわるような音がしていることに気がついた。廊下を階段のほうへなかばまで行ったところで、彼は立ちどまった。

「とまれ！」彼は英語で叫んだ。「もしおりてきたら、殺すぞ。二階にとどまり、おれたちがいなくなるまで隠れてろ」

だが、だしぬけに大柄な女がひとり、階段をのぼりきったところに姿を現した。怒りで頬をふくらませ、ジャレドのほうへ飛ぶように階段を駆けくだってくる。その巨体にアドレナリンをみなぎらせてだ。女があと五段まで迫り、ジャレドを押しつぶすにじゅうぶんなほどでかい破壊気球のように視野を埋めつくしたとき、彼は固唾をのんだ。だが、なにかの本能が脚を動かし、彼は右へ飛びのいた。女がどかどかとかたわらを通りすぎ、肉塊が時速三百マイルで木に激突したような轟音《ごうおん》がとどろく。あの手に捕らえられたら一巻の終わりだと思い、その恐怖が体を動かした。彼は女の顔面を痛烈に蹴りつけ、さらにもう一度、蹴りつけた。

女は倒れ伏したが、まだ息はあって、動こうともがき、ぬかるみにはまりこんだ巨大な家畜のように身をうねらせている。そして、ふと気がつくと、彼は女の顔面を両足で踏みつけ、トランポリンをするように体を上下させていた。そのとき、ジューバがそこにひきかえしてきた。

「よおし」ジューバが言った。「もうおまえは戦士だ。アラー・アクバル！　さあ行くぞ。さっさとここを脱出しなくてはならない」

ジャレドは自分がやらかした殺戮の結末を見届けた。女の顔がぐしゃぐしゃに潰れ、噴出する血が廊下の黄色い光を浴びて不気味に光っている。いくつもの傷口が急激に腫《は》れあがったために、腫瘍《しゅよう》が顔全体にひろがって目鼻立ちが失われたように見えた。図体がでかいせいで、身動きひとつしないことがより明瞭に見てとれる。

おぞましい細部。あれを見てはいけなかった。二本の金歯と一本の白い歯からは、ブリッジが外れ、そのすべてがねじ曲がって、床に流れ落ちた血糊《ちのり》のなかに転がっていた。

21

翌日
ワーキンググループ・マージョリー・ドー本部

数時間眠り、シャワーを浴びたあと、報告書をファイルしたり、傍受記録を読んだり、入ってくる報告に目を通したりしてから、ニックは、だれもが忙しく動いているワシントンＤＣに電話をかけた。

そして四時になってようやく、彼らは集結した。

「昨日、ミセス・マクダウェルに嘘をついたことを、みんなが好意的に受けとめてくれるのを期待している。事実として、あのモスクでジューバを捕らえられず、彼に警告を与えて逃亡させる結果になったのは、大失敗もいいところだった。ＤＣのひとびとは快く思っていない。わたしがいつまでこれを担当していられるものか、よくわからないんだ」

「あんたがやってるかぎり、わたしもやるよ」ボブは言った。

「それはありがたいことばだが、助けにはならないね」ニックが言った。「なんにせよ、この部屋にいる者はだれもがこの事実を理解しているだろう。しかし、この作戦は一度は承認されたのだから、失敗のことは忘れて、先に進まなくてはならない。だから、もし不満を――不服や反論や恨みを――持っている者がいたとしても、いまは早急に仕事を始めなくてはならない時だ。なぜなら、きょうこの日以後、これは既決案件として扱われるからだ」

ゴールドが口を開く。

「イスラエルの手法と比較するのはよくないだろう。しかしながら、心理学的な意味合いでは、貴国は――ここにいるひとではなく、一般的な意味でだが――この種の現実の脅威に対処するのに必要な問題に関与したことはないのではないかと感じる。わたしのまちがいであればいいのだが」

「おそらく、あなたはまちがっていない」とニック。「わが国ではあらゆる行動に受動攻撃性がつきまとうし、それは捜査局のテロ対策部門にも当てはまる。わが国はまだ、完全な破滅の道を経験したことがない。いまなお多数のひとびとが、なにかの和解策が必要だと考えている」

「あなた自身はどうなんだ、捜査官メンフィス？」

「むずかしい質問には、やんわりと答えよう。わたしもそうだろうと。とにかく、だれも心の奥底では、全面対決になることは望んでいない。全面対決を望むのはわが国の特質ではない。われわれがやった戦争をふりかえり、そのどれもがいかにあいまいなやりかたであったかを考えてくれ。少なくとも、一九四五年以後は、そして9・11同時多発テロの直後二ヶ月間は、そうだったんだ」

「それなら、あなたの仕事はさらに困難になるだろう」

「それは理解している。わたしはジューバを排除することに多大な努力を傾注してきたのだから、できるかぎりの助力をするつもりだ。

ほかになにか？」ニックがつづけた。

だれもなにも言わない。

「さて、われわれにも収穫はあった」ニックが言った。「第一点。彼がこの国にいることが確認された。第二点。彼を支えているのは、出所が不明で高度な能力を備え、費用のかかる援助システムだ。第三点。彼はアメリカ国内における行動能力に自信を持っていない。そして第四点。彼はジャレド・アキムと行動をともにしており、われわれはアキムの足跡をたどることができる。では、チャンドラー、最新の情報をわれわれに伝えてくれ」

「ネットにアップロードされたアキムなる若者の写真に、一ダースほどの反応がありましたが、それらはすべて可能性が薄いものでした。目撃されたという地点に、彼が車でそれほど早く行けるはずはありません。なので、それらの通報は優先度が低いとなります。盗難車に関しても多数の報告がありましたが、通常の犯行と様相の異なる事例はひとつもなく、それらのどれかがジューバとアキムによって奪われたのかどうかは不明です。われわれが運転免許証検査の優先度をあげたのは、イマムのエルタリクがアキムに電話をし、スパイのことを警告したあとでして。エルタリクによれば、それは午後六時前後であり、事実、彼の電話機に、午後六時七分に電話をかけた記録が残っていて、その相手はジャレド・アキムであったことが確認されています」

「そして、その電話のそれ以後の傍受記録はないんだろうね。ジューバは抜け目なく、それを壊したにちがいない」

「そのとおりです」

「そしてまた、アキムの両親や、身元が確認されている七名の友人たちへの電話やEメールから、なにかの情報を傍受したということもない？」

「ないです、チーフ」

「ミスター・ゴールド、あなたは彼がその若者から離れるだろうと考えている？　彼はいつも単独で行動してきたので」

「彼はいつも単独で狙撃をしてきた。いつも単独で逃亡してきた。しかし、彼はその工作のすべてにおいて、アサドの右腕として粛正仕事をしていた時代も含め、同じネットワークの支援を受け、移動を助けられ、物資を補給されてきた。彼にはいつも付添人《シャペロン》がいた。言わば、彼はスターであり、いつもだれかが彼のためにさまざまなことをやっていた。彼はアーティストであり、アーティストは自由に創造しなくてはならないということだ」

「スナイパーというより監督であるように聞こえるな」とニックが言ったが、映画狂のニックには〝監督〟という語は別の意味を持つとあって、だれも笑いはしなかった。

「すでにこの国のなかに新たなネットワークが用意されていて、彼は迅速にそれを見つけだすと考えられる」ゴールドがつづけた。「この状況は、彼が計画していた作戦の想定内におさまるものだろう。わたしの見立てでは、彼は作戦を進行させていくためにネットワークからネットワークへと移動していくと思われる。彼につぎのひと月かふた月、物資を補給する能力を持つ組織、すなわち、彼が必要とするものを入手し、彼を移動させ、そのさまざまな行動を援助し、必要な兵站をおこなう組織を見つけだす仕事に、だれかを任命するのがよいのではないか。さらに言えば、それはなにかの犯罪組織となるだろうが、過激なイスラム集団的な色合いや傾向を持つ組織ではないだろう」

「うん、それは名案だ」ニックが言った。「そして、いまの話はその作戦にはカネの裏打ちが必要なことも示唆している。彼が助力してくれる犯罪組織を手に入れたとしても、その種の仕事は安上がりにはいかないからね」

ゴールドがうなずいた。

「わたしがわが局のギャング情報部門に、なにか通常ではない動きがあるかどうかを監視するようにとメモを送っておこう」

「それがいい」

「当面、われわれは待つしかない。ただし、期待をもってだ。ミスター・スワガー、なにか考えは？」

「まあ、ひとつには銃にまつわることかな」ボブは言った。「やつは338ラプア・マグナムを用いての射撃に備えて練習をしていた。あの手のライフルはやたらと高価で、長距離射撃に熱烈な思いを向けるひとびとに賞賛されている。小さなコミュニティに属するしろものだ。ある人物なら――まあ、わたしなら――そこのところを詳しく調べ、そのコミュニティのなかになにかが起こって、痕跡が残されていないかどうかをたしかめるだろうね。

それだけじゃなく――これに法的な問題が関係するかどうかは知らないが――その種のコミュニティは、メールオーダー専門のショップや、逆にネット販売はいっさいしない店といった、ごく少数の小売業者に支えられていて、周辺機器はどれもきわめて特殊で、品質がとても高く、とても高価で、ほとんどが特殊化した機械工場で製造される。彼は――というより、だれでも――射撃の装備を調えるためにその種の装備をいくつか購入しなくてはいけなくなる。そういうかぎられた販売店の監視や聴取をして、そこにも通常でない動きがあるかどうか、たしかめてはどうか？　そしてまた、その仲間内でおこなわれる、一マイルを超える射程の射撃大会もいろいろとある。やつが競技に出場することはないと思うが、それに出る連中はなにかを――噂だとか、奇妙なパターンの購入があったとか、風変わりなところから質問が寄せられたとかといったことを――耳にしているかもしれない。そういうすべてが、別の経路を通じてジューバにつながる手がかりになりうるだろう」

「それは名案だ。あなたも名案だと思わないか、ミスター・ゴールド？」

「うん、そう思う」

「まだあった」ボブはつづけた。「いま思いだしたんだが、やつは即興はそれほど得意ではないといったようなことをミセス・マクダウェルが言っていた。だとすれば、やつはいま逃走しているのだから、できるかぎり早く本来の計画を復活させようとすると想定していいんじゃないかと思う。やつは、その存在をわれわれに知られたことを知っているだけで、どこまで深く探られたかはまったくわかっていない。やつは当初のスケジュールに立ちかえるだろう」

「オーケイ。そのスケジュールを披露してくれ。あんたの見立てで」

「わたしの考えでは、やつは照準を合わせるための開《ひら》けたスペースが少なくとも一マイルはある場所を見つけなくてはならない。そして、リローディング・プログラムに着手し、弾速にまだじゅうぶんな殺傷能力が残っている、ターゲットとの適切な射程をつかんで満足がいくまで、それをつづけねばならない。撃っては着弾を観測するということを五百回ほどやらないと、納得がいかないはずだ。そしてまた、やつはその後のある時点で、生きたターゲットを撃つという行動に転じるだろうと考えられる。それを撃った銃弾がどんな結果を生むかをたしかめたいと思うだろう。正しいロードと弾丸を選んだとわかるかもしれないが、その貫通力や膨張力に満足がいかなかった場合は、もし心臓や肺に命中させなければ、撃った相手はおそらく生きのびると考えるだろう。つまり、やつとしては、弾丸がひどく変形するか、マッシュルームのようになるか、ぎざぎざに破裂するかして、命中させた部分がぐしゃぐしゃに引き裂かせるようにしなくてはならないということだ。膨大なカネと時間とエネルギーを注ぎこんだあげく、撃った相手が二日ほど入院するだけで終わったのでは、この遠い国までやってきた意味がない。一発で射殺できるロードと弾丸の組み合わせを見つけなくてはならない。そこで、やつは適切な距離から生きたターゲットを撃とうとするだろう。われわれがそういう地点を見つけだせば、やつの居どころをつかめるかもしれない」

「ミスター・ゴールドがイスラエルでやっているように、衛星偵察をするのが理に適ってるだろう」ニックが言った。「残念ながら、合衆国は南シリアよりはるかに広大だから、ドローンや衛星を飛ばすだけではすまない。彼が必要とするものをプロファイルして、取りまとめてくれないか、ボブ？　そうしてくれれば、われわれはひとつの偵察衛星に任務を課して、その地点を発見させることができる。いや、そういう仕事をするには、コンピュータ・プログラムを走らせるようにしたほうがいいかもしれない」

「ああ」

「わが局のサイバー犯罪部門の凄腕《すごうで》、ジェフ・ニールという男をあんたに付けよう。大事件を担当した経験がたっぷりある男だ。あんたが必要と思う要素を伝えてくれたら、彼がそれをひとつにまとめて、容易にその地点を見つけだせるようにしてくれるだろう」

「さて、追加予算は」ボブは言った。

「チャンドラー？」

「ええと、われわれはドローンや天才ハッカー少年を総動員することはできません。マンハントの原則はこうです。獲物の写真を世界中にばらまき、予想できる関与者との通信を傍受し、逃走経路をつかんで、襲撃する。それがローマ時代以来おこなわれてきたやりかたで、これまではうまくいきました」

「まあ、それには同意するが――」

彼女の電話が鳴った。

「デロトイト市警殺人課からです」電話番号を見て、彼女が言った。

「こっちにまわしてくれ」ニックが言った。


その犯罪現場は、まさしく犯罪現場だった。典型的な郊外での惨劇。事件番号170887。死体。血の海と川。射殺者の進んだ道筋を物語る、その前方にあったすべての生きものの命を奪ったあとに残した散弾の痕跡。特異な点のひとつは、片目に枝が突き刺さった男の死体で――市警のコップたちはこれまでそんな死体を見たことがなく、ひどく奇妙だと思った――もうひとつは、悪意をこめてやったように見えるほど顔がぐしゃぐしゃに潰された哀れな女の死体だった。潰され、目鼻立ちが失われた状態になっても、女はまだかすかに息を残していて、とどめの一撃がねじ曲がったブリッジを血溜まりに転げ落としたのにちがいなかった。

「こんなひどい現場を前に見たことはあるか？」ニックが捜査主任の刑事に問いかけた。「なにがつかめそうだ？」

「やったのはこの街の者じゃないですね。デトロイトの市民がこの民家を襲うことはないでしょう。ここはブラック・ペイガンの根拠地で、ペイガンはこの街で最大、最恐のギャング団です。やつらは強いドラッグの取り引きの約八十パーセントを押さえてる。強いというのは、デトロイト《モータウン》住民にとってはヘロインを意味します。もしペイガンを襲ったら、やつらは中世流の復讐をおこない、襲った人間の家族を祖父母や孫にいたるまで皆殺しにするでしょう。もし親が死んでいたら、墓から死体を掘り起こして、もう一度殺す。これをだれがやったにせよ、そいつはペイガンのことをなにも知らなかったんですよ」

「襲撃からはなにを読みとる？」ボブは刑事に尋ねた。

「やるべきことをやった」

「いや、その技術についてだ」

「高い能力。ペイガンは、そして、まだ生きのびている四つの競争相手はどれも、射撃がうまいとは思われていない。それだから、やつらが撃ち合いをやらかしたときに、そばにいた無関係な一般市民が大勢負傷してしまうんです。しかし、この射撃をやったやつはすべての弾を致命的な部位に撃ちこんでいる。最初の銃撃は四十フィートほどの距離からおこなわれて、胸のど真ん中に命中しており、それは急いでやった銃撃だったにちがいない。そいつは身を低くして、戸口からレギーの家に入りこみ、彼の片方の膝に一発撃ちこんで、テーブルの下へ倒れさせ、そのあと彼の股間を撃った。そして、間近から四発めを撃って、絶命させた。銃口を突きつけての至近距離射撃だった。発射された弾丸はすべて、一二番径のレミントン・ダブルオー。レギーの部屋で空の弾薬箱も発見されているから、思うに、悪童どものだれかがポケットいっぱいにつっこんでいったんでしょう」

「なにか銃に関することは？」

「おそらくは盗まれたもの。ペイガンの連中はたいてい、ああいう銃をストラップで吊していましてね。散弾のパターンからして、十六インチほどの短銃身でしょう。さっき言ったように、みごとな射撃です。そいつは狙ったところのど真ん中を正確に撃った。射撃のやりかたをよく知る男でしょう」

「やった連中はどれほどのカネを奪ったと思う？」

「たっぷり。小額紙幣で一万五千か、二万か、二万五千ドルほどでしょう。週末にはもっと大金が入るから、もし麻薬業者のアジトを襲う目的がカネなら、そいつらは土曜日の夜まで待ったはずです。週日の夜にどれかのアジトを襲うというのは、大金強奪が目的とすれば意味をなさない」

「そいつらは街を出ていくのに現金が入り用だったのか」ニックが言った。「旅行費用だけが必要だったとか。あの女性に関しては？」

「あれは男みたいなもんですね。武器は持っていなかった。テオラは恐るべき女だったんです。撃たれたことが三度もあったし、われわれの知るところでは、彼女は少なくとも四人を殺し、そのうちのふたりは素手でやったが、彼女を密告しようと考える者はいなかった。それはさておき、これはアマチュアの犯行です。犯人は彼女の頭部を蹴りつけ、彼女が倒れると、その顔面に両足を置き、ホッピングをするように身を上下させた。血の海のなかにそいつの足跡が残っているのが見えるでしょう。靴のサイズは、10・5。あの種の靴跡はさんざん見てきました。郊外の子どもらがクールだと思う、ヴァンズのシューズでして。貧困地区のアイコンではない。もうひとりの男は、靴のサイズが11の汎用スニーカーで、おそらくはニューバランスかナイキ。つまり、これをやったのは、ひとりのプロと、郊外に住む経験ゼロの何者かという、おかしなコンビというわけです」

「しかし、そいつらはどこを襲えばいいかを知っていた。アジトの場所をどうやって知ったのか?」

「売人の車を尾行してでしょう。売人は街路で商売をする連中にブツを届けていたんです」

「では、街路で商売をする連中に聞き込みをするのがいいと思うんだが。彼らがなにかを知ってるかもしれない」

「もちろん、そのつもりですが、当面、それをするのはむりかと。こんな事件が起こったので、彼らはみなどこかに身を隠すでしょう。このあとなにが降りかかってくるか、わからないからです。彼らにすれば、復讐が始まって大騒動になったときに街角に立っていたくないでしょう」

「なるほど」

「それと、あとひとつ。睾丸《こうがん》をふっとばされ、壁にもたれこんで死んだ、あの太った男をよく見てもらえますか？　彼の名は、レギー・〝キャンディ〟・ペッパーという。この街のレジェンドのひとりでして。それはともかく、彼はぴかぴかに磨いたジェットブラックの二〇一七年型メルセデスSを所有していた。彼の誇りであり、楽しみだったんです。われわれは、ここの裏手にほかの車が二台あることを記録しましたが、キャンディのはなくなっていた。犯人はカネと銃と弾薬だけでなく、車も奪っていったんでしょう。それのナンバープレート番号と犯人の特徴を全州に通達することはできます。のちに街路で商売をする連中の聞き込みをやれば、犯人の特徴をしぼりこめるかもしれません」

「それをやってくれるか、警部補。しかし、きみが言ったように、主犯はプロで、そいつは身をくらますのが得意だろう。いまごろは車を捨てて、別のに乗り換えているかもしれない。この事件が発生してから、もうすでに、そうだな、十二時間は経ってるんじゃないか？」

「ただちにその線の捜査を開始しましょう」

「つまり、彼らは旅をするための現金と車を必要としていたんだ」ボブに向かってニックが言った。「その両方を手に入れるのにもっとも手っ取り早い方法は、こういうところを襲うことだった。われわれがこんなに早くここに来られたのは幸運だった。目の利く警察官がひとりいたおかげでね。とはいっても、彼らはいまも野放しになってる」

「くそ」ボブは言った。

「くそだね。しかし、即興が不得手なやつにしては、なんともみごとにやってのけたもんだ」


翌日は、なんの収穫もなく、ミシガン4C55 409のジェットブラック・メルセデスCが乗り捨てられているのが発見されたという報告もなかった。手配されたジャレドの写真への反応がいくつかあったが、どれも役には立たなかった。FBIの別の補佐官がニックのオフィスにやってきて、そこに腰を据えた。その会話に関しては、記述するほどの内容はなにもない。採取された指紋に関して、悪い知らせがあった。

ジューバの指紋はまったくなし。ジャレド・アキムの指紋と推定されるものがいくつかあったが、彼は指紋を採られたことが一度もないので、確定することはできない。ボブはアメリカのあちこちにある長距離射撃ライフルの販売店や、ペンシルヴェニア州にあるマイル・ベンチレスト・クラブの会長や、ミズーリ州のミッドウェイUSAというハンティングとアウトドア用品の販売会社や、シンクレア・インターナショナルが所有するアイオワ州の銃器関連会社ブロウネルに、長距離電話をかけていった。明確な材料はなにもつかめなかった。338ラプア・マグナムは主流に属する弾薬とあって、それが用いられたことを示す異例な活動を判別するのはむずかしかったのだ。あとは二、三時間、昼寝をするだけで、できることはなにもなかった。

その翌日も同じ調子で時が過ぎていったが、やがてニックがガチャッと音を立てて電話を切った。

「オーケイ、飛ぶぞ」彼が言った。「州警のヘリをここに呼んでくれ、チャンドラー。ジャレド・アキムが友人のひとりに送ったEメールが傍受された——自分はだいじょうぶだし、もうすぐ家に帰るだろうと、みんなに伝えてくれと依頼する文面だ。これは最高にすばらしい」

「その場所はつかめたのか?」ボブは問いかけた。

「ああ。GPSの記録から、オハイオ州ジャーマンタウンにある一軒のKマートだと判明した。ここから約百五十マイルほど南で、州境に位置している」
「オハイオへ行こう」ボブは言った。

22

旅の途中

メルセデス・ベンツを走らせるのは心地よかった。だが、デトロイトをあとにしてから二時間後、ルート127を走ってアナーバーを通りすぎ、とある小さな町の商店街にさしかかったとき、ジューバはメルセデスの運転席から降り、コーヒーショップのネオンサインの前に駐車していたダークブルーのシボレー・インパラのロックを壊して、直結でエンジンをかけ、発進させた。その一時間後、低木の茂みに囲まれた低地を小川が流れているのを見つけると、彼は、メルセデスであとを追っていたジャレドに、その低地に車を入れて、降りるようにと指示を出した。それなりの段取りは必要だったが、メルセデスからショットガンを——レミントン1100オート・タクティカルというやつだった——そして小額紙幣で二万三千六百五十ドルのカネが詰めこまれたキャンヴァス袋を取りだすと、ジューバはメルセデスを茂みのなかへ、そして小川のなかへ乗り入れて、車を離れた。メルセデスが沈んでいき、やがてルーフしか見えなくなった。だれも、通常の活動をしているかぎりは、それを目に留めはしないだろう。

彼らが揃ってインパラに乗り、走らせ始めたところで、ジャレドが口を開いた。

「おれはもう死にそうな気分だよ」

「わかったわかった。小さなモーテルが見つかったら、おまえがそこに入って、部屋を取り、現金で料金を払え。面倒なことにならないよう、この車のナンバープレート番号をしっかり憶えておくんだぞ」

ジャレドは、それぐらいはできることを証明した。そして、部屋に入ってすぐ、眠りこんでしまった。

午後四時に目覚めた彼は、にわかに憂鬱な気分になった。両親はなんと言うだろう？　自分は両親をひどく落胆させてしまっただろう。ふたりは自分にあらゆることをしてくれたのに、自分はなにもしてあげていない。いまごろ、母は涙と悲嘆に暮れ、気むずかしい父はＦＢＩに責めさいなまれているだろう。あのモスクの周囲に黒塗りの車がたくさん駐車していたのだ。

それでも、友人たちは自分をクールだと思ってくれるかもしれない。

だれかがドアをノックした。

「はい」

「来い。出ていく時間だ」

「ちょっとシャワーを浴びさせてくれ」

「急いですませろ」

彼は体をきれいにしたあと、くさくなった衣類を身につけた。

「おまえが運転しろ」あらゆる方向へ目をやりながら、ジューバが言った。

「おれたちはだいじょうぶだと思う」ジャレドは言った。「偽名でサインしておいたんだ」

「ほう、機転の利くやつだな」とジューバ。「いろんな策略を知ってるんだ」

インターステート・ハイウェイは、小さな町のコップたちより自分たちのほうがすぐれていると確信しているハイウェイ・パトロールマンたちが、ふだんより注意深くパトロールをしているはずなので、彼らはハイウェイを避けて、車を走らせていった。するとまもなく、小規模な商店街のなかに一軒のKマートが見つかり、ジューバがそこに車を乗りつけさせた。

「よおし」ジューバが言った。「おまえが入れ。下着類を買うんだ。おれのもな。それと、おれのためにやすりも一個、買ってきてくれ――爪《つめ》を磨くやつじゃなく、大工が使うようなやつを。それと、軽いジャケットも。種類はなんでもいいが、サイズは

52のを。だが、なにより重要なのは、使い捨ての電話機を買うこと。使えるようにするやりかたは知ってるな？」

「うん、一分単位で課金されるカードを買い、レジでそれをアクティベーションしてもらう。それで準備完了だ」

「そのとおり。下着のパンツといっしょに歯磨きと歯ブラシを買うといったような、不審に思われる行動はするんじゃないぞ。そういうのは別の店で買う」

「サングラスをかけて行こうか？」

「いや、もう暗くなってる。目立ってはいけない。自分に言い聞かせるんだ。おれはどこのだれでもないと」

「おれはどこのだれでもない」

ジャレドは車を降り、店のライトで照らされたところへ足を踏み入れた。店内は、客がまばらで、店員はみな無関心な態度を示していた。彼は短時間で必要な物品を買い集め、ミルキーウェイのチョコバーやプロテインバーの前でちょっと立ちどまっただけで、陳列棚のあいだをさっさと通りぬけていった。

だが、もう限界だった。あの憂鬱な気分が、またすぐに心をのっとっていた。彼は店の表にあるホットドッグ・カウンターのストゥールにすわり、電話機を起動して、グロース・ポワントに住む友人の番号を押した。

「もしもし？」

「ジミーか。おれはジャ——」

「おいおい、おまえ、なにをやらかしたんだ？　おれのところにFBIだのなんだのがやってきたってのは」

「いまはなにも話せない。どうってことはないんだ。あのな——早急に、おれのママに、AOL・dot・comのShareenに、Eメールを送ってくれ。おれから電話があったと、おれはだいじょうぶで、すぐに連絡を入れるとだけ知らせてくれ。それだけだ」

「いまどこにいるんだ？」

「言っても、おまえは信じないだろうさ」

「オーケイ、メールを送っとこう」

「よかった。それと、ありがとうよ。これのかたがついたら、いっしょに笑えるだろう」

「わかった」

ジャレドは立ちあがり、電話機をゴミ缶に放りこんだ。店の電話機売り場のほうへひきかえし、まさしくシークレット・エージェント・マンになったような気分で、一台を棚から採りだして、購入した。透明な保護フィルムが貼られたままの電話機をジューバに渡せば、いま自分が電話をかけたことはぜったいにばれないだろう。親へのEメールをFBI《フェド》が傍受する可能性はどれくらいのものか？

「これからどこかへ行くのか？　それともたんに遠く、へ行くだけなのか？」

ジューバが腕時計に目をやってから、車をハイウェイの路肩へ出した。

「オーケイ、リトルボーイ」ジューバが言った。「連絡を取る必要がある。電話機は？」

ジューバが電話機を受けとり、保護フィルムを剝がして、窓の外へ投げ捨て、コーリングカードの裏にあるPINコードを削りとってから、カードを電話機に挿入する。通話可能時間は十五分となっていた。

彼が電話番号を押していく。

「うん、おれはだいじょうぶだ。新しいピックアップ・トラックが必要になった。おれはいま、USハイウェイ・ルート127にいる。ミシガンの州境を出てすぐの地点だ。このまま127を走っていく。落ちあうまでの時間はどれくらいになりそうだ？」

彼が返事を待つ。乗用車が一台、ついでヴァンが一台、通りすぎていった。

「オーケイ。うん、こっちはダークブルーのインパラだ。プレート番号は、ミシガンL11 245。ありがとう」

彼はジャレドのほうへ向きなおった。

「オーケイ、行き先はグリーンヴィルという町で、三時間ほど車を走らせたところにある。おれたちは町の南側にあるショッピングモールへ行く——シアーズじゃなく、ウォルマートだ。探す車は、タン色のシボレーのヴァンで、プレート番号は276 RC678。憶えられたか？」

「いや」

「276 RC678。注意をはらうんだ」

「どの州？」

「オハイオ」

「おれたちがオハイオにいることをどうやって知ったんだろう？」

「彼らはなんでも知ってるんだ。よし、この電話機を処分してこい。水に沈めるんだ」

ジャレドは言われたとおりにした。ハイウェイから五十ヤードほど離れたところまで行くと、小川が見つかったので、そこに電話機を捨てたのだ。そのとき、彼はふと思った。これはジューバが自分を放りだすのに絶好の機会だろう。いや、自分がジューバを放りだすのにだ。いま姿をくらまし、一日かそこらオハイオの荒れ果てた農地のなかに身を隠しているというのはどうか。それから、自首すればいい。ミシガンで最高の刑事専門弁護士を、おやじが雇ってくれたら、弁護士が司法取引をしてくれるだろう。ジューバを密告すれば、警察は、自分がミセス・ポテトヘッドを踏み殺したことをどんなふうに考えているにしても、起訴を取りさげるだろう。

だが、自分にはそんなことはできないとわかっていた。自分は一線を越えた。これまでの気楽で無意味な人生がどんなに恋しくても、もはや取りもどすことはできない。自分はもうジハードの戦士なのだ。

そして、もちろん、ジューバは消え去ってはいなかった。

それから一時間ほど車を走らせ、だれにも監視はされていないという確信が得られたとき、ジューバはジャレドに、車を停めろと命じた。そして、Kマートの袋に手をつっこむと、透明なプラスティックで包装されたやすりを取りだし、背もたれを乗り越えて後部シートに移った。

「そのまま走っていけ。目をしっかり開き、速度制限を守り、ばかな行動はいっさいしないように」

「了解」

ジャレドは車を走らせていった。そこは、オハイオの田園地帯の北東端にあたるもっとも荒涼とした地域で、どこまでも単調な風景がつづいていたが、ほどなく、彼はなにかの音を聞きつけた――おや、あれはなんだ？　削る音？　鋸《のこぎり》を挽《ひ》く音？　なにか機械的な音だ。ルームミラーに目をやっても、なにも見えなかったが、道路がまっすぐになっているところで、ちらっと後ろへ目をやると、ジューバが背を丸めて、なにかを一心にやっているのが見えた。片腕がピストンのように前後へ動き、また前後へ動いている。ほんの二、三秒見ただけで、ジャレドはジューバがなにをやっているかに気がついた。ショットガンの銃床を短くしているのだ。

ジューバが目をあげる。

「これを切り詰める。隠しやすくなり、ジャケットの内側に隠し持てるようになるんだ」

ジャレドは息をのんだ。そして、やすりの音がとまったとき、また息をのんだ。ジューバがショットガンの拡張弾倉に弾薬を挿入するガシッ、ガシッという不気味な音が聞こえてきたのだ。

23

オハイオ州グリーンヴィル（1）

デイトンの街外れ、USルート75に面したオハイオ州ハイウェイ・パトロール分署に着くと、ニックはひどく傷んだ講演台を前にして立ち、隊員たちに指示を与えた。

「きみたちはきわめて慎重に対処する必要がある。われわれの考えるところでは、その男はデトロイトで三名のドラッグ・ディーラーを殺害した。彼はすぐに発砲するだろう。大柄でタフなアラブ人で、現在、どのような名で工作をおこなっているかは不明だが、彼がその種の工作を開始した地域では、ジューバと呼ばれている。二十代前半の若者を引き連れているだろう。そちらはアラブの血を引くアメリカ市民で、彼の通訳兼補佐といったような役割を務めている。しかし、ジューバは、われわれがみな、ふたり連れに目をつけていることを知れば、若者を放りだすかもしれない」

並べられた折りたたみ椅子にすわっている男たちは、いかにも警察官らしい風采《ふうさい》だった。クルーカット、ジムで鍛えた大柄な体格、儀仗隊《ぎじょうたい》の兵士のようにぴしっと決めた制服。全員がまったく同じ表情になり、注意深く耳をかたむけているように見えた。だれもが、レイバンのアビエーター・サングラスをかけて、平つば帽をかぶるためにつくられたような顔をしていて、パテントレザー（強い光沢が出るように塗装仕上げがされた革）のサムブラウン・ベルトにグロック40をおさめて携行している。彼らは任務に生きる男たちであり、これ以上の説明は不要ではないだろうか?

「捜査官」ひとりの隊員が発言する。「三件の第一級謀殺というのは、たしかに重大事件です。しかし、われわれの知るところでは、あなたがたは緊急ヘリでデトロイトから飛んでこられた。あなたはＦＢＩであって、デトロイト市警から出向いてこられたのではなく、また、同行された人物は〝コンサルタント〟であって、これはある種の事柄をよく知る男という意味になります。そこで、礼を失しない範囲でお尋ねしたい。なにが起こっているのでしょうか?」

「きみたちの何人かはこうと推測しているだろうが、これには国家安全保障の問題が関わっていて、わたしにはそれを公にする許可は与えられていない。デトロイトの事件が、あれこれと説明をする必要なく、わたしが警察の部隊を使えるようにしてくれたというわけだ。これだけは言っておこう。その男は、そもそもデトロイトの事件とのつながりがなくても、きわめて危険な人物と考えられている。これはつまり、早急に彼を逮捕することが国家にとって最高度の関心事であり——緊急事態であるということだ」

彼は、こちらを見つめている彼らを見つめた。州警の分署はどこもそうだが、ここもまたハイウェイに面したみすぼらしい施設のひとつにすぎず、表側にOHP《オハイオ州ハイウェイ・パトロール》の徽章《きしょう》があって、白黒塗りのパトカーが二ダースほど駐車していること以外は、目を引くような点はなにもなかった。

「なぜここに、なぜいま?」

ニックは彼らをざっと見渡してから、さらに話をつづけた。

「われわれはひとつの想定のもとに職務にあたる。彼らはハドソンにおいて、インパラを——プレート番号がA455C《アルファ・フォー・ファイヴ・ファイヴ・チャーリー》の、ダークブルーのインパラを——盗み、メルセデスを捨てた。そして、ルート127を南へ向かった。彼らは四十八マイルの距離を走ってきたから、どこかでひと眠りし、たぶん今夜遅くにふたたび道路に出るだろう。やはり南へ向かってだ。行き当たりばったりなのか、特定の目的地があるのか、そこのところはわからない」

「しかし、オハイオ州のこの地区のどこかだと見当をつけておられる?」

「うん。そして、彼らはこれまでのところ、インターステート・ハイウェイを避けて走る傾向を示している。インターステートにはきみたちがいることがわかっていて、きみたちを恐れているからだろう。彼らは、きみたちが注意深いことを知っているんだ。そんなわけで、彼らはいまも127を使ってグリーンヴィルの方角へ進んでいる公算が高いと、わたしは考えている。つまり、われわれのターゲットはダークブルーの二〇一三年型インパラとなるだろう」

ニックにはまだ言うべきことがあった。

「はっきり言っておくが、諸君、英雄的行動に走って、単独で迎え撃とうとするのはやめてほしい。彼は中東《サンドボックス》での戦闘経験が山ほどあり、世界一流のシューターでもある。麻薬業者のアジトで奪った、一二番径セミオートとダブルオーの弾薬箱を所持している。その銃を持った彼と、一対一で戦ってはならない。彼が撃ち損じることはない。四〇口径の拳銃では、中枢神経系に命中させないかぎり、やつを倒すことはできない。きみたちは、ダブルオーを向こうに回せるほど腕がいいか？　わたしはそうは思わない。

そこで、道路、方角、そして通過地点に注目してもらいたい。距離を置いての追跡すら、してはならない。きみたちは立派に職務を果たしてきた。われわれとしては、オーランド銃乱射事件のような虐殺の惨劇になることだけは避けたい。われわれが彼を捕らえることはできない。待ち伏せをするしかない。大挙して待ち伏せをしないかぎり、きみたちには信じられないような乱射事件に直面することになる。きみたちが生きのびられないような事件にだ。その所在をつかんだら、われわれはヘリコプターでそこへ飛び、空にとどまったまま彼らを追跡し、その間に急ごしらえの道路封鎖のようなものをさせ、いざという場合に備えて多すぎるほどの銃を用意しておく。ランシング、コロンビアおよびデイトンの各郡からSWAT部隊が派遣されるように、わたしが手配しておいた。もし必要となれば、彼らが手荒な手段に出るだろう。彼らは手荒なやりかたが好きだからね」

ニックはスワガーのほうへ顔を向けた。

「なにか思いついたことは？」ニックが、講演台のちょっと横手に立っているスワガーに問いかけた。そして、ボブがなにも答えずにいるうちに、また隊員たちのほうへ向きなおった。「ここにいるわが僚友は、かのフランク・ハマー（テキサス・レンジャーズの英雄）からこのかた、おそらくだれよりも多数のガンファイトを経験してきた人物で、見てのとおり、いまもなんとか生きている」

ところどころで笑い声があがった。

ボブはきっぱりと言った。

「ニックが言ったように、わたしは多数の銃撃戦を経験し、そのなかでやむをえず何人かを射殺してきた。だが、そんなわたしですら、その男には途方もない恐怖を感じている。わたしは勇敢でなくてはならないが、二十丁の銃が掩護をしてくれるのでないかぎり、脱兎《だっと》のごとく逃げだすだろう。そんなわけで、もし英雄熱に駆り立てられたら、いまのことばを思いだしてもらいたい。さもないと、奥さんたちは未亡人になり、子どもたちはすべてを失い、きみたちは死体と化しているという結末になるだろう」

装備を調えての待機。安もののスタイロフォームに注がれた、冷めきったコーヒー。何年も前に喫煙の悪習はやめているのに、こらえきれない煙草への渇望。ジャズのリズムのように指でなにかをたたく音。iPhoneのゲームで遊びながら、耳の半分で、ラウドスピーカーから流れる警察無線の会話を聞く。

「ヘクターへ、こちらリーマ・ファイヴ。いまちょうど捜索をしながらグリーンヴィルを通過したところ。発見なし」

「そのルートを継続せよ、リーマ・ファイヴ」

「ヘクターへ、こちらリーマ・ナインティーン。ウォルマートのパーキングロットを双眼鏡で見ている。車は多数あるが、二〇一三年型のダークブルーのインパラはない」

ニックがハイウェイ・パトロールの隊長に話しかける。

「いいか、つぎの手がかりは、へたくそなスプレーペイントの落書きみたいなガセネタになるかもしれない。また、そうではなく、別のプレート番号ということになるかもしれない。彼が車を変えた可能性があるんだ」

「あるいはまた、その男たちのひとりが後部シートに伏せているとか、すでに放りだされたとかの可能性もあります。そうであれば、逃亡者は二名というプロファイルは成立しなくなるでしょう」チャンドラーが言った。

「いい点を衝いたね、チャンドラー」

隊長がそのことばを受けて、言う。

「彼らは必ず発見します」

「もし彼がいれば」

ボブはのびをして、あくびをした。よくある警察署の一日だった。無線機と地図に埋めつくされた部屋。いたるところに据えられた黒板。ほとんどがやぼったい民間人からなる無線要員。訓練された州警のコップを無線に縛りつけておく必要などないではないか？　州知事の、大統領の、副大統領の、そして意味のわからない種々雑多な階級の公務員たちの、写真。蛍光灯の光が部屋を照らし、あらゆるものを生気のない灰色の幽霊のように見せている。それにひきかえ、外はよく晴れた中西部の一日で、繁栄を生みだすさまざまなエンジンが、そういうエンジンのないところ以外では、なめらかに回転しているように見えた。アメリカ合衆国のどこにでもあるような町で、ショットガンで武装したジハードの戦士を狩るというのは妙な感じがする。ボブは、もしジューバがことの進行を察知したら、針路を転じて手近のショッピングモールへ行き、自分がやられるまで一般市民を撃ちまくり始めるのではないかと心配になってきた。やつは妄念に取り憑かれた無慈悲なジハードの戦士と化すかもしれない。ああいう戦士たちは、ひとがなんと言おうが、頑強な男たちであり、ジハードにおいて最終的には、ガッツに裏づけられた意志でもって、撃ち合いのなかでよろこんでおのれの命をささげる連中なのだ。

スピーカーから、割れたような声。

「ヘクターへ、こちらリーマ・セヴン。インパラとおぼしき車あり。プレート番号は一致せず、たぶん二〇一三年型のタン色。しかし、そのタン色のはおんぼろ車に見えた」

「位置を確認せよ、セヴン」

「グリーンヴィル。こちらはいまオークトンを北へ進んでおり、その車は南へ向かって、ミラーを過ぎたところ。制限速度内。方向転換して追うことはしなかった」

「もっとも近くにいるユニットへ——あー、そうだな——オークトンとビドルへ行って、停車し、車の陰に身を隠して、その車が通過する際にその男かどうか確認してくれ。ただし、目立たないように」

「リーマ・ナインからヘクターへ。了解《ウィルコー》」

沈黙が降り、スピーカーから流れる耳障りな空電の音だけが聞こえた。その音がひどく増幅されているために、それになじんでいない人間にはとりわけいらだたしく感じられた。

「ヘリを飛ばす?」ボブは問いかけた。

「まだです。たぶん出動にはならないでしょう」

そのとき、また通報が入った。

「ヘクターへ、こちらリーマ・ナイン。いまタン色のインパラが通過した。黒人女性が運転し、後部シートに子どもが三名」

「了解。よくやった、リーマ・ナイン。全員、警戒を解き――」

「ヘクター、ヘクター、こちらリーマ・ナインティーン。いまウォルマート・プラザにいる。そこの、店のエントランス近辺に、手配の車が駐車している。残念ながら、ひとが乗っているかどうかは確認できないが、色はダークブルーで、ミシガン《マイケル・チャーリー》のプレートが付いている」

ニックが隊長に声をかける。

「隊員たちをそこの南側、店から見えない地点に配してくれ。彼らをそこへ、サイレンを鳴らさず、ブレーキの音をさせずに接近させ——なんと言うか——集結させるように。われわれは上空からそこを一瞥し、その時点で手順を検討しよう」

「了解」

ニックがボブのほうへ向きなおる。

「行くぞ」ニックが言った。


上空から臨む小さな町、グリーンヴィルは、ほとんどがエルムの天蓋《てんがい》におおわれ、ところどころに教会の尖塔《せんとう》が突きだしていた。町外れに、白いマッシュルームのようによく目立つ、工業用のタンクがいくつかあった。ニックがヘリコプター・パイロットに、店から一マイル離れた周回軌道をとって、ウォルマートやその別棟のモールの真上にはけっして行かないようにと指示を出す。ニックとボブはどちらも、双眼鏡でそこを慎重に見ていった。

「オーケイ、見えた」ボブは言った。「ダークブルーのセダン。南エントランス。東側にあるメイン・エントランスからつづく駐車の列のなか。動きなし。移動なし」

ニックがそこへ双眼鏡を向けて、焦点を合わせると、はるか遠方にその車が見えた。ヘリコプターの振動で双眼鏡を固定するのがむずかしく、明瞭に見てとれるのは二、三秒が限度だった。

「うん、見える。無人のように見えるな」

「たしかに。彼らはおそらくモールに入って、バーガーでも食ってるんだろう。だが、そうではなく、車のフロアに伏せて、なにかを待ち受け、いざその時が来たら、すぐに身を起こせるようにしているのかもしれない」

ニックが無線を送信モードにする。

「ヘクターへ、こちらフェド・ワン。聞こえるか?」

「うん、聞こえる」と声が返ってきた。いまは、より年配の男が無線を担当しているのは明らかだった。おそらくは数分前にコロンバスから飛んできた州警の指揮官だろう。

「状況報告を頼む」ニックが言った。「地上の配備はどうなってる?」

「わが署のSWATを装甲車輌で出動させ、二十台のパトカーを動員し、道路封鎖をおこなうためにファースト・メソジスト教会の駐車場に待機させている。部下の全員に武装させ、いつでも発砲できる状態《コックト・アンド・ロックト》にさせている。あなたの局のコロンバス地方局から増援のSWATが来てくれているが、彼らは装甲戦闘車を持っていない。グリーンヴィル市警に交通規制の準備をさせ、あのモールへの一般車輌の進入を即座に遮断できるようにした。われわれは当該車輌の確認をすませ、いつでも突入できる態勢を整えている」

「いいぞ。警視監、きみはどう思う?」

「彼らは車内にいるのかモールにいるのか、まだわかっていない。そうなんだな?」

「うん、そのとおり」

「わたしが決定するとすれば、こうだ。モールが面する二本の街路に、パーキングロットのエントランスがつごう五ヶ所あるので、そこから五台のパトカーを進入させる。わが署のSWAT隊員たちを一台の装甲車輛に乗りこませ、いつでもその地点を襲撃できる態勢をとらせる。コロンバスとデイトンのSWATを、第二局面における主力襲撃者としてモールの裏手へまわりこませる。わたしが開始命令を出すと、SWATの装甲車輛と五台のパトカーが発進して、当該車輛へ急行し、彼らがそこにいた場合に備えて、周辺に展開し、攻撃基地を形成する」

「そして、それらのパトカーに乗りこむ警察官たちの全員にボディアーマーを着用させておくと?」

「そのように指示している」

「よし。降伏せよと一度呼びかけ、そのあとは発砲していい」ニックが言った。

「了解。しかし、もし彼らがそこにいなかった場合、警察官たちはモール東側のパーキングロット・エントランスへ移動し、彼らがその近辺に展開したところで、SWA

Tのモール襲撃チームがもっとも北に位置するエントランスから進入して、パーキングロットの一斉捜索を開始する。あなたのFBI武装チームは南側エントランスから進入し、その職務対象はウォルマートの建物自体となる。その間に、モールの出入口のすべてをわが署の警察官たちに封鎖させ、彼らは合図があり次第、モール突入チームと協働して内部へ進入する。応射があった場合は、全員をその地点に集結させる。そういう作戦ではどうだろう？」

ニックが喉マイクを手で押さえて、ボブのほうへ顔を向ける。

「あんたはコンサルタントということになってる。さあ、コンサルトしてくれ」

「いい作戦だ」ボブは言った。「ふたつのターゲット、その車、つぎにモールの捜索。彼は優先順位をよく心得ている。その作戦は真っ向勝負で、タイミングをあてにしたり、危なっかしい陽動策やはったりのようなものを採り入れたりはしていない。それに加え、あの警官たちは州外のFBI男からより、自分の上司から指示を受けるほうが気分がいいだろう。そして、あの警官たちはこの州の精鋭であるはずだから、わたしは彼らに信を置くね」

ニックが喉マイクから手を離す。

「とてもよくできた作戦だ」警視監に対して、彼は言った。「そちらが当該車輛へ急行したら、こちらはパイロットにヘリを着陸させ、わたしが降りて、そちらへ向かう」

「こちらの指令センターを置く車輛は、ＳＷＡＴとの共有になる。もし当該車輛が無人であった場合、わたしは彼らとともにそこに入る。そちらは全員、ロゴ入りの襲撃《レイド》ジャケットを着用しているか？」

「そうしている。ロゴ入りの野球帽もだ。われわれを撃たないようにしてくれよ」

「もう長年、ＦＢＩ捜査官を撃ったことはないね」と警視監。

「オーケイ。そちらの警察官たちに二、三分の猶予を与え、準備を整えさせたところで、開始しよう。きみが指示を出してくれ、ヘクター。地上にいるのはきみだからね」

「ラジャー、フェド・ワン」

州警の各車輛がターゲットであるにちがいない車へ迫っていくのが見えた。

「ヘリを接近させてくれ」ニックがパイロットに言った。

回転するローターの角度が変わり、ヘリコプターがジェット戦闘機のように左へバンクして、長い着陸飛行を開始し、急激な速度の変化で胃が背中にくっつきそうになった。

ボブは、最後にやったヘリコプターに乗り組んでの冒険のことを思い起こした。あのときは、第二度の火傷を腕と肩、首と顔にこうむったのだった。

「わたしがヘリコプターを嫌っていることを思い起こさせるとは」だれにでもなく自分に対して、彼は言った。

24

グリーンヴィル（2）

ジューバはアメリカを破滅させたいと思っていたが、その前にひとつ、やりたいことがあった。フレンチフライ。

「おれはこれが気に入った」彼が言った。

「あんたは世界中をまわってきたのに、フレンチフライを食べたことはなかったのか？」

「おれは旅をしていたんじゃない。ジハードをしてきたんだ」

「そうか、いつも忙しくて――わかったよ」

彼らはいま、モールをなかばほど行ったところにあるマクドナルドのブースにすわっていた。その右手は大きく開《ひら》けた空間になっていて、その向こうにある輝くパラダイス、ウォルマートが呼び招いている。このホール自体はそこより暗く、さびれかけた店舗が並んでいて、中央部に安っぽいプラスティック製の庭園があった。DVDやゲーム、素性の怪しいネットワークに属する電話機といったニューメディア商品を売る家族経営の小店舗が山ほどあり、ファストフードの店が二軒、靴のチェーン店が一軒、オールドネイビーの洋服チェーン店が一軒あったが、どの店もさびれかけている。実店舗はどれもネット・ショップに敗北しかけていて、ジャレドもそのことはよく知っていたが、これはジューバの気を惹《ひ》くような話題ではないとわかってきた。

「だが」ジューバが言った。「こういう場所はさんざん見てきた。わかるだろう？こういうのはどこにでもあるんだ」

「ここのひとびとが蛇崇拝カルトにはまってたころを思いだすな」ジャレドは言った。

「なんだと？」

「なんでもない。悪いジョークさ」

「ジハードの戦死はジョークを言わないもんだ」

「でも、フレンチフライは食べる？」

「ルールはおれがつくる」

「それはたしかだね」ジャレドは言った。

ジューバのかたわらのシートに、フーディーにしっかりとくるまれて形状がよくわからない、長さ十四インチほどの物体が、というより、一二番径ダブルオー弾が満装塡されたセミオートマティック・ショットガンが、置かれていた。だが、それを携行している男のようすがとてもさりげなく無頓着なので、だれであれ、フーディーのなかにそんな武器が隠されているとは思いもよらないことだった。ジューバは完璧に冷静で、くつろいでいる。彼は車のなかで礼拝をすませていた。ジャレドにとっては礼拝はいまになってもやる気になれないことだが、自分は信仰よりも政治的な目的に気を惹かれているのだと自分に弁解した。

彼らは127をグリーンヴィルまで、なんのトラブルもなく走ってきて、シアーズ・モールはスキップし、そこと同じくらい落ち着けそうなウォルマートを見つけた時点で、もう時間の枠に縛られる必要はないと気がついた。ジューバがパーキングロットのエントランスに近いところに空きスペースを見つけ、彼らはそこに車を駐めたのだった。

「おれが別の電話機を買いに行こうか?」ジャレドは言った。「もしかして、彼らはすでにここに来てるとか。彼らがどこからやってくるかは知ってるのか?」

「デトロイト。おれたちと同じだ。あそこで、彼らに拾ってもらうことになってた。ところが、まずい事態になって、それができなくなったというわけだ」

「どういう男たちなのかと、訊いてもいいか?」

「だめだ。おれは逃げのび、おまえは捕まったとしたら、どうなる。おまえは秘密を洗いざらいしゃべるだろう。だから、おまえは知ることが少ないほうがいいんだ」

「オーケイ。ひとつだけ訊きたい……おれたちは車の中で待つのか？　それは怪しまれるようなことなんだが」

「同感。ひとりずつ、なかに入り、落ちあうのは……どこで落ちあうことにしようか？」

「腹は減ってる？」

「ああ」

「あの金色のアーチのところにサインが出てるのを見たんだ。なかにマクドナルドがある。あそこで落ちあうというのは？　見つけやすいだろうし」

「いいな」

彼らは車を離れ、それぞれが別の出入口へ向かった。途中、タン色のヴァンの存在を目で探ったが、どちらもそれを目に留めることはなかった。モールがふたりを別々の入口から呑みこみ、ほどなく、彼らはマクドナルドに入店した。

食事をすませたあと、ジャレドは言った。

「さてと、また別の使い捨て電話機を手に入れる？」

「そうしてくれ、リトルボーイ」

ジャレドが自分の用事をするためにそこをあとにしても、ジューバはすわったまま、無関心なようすでコーヒーを飲んでいた。わかってみれば、ジャレドは気のいい男で、その陽気さやウィットという、ジューバの人生には絶えて久しいものが、彼にささやかなよろこびをもたらしていた。彼はいまはもうジャレドをじゅうぶんに信用していたので、その若者がいなくなっても不安にはならず――二十分後に彼が戻ってきたときにほっとするということもなかった。

「手に入れたか?」

「うん」

「充電はできてるな?」

「うん。電話をかけてみたいか?」

「いまはだめだ。車のほうへひきかえして、そこで待つ。彼らの車が通りかかったら、おれたちはそれに飛び乗る。だれも気づきはしないだろう?」

「だれもね」

そんなわけで、彼らはぶらぶらと歩きだし、彼らになんの注意もはらわない見知らぬひとびとにまじってモールのなかを抜けていき、車を駐めてある場所に近い出入口に行き着くと、そこから外に出ようとした。

なんの問題もない――が、そのとき、そうではなくなった。

「ワオ! ワオ! ワオ!」ジャレドが言って、大柄な男をドアのすぐ内側へ引きもどした。

ふいに肉体的接触を受けたジューバが、くるっとジャレドに向きなおる。

「あそこを見ろよ」急いでジャレドは言った。「一マイルほど先かな？　あれはヘリコプターじゃないか？」

彼は指さした。木々の上方の空を小さな点が水平に動いていて、それが発するかすかなうなりがかろうじて彼らの耳に届いていた。

「うーん……」

「半時間ほど前、おれたちがここに入ろうとしてたときに、あれが飛んでるのを見たんだ。それがまだあそこにいる。さっきより距離が離れてるが、いまもいる。おれたちを見つけたんじゃないか？」

「はっきりそうと言えるか？」とジューバ。

「うん」

「外に出て、まわりを見てみろ」ジューバが言った。

若者は無頓着をよそおいながら、ぶらりと外に出て、またなかにひきかえした。

「オーケイ」彼は言った。「大きな交差点のところにパトカーの白いルーフがいくつも見えた。まるで……なにかの合図を待ってるように」

「やつらはどんな出方をするだろう？」

「知るもんか。まず車のところへ行き、それからモールを捜索するんだろう」

遠く離れた地点に待機していた五台のパトカーが発進して、タイヤをきしらせ、うなりをあげてパーキングロットに進入し、インパラが駐車しているセクターへと急行する。それを先導するのは、エイブラムズ戦車のように見えはするものの、実際にはSWATの黒塗りの装甲車だった。装甲車はキャタピラではなくタイヤを履いているが、戦闘のための車輛であることは明らかで、その図体《ずうたい》には似つかわしくない高速で走っていた。警察官たちが動きだして、近辺の交差点を封鎖し、周囲一円でパトカーの警告灯が輝いた。ヘリコプターが轟々《ごうごう》と飛来する。

「よし」ジューバが携えている包みのなかへ手をつっこみながら、言った。「リトルボーイ、おまえは逃げるんだ。これが終わったら、降伏しろ。おまえはもうジハードの戦士ではなく、誘拐された人質なんだ」

ジャレドは、ジューバがにわかに慈悲を示したことに胸を打たれた。この男もやはり人間らしいやさしさを持ちあわせていて、ジャレドを無駄死にさせようとは思わなかったのだ。だが、それがうまくいくとはジャレドには思えなかった。

「おれの顔はもうオプラ（『オプラ・ウィンフリー・ショー』の司会者兼プロデューサー）の十倍は有名になってるんだ。さあ行こう。おれたちはまだ逃げのびられる」

彼は大柄な男をひっぱって、メインの通廊へとってかえし、方向を転じて、モールのいちばん奥に位置するウォルマートへ向かった。そこに着くと、ジャレッドは言った。

「あんたが友人たちに電話をかけ、おれたちはここの南の端、ショッピングカートが置かれている場所にいると伝えてくれ。モールは危険だと、そこにはコップがうようよいると」

「だめだ。おれは踏みとどまって、戦う。異教徒どもの命をできるかぎりたくさん――」

ジャレッドには、この男が通廊を歩いていき、そこに居合わせた主婦やベビーカーや車椅子の老人などを順番に撃ち殺し、最後には州警のコップたちのフルオート射撃で仕留められる光景が見えていた。きっと彼は二百発ほどの弾を浴びることになるだろう。

「きょう死ぬ必要はない。彼、ら、に、電、話、を、か、け、る、ん、だ！」

揃って移動しながら、ジューバが電話機の番号を押していき、電話に出た相手に早口で話す。

巨大な店舗、ウォルマートの入口に達すると、彼らはそのなかへ入りこんで、つぎの七ヶ月ほどのために物品を買いこんでいるひとびとをかすめすぎ、中国製メンズウエアや、フィリピン製の家具や、日本製の電子機器や、ブラジル製の靴といった売り場の前を通過してから、通廊を急に折れ、多数の買い物客を左右によけながら、表口の手前に並んでいるレジの横を通りぬけて、出口にたどり着いた。

だが、ジューバはすぐにその建物から出ようとはせず、大きなショッピングカートを押している女のほうへ近寄って、英語で「手伝いましょう」と声をかけ、ずらりと並ぶ白い歯をのぞかせてほほえんだ。このときになって初めて、ジャレドはあることに気がついた。ジューバはきわめつきにハンサムな男なんだと。引き締まった顔と、がっしりした顎、整った目鼻立ちの持ち主で、そんな男が野球帽を脱ぐと、豊かな黒髪があらわになって、颯爽《さっそう》とした感じに見えていた。

女が——もう十年か二十年ほど男に目を向けられたことがないのだろうとジャレドは推察した——顔を輝かせ、あっさりと彼の魅力に屈する。ふたりが買い物客の雑踏に紛れこんでいくと、ジャレドはちょっと離れただけで、そのふたりから同じ距離を置いて、あとにつづいた。

サイレン。車体を揺らしながら高速で走ってくるパトカーの群れ。ジャレドが北へ目をやって、インパラのようすをうかがうと、巨大な黒塗りの装甲トラックから短機関銃を持って出てきたばかりのニンジャのような連中に取り囲まれていた。一方、パーキングロットのそれぞれのエントランスには、警告灯を光らせたパトカーとショットガンを持つコップたちが陣取っていた。

彼らは右手へ折れた。自分たちのことにしか関心がなく、外に気を向けていない家族づれの買い物客たちに紛れこんでいたから、コップたちの〝レーダー〟にひっかかることはなかった。彼らはパーキングロットの縁へ向かったが、フェドもコップも前方だけに注意を向けていて、命令されたとおりに作戦を組み立てることに追われ、紛れもないテロリストを見つけることに熱心なあまり、周辺を見てはいなかった。

数秒後にはさらに多数のコップがこの一帯に現れるだろうし、いまはもうオリーヴ色のヘリコプターがローターで空気を引き裂きながら着陸しようとしていて、その轟音があたり一帯に響きわたっていた。ジャレドが危険を冒して背後へ目をやると、ヘリコプターがインパラから二百フィート離れた地点に着陸し、ふたりの男たちが飛びおりてくるのが見えた。

彼らは立ちどまった。すべての目にさらされることになったが、顔を輝かせている女がいるおかげで見えない存在となっていた。彼女は人生最良の時をすごしているのだろう。

彼らの前に一台のヴァンがやってきた。

「奥さん、ぼくはもう行かなくては」ジューバが彼女にささやきかけて、頬にキスをする。女が、ちょっぴり物足りないが、すばらしいデートができたと思ったような感じで、ため息をついた。

ヴァンに乗りこんでいる男たちが彼らを引き入れ、フロアに身を伏せさせる。「ここに入って、横になれ」だれかが言って、フロアにある棺《ひつぎ》の蓋のようなハッチを開いた。彼らがそのなかへ身を転がすと、ハッチが閉じられて、なにも見えなくなった。

だが、その前に、ジャレドは救出チームをちらっと見ていた。

彼らはメキシコ人だった。

25

グリーンヴィル（3）

捜索は終わったが、なにも発見できなかった。

「くそ」ニックが言った。

「あの男は一級品だからな」ボブは言った。

「わたしの部下たちが計画どおりに動いたことはわかっている」オハイオ州ハイウェイ・パトロールを率いる警視監が言った。彼らはいま、モール中央部にある庭園の、耐火煉瓦ポットに植えられたプラスティック製の椰子《やし》の大葉の下に、揃って立っている。「わたしが作戦開始を命じたあと、外に出た人間はいないはずだ。各パトカーがすべての出口に到着するのに要した時間は、ほんの数秒でしかなかった」

「警視監、あなたの部下たちがよくやってくれたのはたしかだ」とニック。「そして、グリーンヴィルの警察官たちも助けになってくれた。わたしはこう考えているだけなんだ。最初に覆面パトカーを数台、サイレンを鳴らさず警告灯を点灯せずに送りこむべきだった。そして、彼らが持ち場に就いたときに、ＳＷＡＴをインパラに急行させればよかったと」

「あらゆる点を考慮していられるほどの時間はなかった」警視監が言った。「ドアはどれも二分以内に、ことによると一分以内に、封じられた。だれにせよ、どうやってあそこから出られたのか、よくわからん」

「ほかの人間にはできなかっただろう。しかし、あの男にはできたんだ」ニックが言った。

捜索は続行されたが、いまはもう緩慢なペースになっていた。すべてのクローゼットが重武装した警察官たちによって開かれ、一般市民は外へ追いだされ、通路や物入れが調べられ、在庫室や休憩室が探索されている。うまくいけば、もしかすると、ことによると、なにか収穫があるかもしれないが——ニックもボブもあまり希望は持っていなかった。

一方、ＦＢＩの鑑識官たちが当該車輛の埃の層に残された指紋を調べ、慌ただしくおこなわれた最初の採取で、ジューバの右手親指の指紋をふたつ、そして他の人物の指紋を多数、検出しており、この作戦の成果は——残念賞にすぎないのはたしかだが——それら指紋のセットということになりそうだった。鑑識官たちはまた、後部シートの窪みからプラスティックの破片を一個と、ショットガンの銃床の半分を発見していた。

「実用性のために銃床を切り詰めたんだろう」ボブは言った。「短くすると、隠しやすくなり、速く抜きだせるようになる」

ニックがうなずいたが、またもや、これで十回めになるだろうか、電話をかけざるをえなくなった。今回、彼はDCと長時間の電話をし、説明をし、責任をかぶって、退職を二度も申し出たが、二度とも却下された。DCのひとびとはそんなことはどうでもよく、その関心事はただひとつだったからだ。スワガーはどう考えているのか？

「彼らは、あんたは神だと考えているらしい。心配するな。わたしは彼らに真相を話すつもりはない。とにかく、彼らと話をしてくれ」ニックは受話器を手渡した。

「スワガーだ」

「こちらはスピーカーフォンにしていて、長官と四名の副長官、そしてテロ対策部部長が同席している」声が言った。

「わたしにできることは？」ボブは言った。

「きみの読みを知りたい、ミスター・スワガー」

「われわれはもう少しで彼を捕まえるところでした。彼がそこにいることはわかっていた。控えめに見ても、長官、メンフィスは急ごしらえとしてはすばらしい作戦計画を立てたと――」

「スワガー、もういい。そのことは後日にまわそう。われわれはいまどのような状況にあり、つぎはどうなるのか、きみの考えるところを語ってくれ」

「わたしが補足するとすれば、われわれは終始あの男を過小評価していたということになるでしょう」おっと、これではニックを裏切ることになってしまう。そんなことはできない。「つまりその、わたしはあの男を過小評価していたということに。われわれが彼に対して打った手はどれも新規なものではなかった。彼は以前にそういう対策を切り抜けてきている。彼はパニックに陥らず、諦めず、即興で行動した。プロ中のプロというわけです」

「では、きみの考えるつぎの動きは……？」

「まあ、わたしなら道路封鎖はしないでしょう。彼がそれにひっかかることはけっしてない。なにより、われわれにはだれが彼の逃走に手を貸し、どんな車を使ったのか、そのあたりのことがわかっていない。彼はすでに別のセルの連中とともにあるかもしれず――かりに、それが軽機関銃とＲＰＧを持つ四人の男たちだとして、もし州警のコップたちが干し草の山のなかに隠れているそいつらに出くわしたら、すさまじい銃撃戦になって、大勢の人間が――コップと一般市民が――命を落とすことになるでしょう。ひとつ、われわれにわかっているのは、彼は銃床を切り詰めたレミントン１１

00を所持していて、それは大型の危険なおもちゃということです。だれも彼にレミントンの銃口を向けられたくはないが、彼は、もし追いつめられたら、それをするでしょう。彼を待ち伏せするしか手はない。こちらが先にそこへ行き、彼をそこへおびき寄せ、圧倒的な武力でもって、彼を屈服させるしかないのです。それでもまだ危険を伴うが、多少はそれを減じることができるでしょう。そんなわけで、わたしとしては頭脳明晰なひとびとの仕事に話を戻したいのですが」

「それはここの分析官のことか?」

「思うに、そこの最上のひとびとが真剣に考えれば、探索エリアを絞りこめる可能性のある材料をなにか見つけだせるのではないでしょうか。彼はなにをしようとしているのか、そこのところを考える。彼はなにかをしようとしているにちがいない。彼の行動を予測しなくてはならないのです。ニックはその考えかたに沿って、わたしをコンピュータの天才と結びつけたいと考えている。それは名案だと思います。天才氏はつぎの段階へ進むために自由に使えるものを手に入れる必要に迫られるだろうし、わたしはそれがなにかを予測するための材料をいろいろと持ちあわせているので、あなたがたはそれを一種の指標かフィルターのようなものとして使うことができるのではないでしょうか」

「わかった。考慮に入れよう。電話をメンフィスに戻してくれ」

そこでまた数分間、ニックが彼らと会話をつづけていると、グリーンヴィル市警の刑事がやってきて、巡査部長に話しかけ、巡査部長が警視監にささやきかけ、彼がニックに合図のようなものを送った。

ニックが通話を切る。

「マクドナルドの監視カメラが彼らを記録していた。あなたがたもそれを見てみたいだろう?」

それがあの男であることは疑う余地がなかった。映像の真ん中ではなく、焦点が合ってもいなかったが、それはまちがいなく、あの恐怖と危険を体現する男だった。店のレジや給仕カウンターのすぐそばにあるブースに、ちょっとした運命の気まぐれで、カメラに顔を向けてすわっており、その連れのほうは彼と向かいあう側にすわっていて、後頭部しか映っていなかった。

ジューバはバーガーとソフトドリンクをがっつき、フレンチフライがお気に入りのように思え、若者との会話を楽しんでいるように見えた。四角い映像の隅に、ビデオのフレームとその日の時刻が表示され、その数字がめまぐるしく動いていた。

「どうやらマクドナルドのファンがひとり増えたらしい」ニックが言った。

「あそこのフライが気に入らない人間はいないさ」ボブは言った。「そこで一時停止してくれるか」

　彼らはいま、モールの警備室にいた。ビデオのモニター画面がずらりと並び、それらのすべてがこの施設の主要な地点に設置されたカメラから送られてくる映像を記録しているのだ。マクドナルドの店内には、そこはティーンエイジャーたちが集まって騒動を起こす可能性がもっとも高いところとあって、みっつのカメラが設置されていた。これまでの経緯のすべてを考えあわせれば、この映像はなかなかの見ものではあった。

「これを早急《ASAP》にDCに送る必要があるね。わが局のラボなら、解像度《エンハンス》をあげることができる。もっときれいな映像が得られたら、なにかこうと特定できるものが見つかるかもしれない。彼の機動性と行動の自由を低下させるのに役立つようなものが」

　ボブはぼやけた映像を見つめた。

「拡大はできるか？」

「いえ、できません」モールの警備主任が言った。「これは主として、若者が別の若者を殴ったりするような場面を記録するためのものでして」

「わかった」ボブは言った。

　彼はその映像をながめたが、食い入るように見れば見るほど、とりとめがなくなり、ついには形状や実体が完全に失われて、ピクセルのぼやっとしたかたまりにすぎなくなった。予想していたものがそこに見えていたが、行動の役に立つ材料はなにもなかった。ジューバの頭部はでかい。その下に、でかい上半身とでかい両手があり、そのせいで、彼が食べているフレンチフライのひとつひとつがひどく小さく見えた。軍人っぽいのはたしかだが、予期に反して、とりたてて好戦的な男のようには見えない。大男ではあっても、どのモールにも五万といるほかの男たちとなんの変わりもなかった。見かけは悪くない。野球帽を——徽章のない黒のを——かぶり、フーディーにジーンズという身なりで、靴は見えなかった。きれいにひげを剃っていて、このごろは映画スターだけでなく、足専門医までがよくやっているような、見せかけのタフな顔はしていない。だれもかれもがタフに見せたがる時代だが、この男は一般市民に溶けこもうとしている。ほんとうにタフな男はみな、そうするものなのだ。

ある時点で、ジューバは若者をなにかの使いに出し、自分はカップにコーヒーを注いで、テーブルにひきかえし、またそこにすわった。とりたてて不安や動揺を感じているようには見えない。どうやら、あの若者を信頼しているらしい。考えてみれば、あの若者はテオラ・ペッパーズの顔を踏みにじったときに、その気になればできたように、さっさと逃げだして、ジューバを警察に密告することもできただろう。だが、若者は使いから戻ってきた。そして、持ち帰った袋が見え——そこでまた一時停止、ありがとう——若者は電話機を買ってきたことがわかった。

「使い捨てのだ」ニックが言った。「一度電話をかけて、川へ放りこむ。われわれが電話機の所在を追跡しても、GPS信号が導くのはその川というわけだ。標準的な工作手順だね」

そのふたりが立ちあがって、出ていく。ジューバが立つと、その民族の男としては大柄で、ラインバッカー並みの体格をしていることがわかり、その歩行の一歩一歩から、やや内股ぎみではあるものの、活力に満ちた大きくてたくましい筋肉の持ち主であることが見てとれた。ジューバと若者がぶらぶらとマクドナルド《ミッキーD》をあとにし、新たな蛋白質《たんぱくしつ》を補給した状態で、外の世界へ出ていく。

「あれだけか?」ニックが問いかけた。

「別の一ヶ所で彼らが捉えられているように思います。そこのカメラは、西側のパーキングロットへの出口、ナンバー2Bへつづく廊下に向けられています」

「再生してくれ」ニックが言った。

そのカメラは少なくとも、ある行動の説明にはなった。そのふたりが無頓着なようすでドアのほうへ歩いていく。ジューバはフーディーらしきものに、全長十四インチの銃身を切り詰めたショットガンをくるんで持っている。ふたりがドアを開けて、外へ足を踏みだし、その背後でドアが閉じて——

一秒後、ふたりがなかに戻ってきた。態度ががらりと変わっている。ふたりともが、恐怖なのか怒りなのか、表情を引き締めて、警戒心をあらわにし、いますぐ動くか逃げるか、銃かなにかを抜きだすかの必要に迫られたようすをありありと見せていた。

「そこで一時停止」ニックが言った。「彼がわれわれの動きを目にしたんだ。つまりその、あの若者が。主任さん、わたしの見るかぎりでは、あの出入口は真西に向いているようだが？」

「はい、そうです」と警備主任。

「そこはまさに、われわれが人員を配備したところだ、ちくしょう。つまり、あの若者がヘリを目撃した時点で、計画は頓挫《とんざ》したんだ。あの小僧め。時刻を見てくれ」

小さなデータ・ウィンドウの表示によれば、それは十六時十三分三十四秒のことだった。ＳＷＡＴの装甲トラックとそれを支援する五台のパトカーがインパラへと殺到する三十七秒前。

「オーケイ」ニックが言った。

ふたたび映像が動きだす。ジューバが慌ただしく若者に話しかけていて、そのようすは、包みのなかへ手をつっこんでレミントンを抜きだし、いますぐ戦闘に取りかかろうとしているように見えた。だが、若者が彼の腕をつかんで、引きもどしにかかった。彼らがカメラのほうへ進みだし――また一時停止されたが、残念ながら、両者の顔をより明瞭に見ることはできなかった――画面から姿を消す。どうやら、どの方角へ行ったかはさておき、カメラの画角から外れたらしい。

「つまり、あの若者はジューバを説き伏せて、オハイオ州グリーンヴィルでジハードをするのをやめさせたということだ」ボブは言った。「大勢のひとびとが惨殺される事態を防いだんだ」

「彼の保護観察官になる人物にそのことを明確に伝えておこう……。主任さん、あれで終わりか？　外部にもカメラがあって、パトカーが到着する寸前にあの男たちが逃げていく映像を捉えているということはないか？」

「部下たちに確認させましたが、なにも見つけられなかったです」警備主任が言った。

「ジーン、モール周辺のあらゆる小売店とあらゆる街路へ人員を送りこみ、監視カメラをチェックさせてくれ。そのどれかのカメラに、彼らを拾いあげた連中と型式のわかる車が映っているかもしれない。それと、われわれの鑑識官たちにグレイ警備主任の各カメラが捉えた映像を集めさせて、分析のためにＤＣへ送る手配もするように」

「はい、そうします」

ニックの電話が鳴った。ＤＣからだった。

「くそ、またか」彼が言った。「何度、辞職を申し出ればいいんだ？」

彼は画面に指を滑らせ、発信元をみずから確認してから、電話に出た。

「はい」と応じ、うなずきながら耳をかたむける。細々とした会話で、時間はたぶん三分ほどのものだったか。「はい」ようやく、また彼がそう言った。「よかった。遅まきながら、よかった。とにかく、それはひとつの方向性を示しているな」

彼が電話を切って、ボブとチャンドラーのほうへ向きなおる。

「サイバー犯罪部門からだった。あの若者が仲間にEメールを送った。十五時五十九分に。使い捨て電話で。ジューバは彼に使い捨て電話を買いに行かせ、彼はそれを買ったが、こっそりとジョニー・ジョーンズという友人に近況を知らせ、母親に伝えてくれと頼んだ。サイバー犯罪部門がついさっきGPSを調べ、その地点をこちらに知らせてくれたんだ。あいにく、その地点は、いまわれわれがいるこのモールだったが」

「母親を恋しがるジハードの戦士か」ボブは言った。

「ああ。しかし、これはひとつのパターンだろう。ジューバはだれかとコンタクトする必要に迫られると、いつもジャレドに使い捨て電話を買いに行かせる。一度電話をかけ、そのあと川へ放りこむ。だが、ジャレドはこっそりEメールを友人へ送って、母親に伝えてくれと頼み、われわれがそれを突きとめた。いいか、もしわれわれがそのエリアを特定できれば、対策チームをその場所へ送りこみ、その地点へヘリを飛ばす準備をさせ、彼を捕らえることができるかもしれない。われわれがやるべきことはそれだ」

「となると、やつがこれからどこへ行くか、予測しなくてはならない」ボブは言った。

「そのエリアをじゅうぶんに絞りこみ、すべてを一ヶ所に集中するようにしなくてはならない」いけない」

「あの若者はまたあれをやるだろう。母親が恋しいんだ。これからもずっと恋しいだろう。だから、あんたはコンピュータ技術者たちと協力して、捜索すべき場所をフィルターにかけ、そのエリアをピンポイントで特定してくれ。われわれは電話の記録をくまなく調べて報告し、また、彼がどこで武器を取得するかという観点からも電話の記録に目を通すようにする。それらすべてをやってのければ、ひとつのエリアがわれわれに示されるだろう。あの若者が、このすべての鍵になるんだ」

26

アイオワ州の旅、ことによるとカンザスに

　またしても、あの夢。これほど長い年月が過ぎたというのに。

　この夢のヴァージョンでは、彼は捕らえられていた。丸腰で。腕を動かすことができない。アメリカ人スナイパーがほほえみ、もてあそび、時間をかけながら、ゆっくりとその銃を構える。そいつがたんなるお楽しみのためにスコープをのぞきこみ、その眼前にあるすべてのものを見る。

　閃光。

　ジューバは目覚めた。自分はどこにいるのか？　あたりは暗く、すぐそばにだれかがいて、その近さが感じとれ、そのだれかの肺が空気を吸ったり吐いたりする動きが伝わってくる。自分とそのだれかの手足がもつれあっていて、悪臭と振動と動きが感じられる。どちらも動けず、なにか蓋のようなものの下に閉じこめられている。これ

は棺桶《かんおけ》か？

「目が覚めた？」若者が問いかけた。

「覚めた。まだトラックのなかか？」

「ひどく長い時間が経ったから、記憶がはっきりしないんだ。体が麻痺してる。それに、ひどく腹が減った」

「おれが彼らに車を駐めてくれと頼んで、またフレンチフライドが食えるようにしてやろう」ジューバは言った。

「フレンチフライだよ」若者が訂正した。

その時点で、ようやく、ふたりの上にかぶさっている蓋が持ちあげられた。

三人の男たちが彼らを見おろした。ハイウェイの照明を背景に、カウボーイ・ハットをかぶったシルエットが浮かびあがる。

「オーライ、友人たちよ」アラビア語で、そのひとりが言った。「もう出てきてもいいぞ」

いくつかの手がのびてきて、ジューバが若者から身を引き離すのを助け、脚と腕の力が戻ってくるまでその身を支えて、外へひっぱり出す。それでやっと、彼はほぼ立ちあがれるようになったが、まだ脚がぐにゃっとしていて力が入らず、すぐに崩れ落ちそうなぐあいだった。

「ここはどこなんだ？」彼は言った。

車は夜の闇のなかを疾走していた。外に目をやると、ときおり灯火が通りすぎるだけで、目立つものはなにもなく、ひとが住んでいることを示す気配はほとんどなかった。前方へ目を向けると、道路を照らすヘッドライトのコーンと、道路の中央に二重に引かれた線が見えるだけだった。その二重の線がトレイサーのように光っていた。車内のどこに触れても、その底部に隠れているエンジンのビートが体に伝わってくる。

「西へ向かってる」アラビア語の声が言った。メキシコ人たちのひとりが通訳として同行しているように思われた。その男はアラビア語が流暢《りゅうちょう》で、困惑しているジューバがこの暗いなかで目を細めて見ただけでも、男がかなり特徴的な顔立ちをしていることがわかった。アクセントからすると、シリアからの移民かなにかなのだろう。

つぎに、彼らは若者をひっぱりあげた。

「もう限界だ」若者が言った。「喉が渇いてたまらない。なにか飲みものはないか？」

「こいつはだれだ？」シリア人らしき男が言った。「ひとりだけだと言われてたんだが」

「おれの連れだ」ジューバが言った。「彼は問題ない」

ジャレドは急いで口をはさんだ。

「おれは彼の仲介役なんだ。彼にアメリカのいろんなことを紹介してる。大騒動が起こったとき、おれはたまたま彼といっしょにいた。そんなわけで、いまもいっしょにいるんだ」

「彼はジハードの戦士だ」英語でジューバが言った。

それはジャレドにとって、かつてない最高の褒めことばだった。


車が停止し、男たちのひとりが食べものを買いに一軒の店へと走りだした。マクドナルドではなく、バーガーキング。ハンバーガーはこちらのほうがうまかったが、フレンチフライはあまりよくなかった。

車がふたたび、夜の闇を縫って走りだした。

シリア人が現況の確認をする。

「おれたちはすんでのところで、あんたらを拾いあげた。やつらはどうやって知ったのか？　リークがあったのか？」

「やつらはあんなふうにするんだ」ジューバが言った。「それがやつらの仕事さ。リークじゃなく、やつらがいろんな手がかりを読んだんだ」

「そうかもな」とシリア人。「それはさておき、おれたちはそのうち道路封鎖にひっかかる。やつらはグリーンヴィルからインターステートのほうへ走る車を調べようとするだろう。なので、これを使ったほうがよさそうだ」

シリア人が、キャンヴァス地の帆布をかぶせてフロアに置かれているものをぽんとたたく。そして、帆布をめくりあげ、バイポッドが装着されたロシア製のPK機関銃をあらわにした。機関部の下に、ひとまとめにされた七・六二ミリ・カリシュの長いベルト弾倉があった。

「やっかいなのは、おれたちがあそこに着く前、先を走ってた二、三台の車が道路封鎖のところに通りかかると、やつらは封鎖を解いて、撤収したことでな。なぜそんなことをしたのか、よくわからん」

「アラーの御手《みて》？」若者が言った。

「たぶん、やつらはハイウェイで銃撃戦をするのがいやだったんだろう」ジューバが言った。

「それ以後は、なんの問題もなく走っていけた。警察無線が、デトロイトで殺人事件があって、ディーラーが三人殺されたとか言ってたが」

「あれは必要に追われてのことだった。どうでもいい。おれは当分、デトロイトに舞い戻るつもりはないからな」

「あんたらは何者なんだ？」若者が問いかけた。

「麻薬カルテル」ジューバが言った。「おれの企てを支援する能力を持ってる。彼らはその見返りに莫大なカネをもらってるんだ」

「このあとすぐ、あんたはセニョール・メネンデスに会うことになってる」シリア人が言った。「名だたる有力者だ。先見の明がある。彼が後ろ盾になってるんだから、あんたが失敗するはずはない。それに、おれたちはこのおんぼろヴァンは捨てて、気楽に旅をつづけるつもりだしな」

「どこへ行くんだ？」ジャレドが問いかけた。

「リトルボーイ」ジューバが言った。「この男たちにあれこれと質問するんじゃない。彼らはプロフェッショナルだ。好きなようにさせて敬意を示すようにしろ」

「それはそうと」とシリア人。「これは知らせておいたほうがよさそうだ。あんたが要望した物品はすべて入手し、必要な際に使える場所に置いてある。ライフルは最近、メキシコからの大荷物といっしょに持ちこまれ、あんたの手が組み立てるのを待ってるんだ。射撃レンジについても、おれたちが用意しておいたから、気を揉まなくていい。すべてのことが、計画されたとおりに進むだろう」

ジューバがくつろぎ、シートにゆったりと深くすわる。このときになってやっと、彼はすっかり緊張を解いたように見えた。ヴァンが夜の闇を抜けて走っていく。

彼らの背後、東の地平線を朝の日射しが染めた。空から淡い光がこぼれ出てくる。セミトレイラーと二、三台のＳＵＶが彼らと同じ道路を走っていたが、それらはすべて左車線を通って、追い越していった。ヘッドライトが近づいては通りすぎ、聞こえるのは男たちの息づかいの音だけだった。ジャレドは、質問したいことが山ほどあったが、なにも問わずにいた。カルテル？　それが悩ましかった。彼らは残酷だし、強欲なだけで信念はなにも持たず、だれかと同盟するのはカネという見返りがある場合だけだ。といっても、ジューバが彼らを信頼しているのは明らかだし、もし彼らがいなければ、自分はいまごろグリーンヴィルの留置所にいて、おれにはあの女を殺した罪をかぶったり、服役期間を短くするためにジューバを警察に売ったりするだけの度胸はあるだろうかと自問しながら、父の弁護士の到着を待っているところだろう。その答えを知るはめにはなりたくない、と彼は思った。

ヴァンが減速し、ウィンカーを出して、ハイウェイを離れ、ひとつの出口から、アメリカの広大な田園地帯のどこかに出た。ジャレドは、〝ここはどこなんだ？〟と訊きたかったが、それはよくない考えだと思いなおした。

ヴァンが農場へ乗り入れ、家屋の裏手へまわりこんで、内庭へ出る。そこに、大きな黒のＳＵＶが待ち受けていた。ヴァンが停車する。

シリア人が口を開いた。

「あんた、あのコンパートメントに入れたままの荷物だが、あれは銃じゃないのか？」

「銃だ」とジューバ。

「あれはあそこに残していくしかない。セニョール・メネンデスに会うときは、武器を持っていてはいけないんだ」

「わかった。おれが持ってる武器はあれだけだ」

「おまえは？」シリア人がジャレドに尋ねた。

「ない。もちろん、持ってないよ」

「オーライ、降りてくれ。新鮮な空気を楽しむんだな」

ヴァンを降りると、ほんとうに外の空気は新鮮で、褒美をもらったように感じられた。息を吸いこんだジャレドは、あまりに気持ちがよくて、めまいがしそうになった。あれほど大変な目にあったのに、自分はまだなんとか生きているのだ。

ＳＵＶから男がひとり降りてきて、後部シートのドアを開く。そこから、もうひとりの男が降りてきた。細身で、ハンサムな、貴族の末裔《まつえい》めいたヒスパニック男で、仕立てのいいブルーのスーツを着て、黒のローファーを履いている。ロレックスの腕時計はゴールドで、ネクタイピンとカフスボタンもゴールド。歯は真っ白で、歯並びは完璧、髪は豊かで、きれいにカットされ、その物腰は貴族のように優雅だ。

「きみを」彼が口を開く。「歓迎する。わたしはメネンデスだ」

シリア人がその英語をアラビア語に通訳する。

「光栄です、セニョール」ジューバが応じた。

「すでに聞きおよびだろうが、準備は万端だ。これからは、すべてが順調に進むだろう。きみの訪問は待ち望まれていたんだ」

「すばらしい」とジューバ。

「それと、その若い男は？」

「おれの助手。若いが、熱意に満ちています。彼はこの二、三日のあいだに二度、そのことを証明する行動をしました。骨の髄までジハードの戦士なんです」

「わたしはメネンデス」貴族風の男が言った。「きみを歓迎する。そして、きみたちの成し遂げたことを祝福しよう。きみが偉大なジューバに感銘を与えたのであれば、わたしにも感銘を与えたということだ」

「ありがとう」ジャレドは言った。

「きみはとても勇敢な若者だ」とメネンデス。「そしていま、きみは安全になった」

メネンデスがジャレドの肩をぽんとたたき、安楽な場へつづくはずの道を指し示したが、その手には拳銃が握られていた。そして、若者の後頭部に銃弾が撃ちこまれた。

第三部

27

ゾンビーランド

グリーンヴィルとデトロイトの事件のあと、捜査は一挙に大がかりなものになった。三人の人間が殺害されるという事件があったからというだけのことではない。採取された指紋がイスラエル情報機関のファイルに記録されているジューバの指紋と一致し、その行動様式が広く知られている彼の過去の経歴と高度に合致しただけでなく、いまはもうジューバが、自分が追われていることを察知しているからだった。そこで、ボブが〝ゾンビー集団〟と名づけたグループは、より大規模な作戦へと移行することになった。

タスクフォース・マージョリー・ドーは存在を停止した。そして、ＦＢＩテロ対策部門の下部組織となった。その部門は、ジューバを追うことに関してはマンパワーを無制限に動員でき、コンピュータを好きなだけ使うことができるからだ。だが、ユニットが解散したわけではない。そうはならず、ニックとその助手のチャンドラー、そしてコンサルタントのスワガーとゴールドは、FBI本部であるフーヴァー・ビルディングのテロ対策部門《CTD》フロアのスイートルームへ移動し、ニックはテロ対策部門担当副長官のウォード・テイラーに直接アクセスする立場となった。彼らは情報部員の身分を与えられ、より大規模でより労力を要する作戦に指針と熱意を供給する独創的な思索者たちとなったのだ。テイラーとニックは旧知の仲だ。テイラーはかつて、ニックがダラス地方局担当特別捜査官だったころ、その下で仕事をし、すばらしい実績を残したが、その一方、よくいる、まちがいはけっして犯さず、昇進するか死ぬかという生きかたをする男たちのひとりではなかった。彼はオーケイというわけだ。

　この新たな組織におけるボブの最初の仕事は、コンピュータの天才、ジェフ・ニールと会うことだった。彼もまた古くからのニックの盟友で、そこの一階下にある謎めいたマシンとじゃれあうことができる男だ。

「なるほど」ニールがボブとゴールドに向かって話しだす。ゴールドはボブに強く促《うなが》されて、いつものエレガントなおしゃべりとマナーを披露したところだった。「ミスター・ゴールドのところのひとびとはある村の名を、すなわち南シリアの特定のエリアを、つかんだということか。彼らの偵察衛星の探索能力は数マイル平方の範囲でしかない。しかも、彼らはコンピュータの有用なプログラムすら持っていない。写真のみを頼りにすべてをつかんだと」

「われわれのプログラムはミスター・スワガーだったということだ」ゴールドが言った。「彼は並外れた働きをし、犯人がウージーを携行して、ターゲットに奇襲攻撃をかけたという点まで指摘してくれたんだ」

「われわれの職員たちもそういうことができればね」とニールが言って、笑う。「しかし、うちの職員たちはここにすわって、うなったりデータをフィルターしたり、ときおり固まったりする機械の相手をしているだけでね」

「そのようにして」ボブは言った。「さまざまな特徴と合衆国の気象衛星から送られてきた映像を突きあわせれば、多すぎるほどの収穫が得られるだろう」

「何百万倍にもなるだろうね。より正確な指示関数が必要だ。小さく絞りこむに越したことはない。地域をね。州単位では大きすぎる。郡単位でも、おそらく大きすぎる。郡のなかの区域。それが、いまあなたがたの言いたいことなんだろう。われわれは衛星《バード》を一基飛ばして、そこをくまなく捜索したり、あなたがたの目が探し求め、見つけようとしているいろいろなものを狩りだすためのプログラムを設計したりできるし、おそらくはそこを発見することもできるだろう。しかし、肝心な点を教えてもらえないかぎり、たいしたことはしてあげられない」

「オーケイ、その点についてはちょっと待ってくれ。いまは、もうひとつ質問をしたい」

ボブは、長距離射撃計画を成立させるのになにが必要かを説明した。リローディング・ツール、発射薬の入手、三三八口径の高価な弾薬、おそらくは新品の薬莢、クロノグラフ、風向計、ケステルのポケット風速計、おそらくは照準調整に必須のアルゴリズムを解くためのアプリケーションソフトが必要で、それだけでなく、光学機器やマウント機器、そういうもののためのクリーニング・ツールその他、わざわざ説明するまでもないさまざまな種類の物品が必要だと。

「このあたりのスポーツマンズ・ウェアハウス（アウトドア・スポーツ用品を販売する全米チェーン店）では入手できないものばかりだ」とボブはつづけた。「そういうものを販売する店は、コロラド州とペンシルヴェニア州に各一軒あり、その二軒は揃ってメールオーダー販売にもかなり力を入れていて、それに加え、シンクレア・インターナショナルという大規模店がある。それらの店はすべて、あの種のコミュニティに物品を供給している。その市場は成長するだろうが、われわれにとってさいわいなことに、いまはまだ規模がとても小さい。競技射撃《コンペティション・シューティング》分野の最大のコミュニティは、プレシジョン・ライフル・コンペティションズというやつで、広い場所があればどこでも、たいていは西部で、競技会を開催しているが、大手の製造業者はまだその時流に本気では乗っていない。

もしそれらの店のメールオーダー・システムに入りこめれば、最近そういう物品を数多く購入した人間がいるかどうか確認できるだろう。そしてもし、なにか風変わりな物品の購入が見つかれば、購入者の名をさまざまな競技会の参加者リストと突きあわせて、適法な購入だったかどうかをたしかめる。もし適法なら、その購入者はオーケイだ。もしそうではなく、購入者が異例な人物であった場合は――たとえば、その住所が都会だったり、モスクのそばだったりとかという場合は――詳しく調べてみる価値があるとなる」

「まだ質問が来ないが」

「すまない。わたし自身、頭がひどく混乱しているんだ。その質問とは――実際はふたつでね。そういう記録にここから入りこむというのは、合法なのか？　そして、もし合法でないとすれば、なにはともあれ、それをやってのけることはできるのか？」

「合法だ」とニール。「FISA裁判所にかけて、合法と裁定してもらうことができる。FISAというのは一九七八年に成立した外国情報活動監視法《フォーレン・インテリジェンス・サーヴェイランス・アクト》のことだが、9・11同時多発テロのあと、強化、改正され、われわれの調査権限が拡大されたんだ。ジューバが外国情報活動機関の代表的人物であることは、いまだれのために働いているにしても、明らかだ。イスラエルの文書がその証拠となる。なので、それは合法的にできるし――チャンドラーがお膳立てをしてくれるだろうから――あなたがたは裁判所に出す要請文を作成してくれればいい。釣りのライセンスとはわけがちがうから、対象の範囲を強く絞りこんだ文書にしなくてはいけない」

「それはわたしにはむりだな」

「時間がかぎられるだろうから、チームがいつでもこの計画に乗って、強力に押し進められるようにしておいたほうがいい。いったん、ことが終わったら、それでおしまいになる。その法律は、全般的な監視業務のためではなく、ひとつの事案、限定的なひとつの事案の追求を支援するために制定されたものなんだ」

「それはよくわかった」

「モサドのやりかたはそれよりはるかに容易なんだがね」ため息混じりにゴールドが言った。「われわれはさっさとやって、夜はぐっすり眠れる」

「あなたにはひとつの利点がある」ニールが言った。「あなたの国はいまも戦時状態にある。われわれは、〝だれも怒らせてはならない〟というパーティ・ゲームをやってるようなものなんだ」


書類が早急に作成されて、FISAの合法裁定が得られ、その時点で、サイバー犯罪部門の部長が、モサド所属のガーション・ゴールドは、たとえ友好国ではあっても外国情報機関の代表者にはちがいないということで、この捜査における補佐員に認定するわけにはいかないと判定した。

　ボブは即刻、辞任を申し出た。

「ばかなことをしてくれるな」ニックが言った。

「ばかはどっちだ？　彼はサイバー犯罪部門では世界最高の男だ。伝説的な人物なんだ。だからこそ、彼はここに来た。それなのに、いまになって、彼がエレベーターで一階下へ降り、テルアヴィヴでやっていたのとまったく同じようにモニターの前にすわるのはだめだと言いだすとは」

「たしかに、わたしはそう言ってる。それが連邦法の規定であり、それに則れば、サイバー犯罪部門の裁定は正しいということだ。もしなにかまずいことが起こり、のちになって、われわれがイスラエルのサイバー戦争に従事する高等教育を受けた国民を非合法にここの中枢情報センターに入れたことが暴露されたら、一般的な情報源をもとにわれわれに敵対する活動に利用されるおそれがある。優先課題がちがうんだ。あんたはジューバを捕らえることに注力し、サイバー犯罪部門は捜査局の無謬性《むびゅうせい》と、政治活動家やプレスの攻撃に対する不可侵性を保持することに注力するということだ」

「ゴールドは、この難局を打開できる世界で唯一の男かもしれないんだぞ。あんたは、われわれが三十フィート下の階でへたな仕事をやってるあいだ、彼は上の階でまずいコーヒーを飲んでるんだと、活動家の連中に知らせたいというのか？　戦争を引き起こす原因となるやつが、勝手に飛びまわっているというのに?」

「サイバー犯罪部門は天秤《てんびん》に掛けたんだ。それは官僚的には、たくみな策ではある。われわれとしては、その裏をかくような、うまい作戦を考案しなくてはいけない。どちらの男にも私情はさしはさむな。これは、われわれが乗り越えなくてはならない障害のひとつにすぎないんだ」

「ウォード・テイラーをこの件に引きこんだらどうだ?」

「それはできるが、彼も同じことを言うだろう。そう言うしかないんだ。彼に選択の余地はない」

この論争を終わらせたのはゴールドだった。

「サージェント・スワガー、こういう戦いは世界中のありとあらゆる情報機関や法執行機関で日々くりひろげられているんだ。モサドでもよく、そういう光景を見てきたよ。われわれはそれに命名までした。グレイ・フーリッシュネスと。それを打ち負かすことはできない。出しぬくしかないんだ。あなたがたがこの件でエネルギーを浪費せず、われわれがその裏をかくことができるような方法を教えてあげよう。われわれ双方にとって重要なのは、このビルディングのなかで筋を通そうとするのではなく、ジューバがまたもや世界に混乱と死をもたらさないうちに、彼を捕まえるか殺すかすることだ」

「いまのは大人としての発言のように聞こえるね」とニック。

「それは同感」ボブは言った。「しかし、どこから手を着ければいいものか、わたしにはよくわからない」

そこで、ゴールドがボブとチャンドラーに、モサドならこの場合、どんなふうに捜査をやるかについて、ざっとした説明をおこなった。

「それだけでなく、パターン認識に習熟しなくてはならない。いま教わったささいな事柄は無意味に思えるかもしれないが、それはより大きな謀略のどこかにはまりこむかもしれず、その重要性がいつか際立ってくるかもしれないので、放棄してはいけないことを知ってほしい」

「ことばを換えれば」ボブは言った。「わたしはいまよりずっと聡明になり、ほんとうに頭の回転が速くならなくてはいけないということだな」


その午後、ボブは許可を受けて、トップシークレットのコンピュータ・センターに入り、そのあと特別室に足を踏み入れた。そこで、彼とチャンドラーが——キーボードを打つのは、若い彼女のほうが速い——サイバー・スペースでの狩りをおこなうのだ。

　彼らのターゲットは、ペンシルヴェニア州モントゥアズヴィルにあるユーロオプティック・リミテッド、コロラド州エリーにあるマイル《M》ハイ《H》・シューティング《S》・アクセ《A》サリーズ、アイオワ州モンテズマにあるシンクレア・インターナショナルのメールオーダー顧客リストで、それらはすべて、長距離射撃スポーツのための高性能で高価な機器を販売する店だ。最初のふたつは、アキュラシー《A》・インターナショナル《I》のライフルをアメリカ合衆国内で販売する、連邦《F》銃火《F》器《L》免許を受けたディーラーだった。

「ほかにもいろいろとあります」チャンドラーが言った。「サージョン・ライフル、JPライフル、カデックス、サコー、MHSA。サヴェージ・アームズも同類ですし、はるかに低価格のルガーもあります。これらのなかから、彼が買わなかった物品を選別するには、どうすればいいんでしょう?」

「それは、わたしにもわからんね」ボブは言った。「しかし、こうは考えられる。AIが一番で、もっとも有名だ。しかも、それは激烈な戦闘で性能を試されているが、ほかのはどれもそれほどではない。なにより重要なのは、それは二〇〇九年にアフガニスタンで、イギリス軍王室騎兵隊のクレイグ・ハリソンが約一マイル半の距離から狙撃を成功させたときに使用された銃器ということだ。ジューバはそのことを知っているだろうし、耳にしているだろう。やつの心の動きからすると、それを模倣しようとするにちがいない。となれば、やつは二〇〇九年にハリソンが用いたのとまったく同じか、ほぼ同じ機器キットを揃えようとするだろう。そこが、知力の発揮しどころとなる」

「ゴールドはなんと言ってました？」

「それはやつのパーソナリティに――つまり、あの野郎の秩序だった思考と行動に――合致すると、彼は考えてる。やつは新たなことを試みる実験者ではない。以前にあったことの手順をそのまま、ごくゆっくりと正確に踏んでいき、いつ、どこでやるかを決定して、同じ結果を得ようとするだろう」

「ミセス・マクダウェルにあたってみてはどうでしょう？　彼女はジューバを世界でもっともよく知る人物ですから」

「いや、彼女に尋ねようとは考えなかった」ボブは言った。「彼女はあのささやかな潜入仕事をあまりうまくやれなかったことをひどく気に病んでるから、この話にひきずりこむわけにはいかない。彼女に電話したほうがいいと思うか？」

「いいえ、われわれがほんとうの窮地に追いこまれるときまで、彼女はそっとしておきましょう」

「それがいい」

「ゴールドだけでじゅうぶんでしょう」とチャンドラー。「ですが、われわれがこれらのリストにある物品のなかからなにかを見つけたとしても、それは店の商品だの特売品だのといったものの販売履歴のひとつでしかないかもしれません。わたしがそのように言う理由は、ジューバ自身がオーダーをしたのではなく、彼に協力して動いている手先のような人間がやったのかもしれないと考えるからです。それに、彼の行動計画《アジェンダ》では優先順位が異なるかもしれない。もしかして、よくある銃器店のどれかできわめて良質のスタイナーの光学機器が買えるとしたら、あの男は五百ドルほどを節約するために、シュミット・アンド・ベンダーではなく、スタイナーを購入するかもしれません」

「いい指摘だ、チャンドラー。いやはや、これほど目端が利くとは。へまをやらかすことはけっしてない？」

「一度だけ、あります。わたしをセックスが大好きな女だと思いこんだ男と結婚したこと」

「それは世の中でひっきりなしに起こってることじゃないか？」

「ひとりの女が離婚しただけじゃ、その問題の解決にはつながらないでしょうね」

その二、三分後、ほかでもない、彼の頭脳がひとりでに思考をめぐらして、ある解答を見つけだした。それが正解なのは明らかだった。

「おう、そうか」ボブは言った。「ジューバが使うライフルはまちがいなく、アメリカ国内のだれかが盗まれたものになる。盗まれた人物はおそらく、一流のライフル競技のシューターだ。そして、その男もまた同じ理由から、ハリソンの装備を模倣しようとしたはずだ。たしかに、ほかのライフルでもうまくいくかもしれないが、ジューバにはＡＩの装備を用いれば必ずうまくいくことがわかっていた。それは、元の持ち主と想定される男にしても同じだ。その男は、本人はけっして認めないだろうが、おそらくは、しかるべき装備を用いることによってスナイパーとしての名声を得ようとしたのだろう。つまり、われわれは盗まれた銃のリストに目を向けなくてはいけないんだ」

「了解です」チャンドラーが言った。

そこで、最初にあたるのは、盗難銃のすべてがリストアップされている、全米火器登録名簿となった。該当する銃を選んで持ち逃げした人間が見つかり、それがこの問題の核心へ導いてくれることになればいいのだが。いや、そんな幸運には恵まれなかった。もっとも近いのはバレット五〇口径だったが、すぐさま管轄《かんかつ》当局に電話をしたところ、それはすでに取りもどされていることが判明した。

そんなわけで、ひどく疲れる可能性が大だったが、彼らは三つの店の販売記録をあたることにした。

まずは、その三つの店の過去五ヶ月間における――恣意《しい》的な期間なのはたしかだが、彼らはよほど追いつめられないかぎり、それより前にさかのぼるつもりはなかった

──販売記録を調べてみたが、興味を引かれるようなものはろくになかった。ニールのプログラムを使わせてもらい、〝アキュラシー・インターナショナル　338ラプア・マグナム〟のキーワードでフィルタリングしても、そのライフルとその口径への崇拝《すうはい》を基盤とするカルト的小集団に行きあたるだけだった。なんにせよ、購入された物品はすべて、その銃器の付加的な雑品──クリーニング・キットだの、AI用の光学機器マウント装置だの、運搬用のケースだの、レンチ・セットだの、銃身を覆ってその金属面からの反射を防ぐためのミラージュ・バンドだの、頭隙《とうげき》計測器だの、ボルトキャップ取り外しツールだのといった物品──ばかりだった。その種のカルチャーに属するひとびとがぜったいに所有しなくてはならないと考える〝おもちゃ〟は、じつにたくさんあるのだ。

「プリティポニー（アメリカの女の子たちに人気のあるおもちゃ）を集める小さな女の子みたいなひとたち」チャンドラーが言った。

特に高価な商品が販売された記録はなく、射撃に必須の商品はなにもなかった。スコープはその例外だったが、ボブは、シューターたちのほとんどはすでにスコープを持っているだろうと推測した。それだけでなく、ジューバのライフルはそもそもアメリカ国内で盗まれたものと想定すれば、それには最初からスコープが装着されていただろう。だれかがなにがなんでも、AIライフルと338ラプア・マグナムを一挙に入手しようとしたことをうかがわせる記録はなかった。

「なにかピンとくるものは？」ボブは問いかけた。

「あなたは田舎出の天才。わたしは州立大学に行きたくてガリ勉し、全優で卒業しただけの人間。わたしの創造力は木切れ程度のものなんです」

「〝L・E・ウィルソン・ダイス〟と〝338ラプア・マグナム〟でフィルタリングしてみよう」

「それはいったいなんですか？」

「リロードを超正確にやろうとすれば、すべてはダイスによる機械工作の精度に懸かってくるんだ。あの種の競技をする人間はだれでも、ウィルソンのダイスがベストだと知っている。そういう男たちは百分の一インチ単位の精度であらゆる角度を完璧にしようとする。彼らはそういうことが得意でね。加えるに、ウィルソンのは、でかいだけで粗雑なプレス機でなく、持ち運びのできる機械だから、ライフル射撃場で研磨して弾薬をロードするということが容易にできる。大量の作業には向いていないが、ベンチレスト射撃をする男たちがもっともよく使うダイスのひとつなんだ。揺れやずれの生じない構造で、とても精度が高く、それを使えば、すべてのパーツをメルセデスのエンジンのようにぴったりと組みつけられる。さらに言えば、わたしはジューバの作業場でそのひとつを目にした――あの男がライターの火でそれを、そしてやつ自身を焼いてしまう前に。あれは、とてもコンパクトな明るい黄色のボックスにおさめられていた」

彼女がそのキーワードを打ちこんで、リターン・キーを押すと、コンピュータが数秒間、スキャンとフィルタリングとソーティングをおこない、過去五ヶ月間に、338ラプア・マグナムのサイズに適したウィルソン・ダイスセットと——ネック・サイジングとブレット・シーターのセットだ——最初の研磨をするのに用いる、三個の〇・三六六インチと二個の〇・三六七インチのネック・サイジング用の軸受け筒《ブッシュ》を購入した、九名の人間を洗いだした。この時点で、その九名の名が判明し、それらをすでにコンピュータに保管されているいくつかのデータ・フィールドにかけてみると、いずれもノースアメリカン・ロングレンジ・シューティング・アソシエイションの会員であることがわかった。それは長距離射撃競技会の大半を主宰している団体で、西部一帯における長距離射撃スクールへの入門口でもあり、現在、射撃の世界を席巻している特殊部隊隊員という、選ばれし者の射撃技術のすべてをたたきこむトレーニング・マニア的な一面も持ちあわせていた。九名の購入者のうち八名はどこにでもいる人間の部類だったが、九人めの男はサウスカロライナの富裕なガン・コレクターで、NRA理事会の一員でもあることがわかった。

「もし彼だったら、まずいな」いくぶん不機嫌な声で、ボブは言った。「もし彼だったら、新聞が大騒ぎするだろう」

「彼はそういうタイプじゃない?」

「一度、会ったことがあるんだ。金持ちで、NRAの大物だ。自動車のディーラーをいくつも所有している。スバルの販売で億万長者になった男がジハードのテロリストになるはずはない」

「それは一理ありますね」とチャンドラー。

ここに入ってから十八時間が経ったが、収穫はなかった。

「残り時間はどれくらい?」

「六時間」

「これではなにもつかめそうにない」

「なにもつかめないことを証明することになるのでは。捜査の道筋のひとつを排除することになるのではないでしょうか。それだけでも、ひとつの価値はあったと」

「そうかもしれないな」と彼は言って、あくびをし、腕時計に目をやった。「ちょっと休憩しよう」

「そうですね」

ふたりは厳重に警備されたドアから部屋を出て、本来のフロアへひきかえした。もう夜になり、かなり遅い時刻とあって、昼夜を問わず灯りがついている業務管理セクターを除き、テロ対策部門はほぼ無人となっていた。ふたりはそこを通りすぎて、ラウンジに入った。ソファにすわり、アキュラシー・インターナショナルのメールオーダーには縁のない静かな場所でのんびりするのが目的だったのだが――

「ミスター・ゴールド！」ボブは言った。恰幅《かっぷく》のいいイスラエル人がそこのテーブルの前にすわって、書類をめくっているのが見えたのだ。

「やあ、ハロー」

「まだここに？」

「なにかの助けになれたらと思ってね」

「助けになってくれたらいいんだが」

「運に恵まれなかった？」

チャンドラーが、ふたりのやった探索の内容を、ランダムにならないように心がけつつ、要点をまとめて説明した。

「徹底的にやったように思えるね」とゴールド。

「ネック・サイジング用のブッシュがらみでなにかつかめるかもしれないと考えたんだが、そうはならなかった。そのすべてをチェックしたんだがね。あれは、338ラプア・マグナムを使う計画を進める者はだれでも、ぜったいに必要とするもののひとつになるはずなんだ」

「うん、なるほど」とゴールド。

「なにか提案は？」チャンドラーが言った。「ＦＩＳＡに指定された時間が、もうあまり残っていないんです」

「実際的な手立てはなにも思いつかない。けれども、ひとつの可能性は残っているよ」

「うん？」

「あなたの潜在意識はすでにそれを察知しているはずだ。いまもあなたに注意を促しているだろう。ところが、あなたの脳みそは意味のないあれこれで凝り固まってしまっている」

「一杯やれとほのめかされてるように聞こえるな。ただし、それにはひとつ問題がある。もし一杯でもやったもんなら、三週間後にはロデオ・シーズンのカルガリーにいて、四人の子を持つカウガールと結婚するようなはめになるだろうよ」

それは彼の家系に代々受け継がれてきた悪癖だった。たいていはだれかが笑うものだが、今回はそうはならなかった。

チャンドラーがリラックスしようとするように、クッションの効いたソファにもたれこんで、目を閉じる。

「こうやっても、姉妹たちの夫のそれぞれが、コップのわたしに長い長い週末の休みをとらせようとしている光景しか見えてきません」

「その夫たちのだれかがジハードのスナイパーだとか？」ボブは問いかけた。

「いいえ。医師と弁護士だけ。そのなかのひとりは、家土地を売りはらって、詩人になりたがってるんです。あのひとが最悪。詩人はいつだってそうですけど」

　彼女のほうは笑いを取った。

「オーライ」しばらくして彼女が言った。「数字に関して、なにかが見えてきたような。そのなかの三つが。8、7、1」

「数字からなにかを想像する能力がある？」ゴールドが問いかけた。

「わたしにはなんの想像力もないです。数学が得意というだけのことで」

「つまり、数字を思い浮かべると、リラックスできるということだ。それは、意識と下意識のあいだの思考の流れを妨げるものが減じることを意味する」

「そうかも。でも、8と7と1が見えるだけで、それは最近、いつか、どこかで見たものだと思います。それがなにかに結びつくのかどうか、さっぱりわかりません。8と7と1がなににつながるんでしょう？　スワガー、この捜索のなかで、なにか思い起こせることはあります？」

「数字はたくさん出てきたな。電話番号、郵便番号《ジップ・コード》、カタログ番号、銃の口径、トリガー・プルの重量値」

彼女がiPhoneを取りだして、サファリを起ちあげ、検索窓に〝871〟のキーワードを入力する。

「エリア・コードではないですね」彼女が言った。

「ジップ・コードを調べてくれ。ジップ・コードの最初の三つの数字だとか」

彼女がそうする。

「オーケイ。これはニューメキシコ州アルバカーキの二十ヶ所ほどのエリアを示しています――87102から87113までの」

彼らはちょっとその意味を考えた。ややあって、ゴールドが口を開く。

「すべて地続きだ。つまり、町か郊外かはさておき、すべての地点が物理的に完全につながっているということだ」

「たしかに。では、338の愛好者は大勢いるが、彼らが隣接した地域に住んでいる確率はどれほどのものだろう？　おそらく、西部ではほかの地域より確率が低く、しかも、相互にかなり離れているはずだ」

「オーケイ」彼女が言った。「サイバー犯罪部門へひきかえして、8と7と1がどこへ導いてくれるか、たしかめてみましょう」

28

小麦畑

午前の中ごろ、彼らの車は小麦畑のそばを通りかかっていた。

小麦畑がはるかかなたの地平線まで延々とつづいている。畑の上を吹き渡る風が黄金の穂を水のようになびかせていて、そのなかに農場の家屋やサイロや、木立のように見えるものが点在していた。ときおり、赤と緑の巨大な機械が——脱穀機やコンバインや地均し機《バッカー》が——戦車のように大地を通りすぎていく。空は青く、広く、かすかな雲がかかっているだけで、空気は乾燥しきっていた。彼はこれまでこのような小麦畑は見たことがなく、いまそれを見て、よろこびを覚えていた。

この連中は異教徒かもしれないが、と彼は思った。すぐれた小麦農場主であり、もしかするとロシア人を凌いでいるかもしれない。

彼はなにも言わなかった。このメキシコ人たちが小麦のなにを知っているのだろう？　その答えは——なにも。これは便宜的な——たとえば金銭的な——そして、実際的な必要性に基づく、同盟にすぎない。

彼と向かいあうシートに、貴族めいたメネンデスがすわっていて、これまでずっとスペイン語で電話の相手と会話をしていた。たぶん、その帝国の末端にいる連中にあれこれと命令を出しているのだろう。ジューバにはその内容はさっぱり理解できなかったが——理解する必要もない——メネンデスのような男のありようはよくわかっていたし、自分になんの幻想もいだいていないこともわかっていた。あの若者、ジャレドの件が、この男が幻想を持つことはありえないことを明らかにしたのだ。

ジューバはその件は気にしていなかった。そもそも気にする必要はなかった。あの若者自身が、そのことを証明している。もちろん、人生で初めて訪れた土地の農場で、だしぬけに死ぬことになっても仕方がないとまでは言わない。だが、それはそれ、ジューバは任務の命じる規律に従わねばならない。自分は、情報を司る上司たちや謎めいた資金源のためではなく、アラーのために働いている。アラーは自制を求める。そして、自分はメネンデスのためではなく、アラーのために自制するのだ。

いま、ジューバの生命と使命はメネンデスの手中にある。どれほど膨大な資産を持つ男かはだれにもわからないが、この時点では、ジューバとしては受け身を通し、抵抗はせず、自分のなかにあるスナイパーとしての柔軟性に頼るしかなかった。観察し、計算し、頭に記録する。それでじゅうぶんだろう——いまのところは。

メネンデスのかたわらに、ホルへと呼ばれる男がすわっていた。その男は通訳で、アラブ人とメキシコ人が奇妙に入りまじったような顔立ちをしている。どんな堕落と冒瀆《ぼうとく》があって、こんな子孫が生まれてきたものか？　こいつは地虫のような卑しい顔をしていて、こびへつらい、ばかばかしいほど従順だ。使い捨ての男であることは、だれの目にもわかっているだろうが、本人だけはそうではない。こいつはおそらく、自分はきわめて重要な人間だと思っていて、たまたま混血者として育ったおかげで運よくメネンデスにとって有用な存在になったにすぎないことを認識していない。だが、メネンデスは、もし必要に迫られれば、あっさりこいつを始末するだろう。こいつの顔にはつねに、守られている人間ならではの楽天的な表情が浮かんでいる。自分は大物たちといっしょにいるんだと思っているのだろう。この男をさげすむのはジューバの原則に適っているのだ。

それはさておき、もちろん彼には、自分がいまどこにいるのか——わずかな知識からすると、カンザスと考えるのが当たっていそうだが——見当がつかなかった。なにしろ、ハイウェイに標識が頻繁に現れてきても、それを読めず、だれかが話しかけてくるのは食べものや飲みものを提供するときだけであり、彼は彼で、好奇心をあらわにするのは避けるようにしていたからだ。ともあれ、その状況は、車がハイウェイを離れて小さな街に入り、その郊外を通りすぎて、小さな飛行場に着いた時点で、一変した。

「さて、わが友よ」ホルヘを通じてメネンデスが言った。「より迅速に行動する時が来た。わたしの感触では、きみが逃亡した地域に近いところから空路で移動するのは、空港はどれも厳重な監視下にあるだろうから、安全ではない。いま来たこの飛行場なら、だれにも気づかれずにすむ」

ジューバはうなずいた。

彼らはゲートを通りぬけ、がらんとしたパーキングロットをまわりこんで、格納庫に着いた。近辺に多数の航空機が駐機して、真上から降りそそぐ日射しを浴びていた。そのすべてが、地面に近いところまでテールをさげ、プロペラを直立させ、形状はそれぞれ異なれど、スティールの胴体とアクリルのキャノピーをまばゆく輝かせて、太いタイヤの上に鎮座している。高速で空を飛ぶように見えるが、いまはどれも動いていなかった。それにはかまわず、車は進んでいき、ドライヴァーは駐機場へではなく、滑走路の端へ彼らを運んでいった。そこにはすでに、燃料が満たされた双発のジェット機が、エンジンをうならせて待機していた。

車が近づいていくと、ジェットのキャビン・ドアが開き、たたまれていたタラップが降りてきた。

メネンデスが、だれかはわからないが、この場に必要な助手たちに電話で指示を送り、そのあとジューバの肩に腕を置いて、タラップのほうへ行くようにと指示した。彼らは飛行機のほうへ歩いていき、数秒後にはふたり揃って機内に足を踏み入れた。豪奢《ごうしゃ》なタン色の革張りインテリアになっていて、物腰の柔らかいスチュワードがアルコール飲料を提供し——メネンデスはずんぐりとした幅広のグラスに注がれ、氷が落とされた茶色の飲みものを手にした。ジューバは——自分の信仰は飲酒を禁じているのをだれも理解していないことに内心いらだちながら——丁重に酒を断った。そのあと、彼らはシートへ案内された。

そして、シートベルトを締めた。

29

サイバー犯罪部門、ゾンビーランド

三つの販売店――ユーロオプティック、マイルハイ・シューティングアクセサリーズ、そしてシンクレア・インターナショナル――の販売記録を洗いざらい調べたところ、ジップ・コードが871××に該当するエリアの客への商品の発送は九回あったことが判明した。九回のうち三回は荷物が二個となっていたので、実際には、アルバカーキの四種のエリア・コードに該当する六つの住所へ送られたことになるが、宛先の氏名はすべて同じだった。

「どこにでもある名前ですね」チャンドラーが言った。「ブライアン・ウォーターズって。なにか意味があるんでしょうか?」

「よくわからないが」ボブは言った。「そのうち、なにかひっかかってくるかもしれない。続行しよう」

総括すると、九回のオーダーで送られた商品はまずまちがいなく、アキュラシー・インターナショナル338ラプア・マグナムの手入れや装弾用の先進的キットを形成するものだったが、目を引かないようにするための偽装として、少しずつに分けてオーダーされたものだとわかった。

「ひとつ、興味深いものがある」ボブは言った。「この男はウィルソンのブレット・シーターとネック・サイザーをまとめてオーダーしているが、367のネック・サイジング用ブッシュは別途にオーダーしている。だが、あのライフルをシステムとして作動させるには、その両方が必要なんだ。これはつまり、そいつはリローディング・キットをつくりあげようとしていたが、だれにも気づかれないように、分けてオーダーしたということだ。ところが、チャンドラーが8、7、1の数字にピンときたというわけだ」

「では、この〝ブライアン・ウォーターズ〟はリローディング・キットをつくりあげようとしていたが、だれにも、とりわけサイバースペースに入りこんで嗅《か》ぎまわる連中に――はっきり言えば、わたしたちに――そのことを知られたくないと思っていたと」

「それだけじゃない。この〝871〟の男は弾道計算用の装置にも出費している。その装置というのは、風と距離の修正値を計算するためのさまざまな外的要因とアルゴリズムがあらかじめ設定されたハンドヘルド・コンピュータでね。338ラプア・マグナムの薬莢に、シエラの二百五十グレインHPBTマッチキング弾頭と、八十九グレインのホジドンH1000発射薬をリロードしたとしよう。南南西の風が風速半マイルで吹き、気圧は約千二十ヘクトパスカル、湿度は五十四パーセント、距離は一千九百二十二メートル。ボタンを押すと、入力したその数字を元に照準の零点《ゼロイン》規正の解が与えられる。たとえば、〝ウィンデージ：左へ12・7ミル・ドット、エレベーション：上へ14・44ミル・ドット〟といったふうに。そこで、ノブを――風向と上下《ウインデージエレベーション》のノブを――規正された値に合うところまでまわし、トリガーを絞る。すると、千九百二十二メートル先で、だれかが倒れて死ぬという寸法だ」

「いきさつがつかめましたね」

「まだあるぞ。住所のひとつが、ウィッデン・ブレット・ポインティング・ダイス・システムとなってる。これは最新できたばかりの会社で、そこのダイスを使うと弾頭の先端を〝鋭利に〟することができ、それは長距離射撃において大きな助けとなるんだ。そして、わたしの見立てちがいでなければ、このもうひとつの商品は電子式の焼き鈍し《アニーリング》機械で、これを使うと、金属を焼き鈍《なま》して、その内部組織をさらに均質化することができる」

「きっと、この男は銃器の雑誌を全部読んだんでしょうね」とチャンドラー。

「いや、こういうことはまだ雑誌には掲載されていない。この男はそれよりずっと先行している。そして、このことは、ジューバの忍耐力、勤勉さ、手順をひとつひとつ踏んでいく規律正しさ、準備の周到さ、けっして急がず、いかなる失敗もやらかさないやりかたに、そぐわしい。ジューバは、ミセス・マクダウェルもミスター・ゴールドも言っていたように、tの横線やiの点をぜったいに入れ忘れない几帳面なやつだ。ジューバは、みずからこれらのオーダーをしたのではないだろうが、この件で彼に協力している連中に、工作計画と必要な安全処置を提示したにちがいない」

「となると、わたしはこう考えます」チャンドラーが言った。「この六ヶ所それぞれの住所を調べ、なにが見つかるか確認するというのはどうでしょう」

「いい方策だ」ボブは言った。

そのデータを引きだすのに、さほどの時間は要しなかった。

「住宅はひとつもない」ボブは言った。「すべてが、フェデックスのオフィスか、UPSの取扱店。どれも、受取人が荷物を取りに行くところだ」

「そうですね。そして、通常、こういう店舗では個人用の郵便受けをレンタルできるのですが、ブライアン・ウォーターズの場合は、取扱店に申請して、POボックス《PO》は借りず、その取扱店の住所だけを指定しています。これもまた偽装工作のひとつでしょう」

「うん。そして、さらに言えば、メールオーダーの荷物がPOボックスに送られることはほとんどなく、もっぱら居住地の住所に発送されるが、それは厳格なシステムではない。送り主がそれをチェックすることはない。住所さえ記されていれば、よけいな時間をかけたり、その住所にあるのが住宅ではなくなにかの店舗であることをたしかめたりはしないんだ」

「では、このすべての物品の購入に際して使われたクレジットカードの番号を調べてみましょう」

これもまたすぐに見つかった。またもやブライアン・ウォーターズ。

ひとりの男に六つの住所。フェデックスのオフィスのそれぞれはほかの五つが使われたことを知らず、男はそのようにしてすべての商品をオーダーしたのだ。

ボブは、自分が持ちあわせている射撃競技者たちのリストへ目をやった。

「この男は、ニューメキシコ州のNRA射撃場で開催された一千ヤード射撃チャンピオンシップで、上位の成績をおさめたとなってる。彼はシューターだ。まちがいなく、やつらはその工作の隠れ蓑《みの》として、彼を利用した。その生死は不明だが、たぶん死んでいるだろう」

彼はその男に思いを馳せた。射撃マニアで、たぶん私的に使えるカネがちょっとあり、一マイル先の標的に338の弾丸を撃ちこんで、直径二インチほどの円にまとめることだけを生きがいにしていたのだろう。なんのために？　スナイパーでなければ、それにはなんの目的もなく、ひどく面倒なことでしかない。その男は、要請されればそういう射撃をコールド・ボアでやってのけられる、世界でもわずかしかいない男たちのひとりになろうと決心した。それが人生のすべてとなった。数字と重量が大きな意味を持つ射撃の世界に生き、体の動かしかたをそれなりに磨きあげていた。そしてある夜、何者かがその住居に忍びこみ、消音器を装着した銃で彼の脳に弾丸を撃ちこんだ。そいつらは彼のライフルとリローディング用の物品を奪って、ひそかにシリアへ送り、そこにいたジューバという冷血な男が彼に成りきって、そのライフルをマスターし、さまざまな術策を習得した。その心のなかには、ほかの人間を大勢死なせることになる、なにか陰湿な目的がひそんでいた。ボブは身震いした。

ミセス・マクダウェルは、息子を殺したことでおまえの命をほしがっている。イスラエルのひとびとは、あのバス事件のことでおまえの身柄をほしがっている。海兵隊は、バグダッドでのことでおまえの命をほしがっている。だが、わたしは、世間になんの害もおよぼさず、本人にはなにもわからない理由で殺害され、利用された、この射撃マニアのためにおまえを殺してやりたい。

「やつはいま、この国にいる。ライフルを手に入れ、シリアで使っていたのと同じような物品を、そういうのはかさばりすぎて、ひそかに持ちこむことはできないので、クレジットカードを使ってオーダーした。そして、それらが組み立てられようとしているんだ」

「ワオ！」彼女が言った。「それはちょっと飛躍しすぎなのでは？」

「そうじゃない」ボブは言った。「彼の名は、ブライアン・Ａ・ウォーターズだ。シリアで、あの作業場が炎上したとき、わたしは彼のガン・ケースを、炎がそれを呑みこむ前に見た。Ｂはすでに焼け焦げていたが、ふたつのイニシャル、ＡとＷをこの目で見た。やつらはカモを必要としていた。そして、どうしてか、なんの因果か、彼が目をつけられることになったんだ。暗殺の陰謀を実行するには、リー・ハーヴェイ・オズワルド（ジョン・Ｆ・ケネディを暗殺したとされる男）の役を割り当てる人間がいなくてはいけないだろう？」

30

大農場《ランチ》

　着陸に伴う機体の揺れで、彼は目を覚ました。今回の夢にはアメリカ人スナイパーは出てこなかった。それに代わって、頭部に銃弾を撃ちこまれて倒れていくときの、ジャレドのうつろな顔を夢に見た。それは空想の産物だった。ジャレドが倒れたとき、ジューバはその表情を見ておらず、拳銃が発射されたときの銃口炎がそれを照らすということもなかった。それなのに、目覚めたとき、意外にも、ジューバは悲嘆と心痛に身震いしていたのだ。任務の命じる規律に従え、と彼はみずからに言い聞かせた。あんなことは頭からはらいのけ、押しやってしまうのだ。

　彼がぶるんと首をふって、完全に目覚めたころ、飛行機が滑走を終えて停止した。

「昼寝を楽しめたかね？」

「ああ」

「もうそれほど遠くない」

スチュワードがドアを開き、ローラー式のそれを横へ滑らせてから、ボタンを押してタラップを降ろす。ドアが開かれたとき、まばゆい日射しが機内にあふれかえった。ジューバは目をしばたたきつつも、外気が流れこんでくるのを感じた。それは温かく、野の花の咲く草地のにおいが混じっているようだった。機内より涼しい空気のなかへ足を踏みだすと、山脈に取り囲まれた場所に出たように感じられた。周囲全体に緑なす山々がそびえたっていて、いかつい老人の顔のようにごつごつしたものもあれば、まだ雪帽子をかぶったまま稜線の上に突きだしているものもあった。そこは、どこか知らない土地の小さな飛行場だった。地上にある飛行機はすべてジェットのように見えるから、おそらくは富裕なひとびとのための飛行場なのだろう。それらジェット機はどれも、後退翼を備え、閃光、スピード、稲妻といった、現代のエリートたちの快適な移動手段のシンボルを表現する派手な図柄が描かれていた。

一台のランドローヴァーが待機し、ドライヴァーが乗りこんでいた。そのかたわらにメルセデスSが駐車していて、それの周囲に配された四人の男たちは身なりがよかったが、いずれも似たり寄ったりの風貌だった。バグダッドにいるアメリカの建築請負業者たちを思い起こさせる四人が、手をだらんと垂らした格好で立っている。ボディガードたちだ。彼らはその車のなかで武装警護業務に就いてきて、いま迅速にそこから降りてきたのか、あるいは、その巨体で車を守ろうとしてきたのか。全員がサングラスを掛け、全員がかたつむりのようなイヤフォンをし、全員が脅威に備えるべく、到着したひとびとをではなく地平線を監視していた。

「さて、わが友よ」メネンデスが言った。「あとほんの少しで、きみは要望したあらゆるものを手にするだろう。そのほとんどが、要望どおり、完全に安全かつ内密に保管されている」

「万全な準備をしていただき、いたく感銘を受けました」ジューバは言った。

「われわれの組織の規模は、フォーチュン500に名を連ねる企業の多数より大きい」メネンデスが言った。「苦境に立つことも、とりわけこの七年ほどはしばしばだったが、わたしは誇りを持って、われわれは成長していると言っておこう。カネは万人のためにある。きみには、カネはたいした意味を持たず、政治がすべてであることはわかっているが、政治的成果を達成するにはカネはなくてはならないものなんだ」

「たしかに。しかし、それはおれの関心事ではないです。カネのことはほかのみんなに任せましょう。アラーがある種の戦争のための才能を授けてくださったので、おれはその才能を生かし、異教徒の中核地帯で致命的な一撃を与えてやるつもりです」

「そうであるからこそ、わたしはこれほど熱心に援助しているんだ。カネは、それ自体はなんの意味もない。意味があるのはカネが生みだす成果であり、事実、そのことがこの件をとても興味深いものにしているんだ」

彼らはランドローヴァーに乗りこみ、メルセデスＳがその背後についた。メルセデスに護衛されたランドローヴァーが動きだし、左右に峰嶺《みねみね》がつづく谷間の道路を抜けていく。やはり、またもや、ジューバが予想していた以上に長時間のドライヴがつづいたあと、車はようやく、目立つところはなにもないゲートの前にたどり着いた。

「道路からは、なにも見えない」メネンデスが言った。

車がゲートを通りぬけ、一車線のアスファルト道をくだったのち、小さな丘をのぼっていった。そこに第二の囲いがあり、こんどのそれは有刺鉄線になっていて、ロックされたゲートのかたわらに警備詰所があった。Ｍ４カービンを持ち、やはりサングラスとイヤフォンをした男がふたりいて、彼らがゲートを開いて、二台の車を通過させた。車が尾根を越えて、くだっていく。

ジューバは建築関係の知識を持ちあわせないので、知るよしもなかったが、前方の谷間の地にあるエレガントな丸太造りの大邸宅は、いまは大きな改修を施されてはいるが、遠くシオドア《T》・ルーズヴェルト《R》の時代にさかのぼる有名な建物だった。実際、ＴＲは数多くやった西部での狩猟旅行で一度、そこに宿泊したことがある。だが、ジューバにとっては、それはたんにばかでかい丸太の家にすぎず、彼の思い描く宮殿は大理石の支柱、丸天井、そして黄金の調度品などから成っている。この建物が彼に連想させるのは、少年のころに観たカウボーイ映画に出てくる、張り出しだらけで角が尖っていて、雑に造作された破風《はふ》とバルコニーがある建物だった。

メネンデスがひどく長い沈黙のあと、口数がやたらと多くなったので、ホルヘが絶え間なく通訳をしなくてはいけなくなった。

「もしアーキテクチュラル・ダイジェスト誌の編集者たちがこの有名なハンソン・ランチをだれが所有しているかを知ったら、仰天するだろう。とりわけ、それを購入する資金は、われわれの生産物に彼ら自身の子どもらが支払ったカネが源泉であることを悟ったらね」

この貴族めいた男は自画自賛の権化だった。自慢せずにはいられないのだろう。

「わたしはいくつもの家を――メキシコ・シティ、アカプルコ、アンティーブ岬《みさき》、アメリカのヴァージン諸島、さらにはマレーシアにも――所有しているが、これがお気に入りでね。プライヴァシーがよく守られる。小規模の私兵団がここを警備しているんだ。さあ、よく見てくれ」

ジューバは見物にはまったく興味がなかったが、もてなしを大事にする伝統のなかで育ったので、感心したふりをしながら、案内された各部屋を通りぬけていった。部族的な図柄が描かれた壁や床、重々しい茶色の革張り家具類、熊やクーガーやプレーリーやカウボーイの絵、動物たちの彫刻がたくさんあり――あそこにあるのは〝オリジナルのレミントン〟か?――そして、ぴかぴかのガン・キャビネットがあって、そこには有名なアメリカのウィンチェスターがずらりと並んでいるようだった。

「これはきみの興味を引くだろう」メネンデスが言った。

彼がガン・キャビネットを開き、一丁の銃を取りだす――だが、それはウィンチェスターではなかった。

「わたしはここまでの自分の道程を思い起こすために、これを残しているんだ」メネンデスが言った。「もちろん、これはメキシコ農民の無骨さを反映するものではあるが、階級的な部分はまったくなく、そのことがこれを真摯《しんし》に扱うべき銃にしているんだ」

ホルヘが〝無骨さ〟の通訳に難渋していたが、ジューバは気にしなかった。メネンデスが彼にその銃を手渡してくる。

AK-74の一丁だったが、これには金メッキが施されていた。それだけでなく、機関部に、まるで子どもがはめこんだような、かなり素朴なやりかたでダイヤモンドやルビーがずらりとちりばめられている。シュールな輝きを放つその銃は、ふたつのテーマを――致死性とデカダンの悪趣味を――誤訳されたことば以上に、へたくそに表現しているように見えた。

「これは、以前の競争相手であり、わたしがその組織を完全に吸収した時点以降、わが配下となった男からプレゼントされたものでね。崇拝と敬意、そしておそらくは恐怖を表す物品と言っていい。ちなみに、これらの宝石は本物で、ゴールドはまぎれもない二十四金だ。推定される価値は、およそ三百万ドル。きみのような戦士は、なんたるライフルの空費か、と考えるだろう。わたしのような目利きは、三百万ドルのダイヤモンドとはなんたる空費か、と考える。しかし、これをわたしに譲った男たちにとっては、これは重大な意味を持つ。それゆえ、わたしはこれを保管し、本心から、そして皮肉をこめて、この存在を楽しんでいるんだ」

これはジューバにはなんの意味もない話だったが、そもそもこの如才のない洗練された男、メネンデスの言うことはほとんどが意味を成さなかった。本人にとってはなにか特別な意味を持つのだろう、とジューバは受けとめることにした。

「すばらしい」彼は言った。「しかし、そうであれば、おれもこれほど成功した男には同じ程度のことを期待していいんでしょうね」

「うん、うん、よく理解した。きみが使えるようにわれわれが建て、装備を施した作業場と試射場を、その目で見たくてうずうずしているのはわかっている。だが、まずは――」彼が勢いよく手をふる。「――この男がうろうろするのを見慣れてもらわねばならない。彼はわが付き人であり、わたしがもっとも信頼するボディガードであり、わたしがなにをやり、いかにやるかにおいて、きわめて大きな部分を担う男でね」

　身のこなしはしなやかだが、力強く鍛えあげられた肉体を持つ男が戸口に現れ、メネンデスの前に歩いてきて、おじぎをする。ほかのボディガード同様、その制服はよくフィットした黒のスーツだった。やはりほかのボディガード同様、耳に無線のイヤフォンを掛けているらしく、物慣れた集中力で無線のメッセージに耳を澄ましている。だが、ほかの面々とはちがい、よくフィットした黒のフードを頭にかぶっていて、それがぴったりしすぎているせいでフードというより靴下をかぶっているように見えた。あらわになっているのは目だけだ。

「その職業技術を遂行するための一要素として、セニョール・ラ・クレブラは顔を隠すのを好んでいる。匿名性に重きを置いているんだ。いつも、きみが彼を目にする前に、彼がきみを目にするだろう。彼は狡猾に、忍びやかに、そして優雅に動く才能を備えている。その気になれば並外れたスナイパーにもなれただろうが、彼は刃《やいば》を用いての、より肉薄したレベルの殺しに飢えていて、その手法に長けている。彼のスキルはたぶん、世界でもっともぶっそうなものだ。これまでに多数の警察官や探偵、ジャーナリストや競争相手が——おのれの喉が切り裂かれて空気が漏れる音で目覚め、絶命した。わたしが同僚たちと会議を持つとき、彼がまさしくわたしのすぐ背後にあるのは、並々ならぬ利点なんだ。もちろん、たとえばロサンジェルス郊外でスバルのディーラーとカールズ・ジュニア（アメリカのファーストフード・チェーン）のフランチャイズを経営している仲間と会うときなどは、彼はティントグラスの車のなかに残していく。彼はああいうブルジョア向きではないのでね」

「おれはそういう才能を持つ男に敬意をはらう」とジューバは言い、頭をさげてみせた。

フードの男も頭をさげたが、フードの隙間からのぞく目は集中を解いてはいなかった。

挨拶《あいさつ》が終わったところで、メネンデスがまずジューバをひとつのベッドルームへ案内し――しゃれた部屋だったが、ジューバはベッドルームに関心はなかった――つぎに、食事がどのように供されるか、そしてまた洗濯やメイドのサービスがどうなっているかを説明した。そのあと、庭園を抜けて、メキシコ人の若者たちが美しい馬たちを訓練したり、さまざまな世話をしたりしている光景が見える厩舎の前を通りすぎて、裏口のそばまで行き着くと、ようやく、仮設建築物であるらしい、波板屋根のプレハブ小屋があった。

「わたしとしては」メネンデスが言った。「きみの好みに合えばと願っている。もしそうでなかったら、改修をやらせよう」

ジューバは鍵を受けとって、小屋のなかに入った。

そこは文句なしに見えた。彼が要望したあらゆる物品が、壁際に置かれた巨大な作業台の上に陳列されている。その核心である物品、L・E・ウィルソンから届けられた黄色のパッケージのところへすばやく足を運ぶと、〇・三六六から〇・三六八インチまでのネック・ブッシュが、そしてまた、ネック・サイザーとブレット・シーターが収納された重要なボックスがそのなかに入っていた。別のボックスに、弾頭の先端を尖らせるための装置、ウィッデンのブレット・ポインティング・ダイスが入っていて、そのすぐそばに、シエラのマッチ弾頭と、ノスラー、ホーナディその他メーカーの338マッチ等級の弾頭がおさめられていた。作業台の横に置かれたパッケージはオーラー社から届いたもので、これは速度を測定するための高級なクロノグラフが入っていることを意味した。作業台の上には、iPhone8も置かれていた。弾道《バリスティクス》計算アプリがインストールされ、オリジナルの持ち主によって問題なくプログラムがされているようだった。このホーキンス・バリスティクス・ファーストショット・ソフトウェアは、長距離射撃の世界を支配する各種方程式の解を即座に出してくれるアプリだ。サラセン軍の先頭でひるがえる軍旗のような鮮やかな色をした、無煙火薬のキャニスターが上のほうの棚に置かれ、そのほかにも、新品のアーバー・プレス、フエデラル215M大口径マグナム用プライマー、弾頭のネックとプライマーの穴の両方に使える小さな面取りツール、七冊のリローディング・マニュアルがあり――そのすべてが、異教徒がキリスト像を囲んで祈りをささげる光景のように、中心的な物品の周囲に配されていた。
そして、その物品はライフルだった。

31

八階会議室、ゾンビーランド

ゾンビーたちは飢えていた。ピンク色の顔、ブルーのスーツ、白のシャツ、赤のネクタイ――そういう連中が会議室のテーブルを囲んですわり、血とともに蛋白質を飲みくだすことに飢えて、肉をくれと叫んでいるかのように、ぎりぎりと歯がみをしているのだ。

ボブがいつも嫌ってきた連中だ。ひどく超然とし、ひどく自信と確信に満ち、ひどく堂々としていて、指の爪がひどくきれいで。こんな連中を嫌わずにいられようか？　鉄条網と砂嚢《さのう》の背後に身を置き、塹壕《ざんごう》にもぐり、銃撃をいやほど浴びるという人生を送ってきた人間としては、こういうゾンビーたちを――彼らのなかに混じっている、ゾンビーの仲間ではないひとびとは別として――嫌うのが当然なのだ。ではあっても、この世界はこういうゾンビーたち抜きではやっていけないのではないか？

「オーライ、ニック」ゾンビーの頭《かしら》が言った。「だれが、なんで、なぜ、ニューメキシコ州アルバカーキのブライアン・A・ウォーターズのことを気にかけなくてはいけないのか？　彼には前科も指紋の記録もなく、どの観点から見ても、成功をおさめた、品行方正で広く尊敬されている人物のように思えるんだが？」

「ミスター・ゴールド、その反論はあなたがする？」とニックが応じ、話についていくのに苦労しているゾンビーたちのようすをチェックした。「ブライアン・ウォーターズを発見したのはスワガーだが、ミスター・ゴールドが、それが唯一の可能性のある仮説と判断したので、スワガーがその線で調査をおこなった。そうじゃなかったかな、ボブ？」

「そのとおり」ボブは言った。

ゴールドはゾンビーではない。どうしてか、イスラエル人であることはけっしてゾンビーではないことを意味していた。どういう原理でそうなるのか、ボブにはよくわからなかったが、ひとつの原理であるのはたしかだった。その理由はたぶん、イスラエル人たちはおびただしい苦境を乗り越えてこなければならず、国が生き残れる保証はなく、そしてたぶん、このアメリカの情報機関や法執行機関の幹部たちのこれ見よがしな態度とは対照的に、イスラエル人たちの顔からはそこはかとない熱烈さがうかがい知れるからだろう。

「諸君」ゴールドが話しだす。「テロの意味合いは、終末論的には、中東とここ西欧世界では異なっているにちがいない。中東においては、テロは暴力の行使を意味する。それは、可能なかぎり効率的に大勢の人間を殺すこととなる。西欧世界においては、テロは隠喩《メタファー》にすぎない。多勢に無勢の戦争がその究極に達した状況を表す語のひとつと言えるだろう。それは行動そのものでも、それが引き起こすであろう悲劇でもなく、その行動によって一般市民の想像力が呼び起こされることを意味する。西欧世界が物理的に破壊されることはありえない。それが破壊されるのは想像によってでしかない。戦う能力が消え失せることはないにしても、戦う意志が消え失せることはありえるだろう、それが問題なのだ。

それゆえ、とてつもない費用が注ぎこまれ、とてつもなくよく計画され、とてつもなくゆっくりと進められている、今回のアメリカ合衆国に対する工作の眼目は、たんに価値の高いターゲットを殺害することではない。残忍な教訓を与えることによってアメリカを震撼《しんかん》させるのが、その目的だろう。つまり、〝大事件〟を引き起こすこと。ジョン・F・ケネディの暗殺が大事件になったように。それは何十年にもわたって想像力を呼び起こし、人心を悩ませ、苦しめ、意気阻喪《そそう》させるだろう。そのようにするためには、たんなる殺害では不十分だ。伝説にあれこれと尾ひれが付き、伝説の大きな部分を占める犯人が明らかにならなくてはいけない」

「それは、カモが必要という意味か？」ゾンビー4が問いかけた。

「まさしく」とゴールド。

「モサドは、その目標がどのように達成されると見ているのか？」

「スナイパーが殺害をやってのけるだけでは終わらない。その罪をある人物になすりつける必要があり、それは高い地位を持ち、人心を不安にさせるほど重要な人物でなくてはならない」

「で、それがブライアン・A・ウォーターズということか？」

「まさしく。彼は、リー・ハーヴェイ・オズワルドやジェームズ・アール・レイ（マーティン・ルーサー・キングを暗殺したとされる男）のような、ぱっとしない社会の屑《くず》ではありえない。その重要性はただちに明らかにされるはずだ。プレスはその重要性を裏づける文書的足跡をすっぱぬいて――というか、すっぱぬいたと思いこんで――報じるにちがいない」

「プレスはダラスを再現しようとしたがっているように聞こえるね」

「いや、それを凌《しの》ぐ事態になるだろう。今回のはコントロールされ、管理され、みごとに調整されている。これを動かしている連中はとても聡明で、ジューバ・ザ・スナイパーを彼らの意志を実行させる理想的な駒《こま》として使うことにした。そして、ミスター・ウォーターズは不運にも、理想的な捨て駒と見なされたんだ」

「捜査官チャンドラー？」ニックが声をかけた。

「彼は四十二歳です、というか、でした」けっしてミスをやらかさない女性が言った。

「テキサス州コーパスクリスティで生まれ、テキサス・ウェスタン大学（州立テキサス大学エルパソ校の前身）で高度な技術系教育を受け、ライス大学から石油地質学の学位を授与された。フィリップス社の地質調査部門に四年間勤務して、すみやかに昇進し、すこぶる高い評価を受けた。二〇〇四年、その部門の長になるところであったにもかかわらず、彼は退職し、みずから調査開発会社を創業した。それはめざましい成功をおさめ、彼は六年後には千七百万ドルでその会社を売却した。結婚歴はなく、実子と目される者はおらず、知性はきわめて高く、自制心と積極性を備えていた。まあ、ある意味、結婚歴はあると言ってもよろしいでしょう。ライフルと結婚したと。

　彼は長距離射撃に執着していて、一マイルの試射場を設定できるほど広いニューメキシコ州の土地を購入し、その距離で正確な射撃ができるライフルをいろいろとコレクションもした。そして過去八年間、一マイル先にある標的の中心円《ブルズアイ》に五個の穴をうがつことを探求してきた。これまでにそれに成功した人間は約五十人で、ミスター・ウォーターズは五十一人めになることを願っていた。

　悪徳や政治に関わったことはなく、怒りや憎悪を表したことはなく、われわれが明らかにしたかぎりでは、この世のだれに関しても悪口を言ったことはない。しかし、彼は孤立していた。そのような執着心をいだき、完全にひとりきりで暮らしていたので、彼を利用しようとする男たちにとって絶好の餌食となった。われわれは、彼は利用されたのだと感じています」

「彼は死んだと考えている？」

「はい、そうです。まあ、現実には死んだと。ただし、その死は知られていない。数少ない友人や隣人たちにとって、彼はたんに姿を消しただけであって、彼はよく姿を消していた。世界中をめぐって各地の射撃大会に参加し、アフリカやアジアやニュージーランドで狩りをし、さまざまなカンファレンスにも出席していた。その友人たちは世界レベルのエリート・シューターであり、彼と同じ執着心を持ち、彼と同じ言語を使うひとびとです」

「彼の現在の状況は公的にはどうなってる？」

「彼は——というか、彼とEメール交換をしている人物は——その友人たちに対して、彼は東南アジアへ狩猟旅行に行くので、七ヶ月ほどは連絡が取れなくなると伝えています。われわれは知られている旅行代理店をひとつ残らずチェックしましたが、彼が旅行予定を組んだ形跡はありませんでした。ヴィザの申請も、東南アジアの各国への狩猟許可の申請もしていない。自宅は閉めきられてロックされ、芝生サービス会社の社員が週に一度、インターネット経由のプリペイド依頼を受けて、庭の管理をしている。彼は姿を消したが、事前の通知はなにもなかった。そのようなわけで、われわれは彼が生存している見込みは薄いと見なしています。彼を生かしておくより、殺してしまい、その人生をのっとって、彼に成りすまし、彼らの目的に利用するほうが、はるかに楽なやりかたでしょう。つまり、彼はいまも生きている――といっても、物理的な意味ではなく、その名声と捏造《ねつぞう》された足跡は、ということです」

「なにかそれを裏づける証拠はあるのか、あるいはそれはたんなる作業仮説なのか?」

「それはまあ、彼に関する物理的痕跡は――つまり、フェイス・トゥー・フェイスの交流とか、目撃証拠とかといったようなものは――この数ヶ月間、なにも記録されていないということで。物理的には、彼は地上から消え去ったと思えるということです」

ニックがあとを受ける。

「われわれは、今回のテロ作戦の一部として、ジューバ・ザ・スナイパーがやり遂げようとしている悪事の実行者に彼を仕立てることが含まれていると考えている。あなたがたのような情報工作の経験が豊富なひとびとが〝レジェンド〟と見なす存在が生まれるか、つくりだされ、新聞がその過去を追求して暴露し、身元を隠すことが世界でもっともたくみな連中によって巧妙に物語が偽造されて、彼はこれをやった、あれをやった、彼はこれを信じ、あれを信じていたという話が持ちだされてくる。ひとつの意味を——ひとつの派生的な結果を——でっちあげるために、ありとあらゆる情報がなんらかの方法で世の中にひろめられるだろう。そのようになるからこそ、われわれはこの作戦を阻止しなくてはならないんだ」

「彼は利用されたことがよくわかったように思えるので、われわれとしてはすみやかになにか対策を——」

「わたしが発言してよろしいか？」ゴールドが口をはさんだ。「このごろは〝よくわかった〟ことなどなにひとつない。事実かどうかはすべて、状況によりけりなんだ。現代のメディアは、ある事柄の当事者は何百万ものひとびとに影響力を行使することを許している。もっとも信用されるのは、もっとも声が大きい、あるいはもっとも巧妙に物語を組み立てられる、あるいはもっとも熱烈に偏見を撒《ま》き散らせる連中の発言だ。フェイク・ニュースが——特に、もしそれが、神の仕事をやっていると信じこんでいる記者たちによって暴露された、信頼しうるジャーナリスティックな情報源に裏づけられたものであれば——信用される時代なんだ。われわれがひとつの物語の別のヴァージョンを語ったとして、こちらのほうがあちらよりいいと言ってくれる人間がいるだろうか？」

「どこへ話を持っていこうとしているのかね？」

ニックはすでにすべての手を打っていた。三件の殺人の容疑者としてジューバを、デトロイトにおける残忍な犯行の容疑者としてあの若者を捜索するという別件を仕立てたことで、すべての法執行機関を巻きこむことが可能になり、ソーシャル・ネットワークやメディアにおける露出も最大になった。長距離射撃カルチャーのネットワークに侵入し、ジューバがやろうとしている狙撃の準備活動を示唆するかもしれない異例な動きの形跡をつかもうとしている。犯罪組織を――麻薬カルテル、それより古くからある暴力組織、ギャング団、愚連隊、準軍事的組織を――モニターし、その種の工作を支援するような異例な動きの指標を探している。監視衛星の技術を駆使して、やはりジューバの企てを支援することになるかもしれない、私有地の長距離試射場を発見しようとしている。〝ブライアン・ウォーターズ〟の足跡をたどり、彼をレジェンドに仕立てるのに使われそうな、そしてその創作者たちにつながるかもしれない、刺激的な発言や手がかりをつかもうとしている。最後にやったのは、すべての地方局のSWATに高度即応態勢の事前通知を発令することだった。それは、この狩りに突破口が開けても、すぐによそから懸念や阻止の動きが示された場合に対応するためのものだ。

「テロ対策部門が本腰を入れてくる？」

「そうだ」とゾンビー9が応じた。それはたまたまその部門の長で、ニックの友人であり同盟者でもあるウォード・テイラーだった。「補佐官のメンフィスがわれわれの関与をきわめて強く要請してきた。ニックには縄張り意識がないことを、よろこんで伝えておこう」

「いいね。気に入った」とゾンビー・ナンバー1。「ところで、メンフィスはCIAと連携をとるつもりなのか？」

「その気はない」

「彼らは快く思わないだろう」

「きみはこう言いたいんだろうね。あの機関は、〝船頭多くして船山にのぼる〟の好例だと――」ニックの軽口がちょっとした笑いを誘う。「いや、それだけじゃなく、CIAの関与は複雑さを倍増させるどころか、指数関数的に増大させる。彼らのアジエンダは、彼ら自身ですらそれがなんなのかよくわからないほど闇に包まれていて、それが週ごとに、オフィスごとに、さらには部屋ごとに、異なったものになっていく。彼らは信用できるとかどうとかの問題じゃなく――わたしは彼らを信用していないんだ。いずれその時が来たら、よろこんで彼らのところへ話を持っていこう」

「大統領警護官《シークレット・サービス》は？　もしターゲットが最高行政機関だと判明したら――」

「その時には、彼らのところへ行こう。現時点においては、たんにリークに備えるために、その可能性だけを警告しておこう」

ゾンビー・ナンバー1がうなずく。

「きみのつぎの一手は？」

「アルバカーキの地へ内密の鑑識チームを送りこみたい。移動ラボ・ユニットと三百名もの科学捜査官がウォーターズの家の間近に出現するのは好ましくない。彼の家からなにがなくなっているかを綿密に調べさせる必要があるし、われわれをつぎのステップへ導いてくれるようなものを鑑識が発見できるかどうかを知りたい――だれかの指紋だとか、なにかの手がかりがあるかもしれないだろう。ただし、われわれがこの案件のために証拠探しをしていることは、鑑識チームに知られたくない。もし知らせたら、彼らは前のめりになって、足跡まで見つけようとしたり、警戒態勢を厳重にしすぎたり、もしかすると計画を勝手に変更したりもするだろう。彼らには、当面、そこへ派遣されただけだと信じこませるようにしておきたい。そうすれば、われわれはやつらを追うための時間が稼げ、それで捜査のステップを飛躍させることができるだろう」

「ミスター・スワガー、あなたには狩られた経験がある。あなたもまた、すばらしいスキルと経験を持つライフルマンだ。ジューバはいまどんな状態にあるのか？　精神的に、心理的にということだが？」

「かつてなかったほどしあわせな状態だろうね。まんまと逃走し、自分のライフルを手に入れ、それを使って仕事をしようとしている。それは、ジューバのような男にとって、たんなる義務ではなく、執念を燃やす仕事だ。彼はターゲットを得たスナイパーであり、信仰の教義に従って、それを重大で、神に貢献することだと感じている。彼はいま、しあわせな男なんだ」

「あなたの仕事は、彼をふしあわせにすることだ」ゾンビーのひとりが言った。

「スワガーはスナイパーだ」とニック。「ふしあわせにするのが彼の仕事だよ」

（上巻終わり）

◉訳者紹介　公手　成幸（くで　しげゆき）
英米文学翻訳者。主な訳書に、ハンター『ダーティホワイトボーイズ』『ブラックライト』『狩りのとき』『悪徳の都』『最も危険な場所』『ハバナの男たち』『四十七人目の男』『黄昏の狙撃手』『蘇えるスナイパー』『デッド・ゼロ　一撃必殺』『ソフト・ターゲット』『第三の銃弾』『スナイパーの誇り』『我が名は切り裂きジャック』『Gマン　宿命の銃弾』（以上、扶桑社ミステリー）、コグリン他『不屈の弾道』、ヤング『脱出山脈』、マキューエン他『スナイパー・エリート』（以上、ハヤカワ文庫）、デイヴィッド『時限捜査』（創元推理文庫）等。

狙撃手のゲーム（上）

発行日　2019年9月10日　初版第1刷発行

著　者　スティーヴン・ハンター
訳　者　公手成幸

発行者　久保田榮一
発行所　株式会社 扶桑社
〒105-8070
東京都港区芝浦1-1-1　浜松町ビルディング
電話　03-6368-8870(編集)
　　　03-6368-8891(郵便室)
www.fusosha.co.jp

印刷・製本　図書印刷株式会社

ISBN 978-4-594-08277-2　C0197